蜜蜂と遠雷(上)

恩田　陸

幻冬舎文庫

蜜蜂と遠雷
（上）

蜜蜂と遠雷(上)/目次

蜜蜂と遠雷（下）／目次

第6回芳ヶ江国際ピアノコンクール課題曲

〈第一次予選〉
(1) J.S.バッハ：平均律クラヴィーア曲集より1曲。ただし、フーガが三声以上のものとする。
(2) ハイドン、モーツァルト、ベートーヴェンのソナタより第1楽章または第1楽章を含む複数の楽章
(3) ロマン派の作曲家の作品より1曲
＊演奏時間は合計で20分を超えてはならない。

〈第二次予選〉
(1) ショパン、リスト、ドビュッシー、スクリャービン、ラフマニノフ、バルトーク、ストラヴィンスキーの練習曲より2曲。ただし、異なる作曲家から選択する。
(2) シューベルト、メンデルスゾーン、ショパン、シューマン、リスト、ブラームス、フランク、フォーレ、ドビュッシー、ラヴェル、ストラヴィンスキーの作品より1曲ないし数曲。
(3) 第6回芳ヶ江国際ピアノコンクールのために作曲された新作品 菱沼忠明「春と修羅」。なお、この曲をコンクール前に公開演奏することを禁じる。
＊ただし、第一次予選で演奏する曲は除外する。演奏時間は合計で40分を超えてはならない。

〈第三次予選〉
演奏時間60分を限度とし、各自自由にリサイタルを構成する。
＊ただし、第一次予選、第二次予選で演奏する曲は除外する。

〈本選〉
オーケストラ：新東都フィルハーモニー 指揮：小野寺昌幸
＊下記のピアノ協奏曲のうち任意の1曲を選び、新東都フィルハーモニーと協演する。

ベートーヴェン	協奏曲第1番 ハ長調 作品15
	協奏曲第2番 変ロ長調 作品19
	協奏曲第3番 ハ短調 作品37
	協奏曲第4番 ト長調 作品58
	協奏曲第5番 変ホ長調「皇帝」作品73
ショパン	協奏曲第1番 ホ短調 作品11
	協奏曲第2番 ヘ短調 作品21
シューマン	協奏曲 イ短調 作品54
リスト	協奏曲第1番 変ホ長調
	協奏曲第2番 イ長調
ブラームス	協奏曲第1番 ニ短調 作品15
	協奏曲第2番 変ロ長調 作品83
サン＝サーンス	協奏曲第2番 ト短調 作品22
	協奏曲第4番 ハ短調 作品44
	協奏曲第5番 ヘ長調「エジプト風」作品103
チャイコフスキー	協奏曲第1番 変ロ短調 作品23
グリーグ	協奏曲 イ短調 作品16
ラフマニノフ	協奏曲第1番 嬰ヘ短調 作品1
	協奏曲第2番 ハ短調 作品18
	協奏曲第3番 ニ短調 作品30
	パガニーニの主題による狂詩曲 作品43
ラヴェル	協奏曲 ト長調
	左手のための協奏曲
バルトーク	協奏曲第2番
	協奏曲第3番
プロコフィエフ	協奏曲第2番 ト短調 作品16
	協奏曲第3番 ハ長調 作品26

風間 塵

第一次

バッハ「平均律クラヴィーア曲集 第一巻第一番ハ長調」

モーツァルト「ピアノ・ソナタ 第十二番ヘ長調K・332」第一楽章

バラキレフ「イスラメイ」

第二次

ドビュッシー「十二の練習曲・第一巻第一番 五本の指のための/ツェルニー氏に倣って」

バルトーク「ミクロコスモス第六巻より 六つのブルガリア舞曲」

菱沼忠明「春と修羅」

リスト「二つの伝説より 小鳥に説教するアッシジの聖フランチェスコ」

ショパン「スケルツォ第三番嬰ハ短調」

第三次

サティ「あなたがほしい」

メンデルスゾーン「無言歌集より 春の歌 イ長調 Op.62-6」

ブラームス「カプリッチョ ロ短調 Op.76-2」

ドビュッシー「版画」

ラヴェル「鏡」

ショパン「即興曲 第三番変ト長調 Op.51」

サン=サーンス/風間塵「アフリカ幻想曲 Op.89」

本選

バルトーク「ピアノ協奏曲 第三番」

栄伝亜夜

第一次

バッハ「平均律クラヴィーア曲集 第一巻第五番ニ長調」

ベートーヴェン「ピアノ・ソナタ 第二十六番 告別 変ホ長調」第一楽章

リスト「メフィスト・ワルツ 第一番 村の居酒屋の踊り」

第二次

ラフマニノフ「絵画的練習曲 音の絵 Op.39-5 アパッショナート変ホ短調」

リスト「超絶技巧練習曲 第五曲 鬼火」

菱沼忠明「春と修羅」

ラヴェル「ソナチネ」

メンデルスゾーン「厳格なる変奏曲」

第三次

ショパン「バラード 第一番ト短調 Op.23」

シューマン「ノヴェレッテン Op.21 第二番ニ長調」

ブラームス「ピアノ・ソナタ 第三番ヘ短調 Op.5」

ドビュッシー「喜びの島」

本選

プロコフィエフ「ピアノ協奏曲 第二番」

マサル・カルロス・レヴィ・アナトール

第一次

バッハ「平均律クラヴィーア曲集 第一巻第六番ニ短調」
モーツァルト「ピアノ・ソナタ 第十三番変ロ長調K.333」第一楽章
リスト「メフィスト・ワルツ 第一番 村の居酒屋の踊り」

第二次

菱沼忠明「春と修羅」
ラフマニノフ「絵画的練習曲 音の絵 Op.39-6 アレグロ イ短調」
ドビュッシー「十二の練習曲・第一巻第五番 オクターヴのための」
ブラームス「パガニーニの主題による変奏曲 Op.35」

第三次

バルトーク「ピアノ・ソナタ Sz.80」
シベリウス「五つのロマンティックな小品」
リスト「ピアノ・ソナタ ロ短調 S.178」
ショパン「ワルツ 第十四番ホ短調」

本選

プロコフィエフ「ピアノ協奏曲 第三番」

高島明石

第一次

バッハ「平均律クラヴィーア曲集 第一巻第二番ハ短調」
ベートーヴェン「ピアノ・ソナタ 第三番ハ長調 Op.2-3」第一楽章
ショパン「バラード 第二番ヘ長調 Op.38」

第二次

菱沼忠明「春と修羅」
ショパン「エチュード Op.10-5 黒鍵」
リスト「パガニーニの大練習曲 S.141 第六曲 主題と変奏」
シューマン「アラベスク ハ長調 Op.18」
ストラヴィンスキー「ペトリューシュカからの三楽章」

第三次

フォーレ「ヴァルス・カプリス 第一番イ長調 Op.30」
ラヴェル「水の戯れ」
リスト「バラード 第二番ロ短調 S.171」
シューマン「クライスレリアーナ」

本選

ショパン「ピアノ協奏曲 第一番」

エントリー

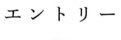

テーマ

いつの記憶なのかは分からない。

けれど、それがまだ歩きだしたばかりの、ほんの幼い頃であることは確かだ。

光が降り注いでいた。

遠い遥かな高みの一点から、冷徹に、それでいて惜しみなく平等に降り注ぐ気高い光が。

世界は明るく、どこまでも広がっていて、常に揺れ動きうつろいやすく、神々しくも恐ろしい場所だと感じた。

かすかに甘い香りがした。自然界特有の、むっとする青臭さと、何かを燻《いぶ》すきな臭さが足元や背後から漂ってくるのに、やはりその中に見逃すことのできない甘くかぐわしい香りが混じっていた。

風が吹いていた。

さわさわと、柔らかく涼しげな音が身体《からだ》を包む。それが、木々の梢《こずえ》で葉がすれ合う音だということはまだ知らなかった。

しかし、それだけではなかった。

濃密でいきいきした、大小さまざまなたくさんの何かが、刻一刻と移り変わっていく辺りの空気に満ち満ちていた。

それをなんと形容すればいいのだろう。

まだろくに親を呼ぶこともできなかったのに、既にそれを言い表すものを探していたような気がする。

答えは喉のところまで、ほんのすぐそばまでやってきていた。あとわずかでそれを表す言葉が見つかっていたはずだったのに。

しかし、それを見つける前に、新たな音が頭上から降ってきて、たちまちそちらに関心を奪われた。

そう、まさに驟雨《しゅうう》のように、空から。

明るく力強い音色が、世界を震わせていた。

波であり振動である何かが、世界にあまねく響き渡っていた。

その響きにじっと聴き入っていると、自分の存在そのものがすっぽりと包まれているような気がして、心が凪《な》いでくるのを感じた。

今、改めてこの時の光景を見ることができたならば、きっとこう言ったことだろう。

明るい野山を群れ飛ぶ無数の蜜蜂は、世界を祝福する音符であると。

そして、世界とは、いつもなんという至上の音楽に満たされていたことだろう、と。

前奏曲

少年が大きな交差点でハッと後ろを振り向いたのは、車のクラクションのせいではなかった。

大都会のど真ん中である。

しかも、世界一観光客を集める、国際色豊かな、ヨーロッパの中心地だ。

行きかう人々も多国籍で、見た目もサイズもバラバラ。あらゆる人種の通行人は、まるでモザイク模様である。世界中からやってきた団体観光客も次々と通り過ぎていき、さまざまな響きの言語がさざなみのように寄せては引いていく。

その中で、人の流れに逆らうように棒立ちになっている少年は、中肉中背だが、この先まだぐんぐん背が伸びそうな、潜在的な「のびしろ」を感じさせた。十四、五歳だろうか。印象はあどけない。

鍔広《つばひろ》の帽子、綿のパンツにカーキ色のTシャツ、その上に薄手のベージュのコート。肩から大ぶりなキャンバス地のカバンをたすき掛けにしている。一見、どこにでもいそうなティーンの格好だが、よく見ると不思議に洒脱《しゃだつ》な雰囲気がある。

帽子の下の端整な顔はアジア系だが、見開かれた瞳や色白の肌はどこか無国籍だ。

その目が、宙に向かって泳いだ。

周囲の喧噪《けんそう》など全く耳に入らないかのように、静けさを湛えた目が一点を見つめている。

彼が空を見上げているのにつられ、脇を通り過ぎた親子連れの、金色の髪をした小さな男の子も上を見た。が、すぐに母親に手を引っ張られ、引きずられるように横断歩道を渡っていく。男の子は、未練がましく大きな焦げ茶色の帽子をかぶった少年を見ていたが、あきらめたようだ。

横断歩道の真ん中で突っ立っていた少年は、ふと信号が変わりかけているのに気付き、慌てて駆けだした。

確かに聞こえた。

少年はたすき掛けにしたカバンの位置を直しながら、交差点で耳にした音を反芻《はんすう》した。

蜜蜂の羽音。

子供の頃から耳に馴染んだ、決して聞き間違えることのない音だ。

市庁舎あたりから飛んできたのかな。

ついきょろきょろとしてしまうが、街角の時計を見て既に遅刻しかけていることに気付いた。

約束は守らなくちゃ。

帽子を押さえ、少年はしなやかなストライドで駆けだした。

忍耐には慣れていたはずだったが、それでもいつのまにか睡魔に襲われていたことに気付き、嵯峨三枝子《さがみえこ》はちょっと慌てた。

一瞬、自分がどこにいるか分からなくなり、きょろきょろしそうになったものの、目の前でグランドピアノに向かっている少女を見て、ああ、ここはパリだったと思い出す。

むろん、それなりに経験があるので、こんな時にはハッとして周囲を見たり背筋を伸ばしたりしてはいけないと知っている。そんなことをすればかえって居眠りをしていたことがバレるので、そっとこめかみに手を当てて聴き入っているふりをしたり、同じポーズを続けていて疲れた、というふうを装い、ゆっくりと椅子に座り直したりするのがコツである。

もっとも、三枝子だけではない。隣にいる二人の教授も、似たような状況にあることはわざわざ見なくてもよく分かった。

隣のアラン・シモンは大変なヘビースモーカーで、ただでさえニコチン切れを起こしているところに、退屈な演奏が続いて苛立《いらだ》ちが募ってきているのがひしひしと伝わってくる。じきに指が震えだすかもしれぬ。

その隣のセルゲイ・スミノフは、その巨体をテーブルに乗せるようにして、苦虫を嚙み潰したような顔でピクリともせずに聴き入っていることだろう。が、さっさと済ませてその名と同じ酒を呑みに行きたいと考えているのは明らかである。

それは三枝子とて同じだ。音楽のみならず人生をも深く愛する彼女は、煙草も好きだし酒も大好きだ。早いところこの苦行を済ませ、三人でこのオーディションを肴《さかな》にゆっくり呑みたいと思っている。

世界五か所の大都市で行われるオーディションである。モスクワ、パリ、ミラノ、ニューヨーク、そして日本の芳ヶ江《よしえ》。芳ヶ江以外は、各都市の著名な音楽専門学校のホールを借りて行う。

「なぜパリの担当をあの三人にしたのか」と陰口を叩かれているのは知っているし、実際三枝子たちは裏でこの三人が一緒になるよう工作をした。彼らは、審査員内でも業界でも「不良」で通っており、毒舌でならした仲であり、仕事以外でもしばしば痛飲する間柄であった。

そのいっぽうで、彼らは自分たちの耳には自負があった。三人は、素行はややよろしくないかもしれないが、オリジナリティのある演奏と、音楽に対する許容範囲の広さには定評があった。もし書類選考で取りこぼされた新たな個性を発見するのならば我々だ、と信じていた。

が、その三人ですら、些《いささ》か集中力を切らしかけている。

それくらい、昼過ぎから始まったオーディションは退屈だった。最初のほうに、「いけるかも」という子が二、三人続いたので期待したが、そのあとが続かない。

全身緊張の塊でやってきて、一世一代の演奏を繰り広げている若者には申し訳ないが、彼らが求めているのは「スター」であって、「ピアノの上手な若者」ではないのだ。

全部で二十五人の候補者がいるらしいが、ナンバーを見るとようやく十五人目だった。あと十人もいると思うと、思わず気が遠くなる。こんな時しばしば、審査員とは新手の拷問ではないかと思うことがある。

順列組み合わせのようにバッハ、モーツァルト、ショパン、バッハ、モーツァルト、ベートーヴェン、と聴いているうちに、再び気が遠くなっていく。

そもそも、上手な子、何か光る子というのは弾き始めた瞬間にもう分かってしまう。中には、出てきた瞬間に分かる、と豪語する先生もいるくらいだ。確かに、オーラをまとった子もいるが、そこまでいかなくとも、ちょっと聴いただけで、おおよそのレベルは見当がつく。居眠りをするなんて失礼で残酷なようだが、これだけ聴く気まんまんの忍耐力のある審査員すら惹きつけられないのであれば、一般のファンを繋ぎとめてプロのピアニストとしてやっていくのは不可能である。

やはり、なかなか奇跡は起こらないものなのだ。

三枝子は隣の二人もきっと同じことを考えているだろうと確信した。

芳ヶ江国際ピアノコンクールは、三年毎《ごと》の開催で、今回で六回目を数える。世界に国際ピアノコンクールはあまたあるが、芳ヶ江は近年評価がめざましい。それというのも、ここで優勝した者はその後著名コンクールで優勝するというパターンが続いたからで、新しい才能が現れるコンクールとしてとみに注目を集めている。

特に、前回の優勝者は、当初、書類選考で落とされていた。芳ヶ江は、書類選考だけでは分からない才能を取りこぼしているかもしれない、と第一回から書類選考落選者を対象にしたオーディションを行っていたが、彼はそのオーディションを受けて合格して第一次予選に臨んだ。そして、トントン拍子に二次、三次と勝ち上がって本選に残った上に、なんと優勝までかっさらってしまったのである。更に、その翌年、世界屈指のピアノコンクールであるSコンクールに優勝し、一躍スターになった。

当然、今回のオーディションにも期待が集まったし、受験者のほうも前回のシンデレラ・ストーリーは頭にあるであろうから、あわよくば、あるいはもしかしたら自分も、と緊張しているのがよく分かった。

だが、前回の優勝者にしろ、有名音大で学んでいた学生であるし、若くコンクール歴がなかったために落とされていただけだ。実際のところ、書類選考と実力にほとんどブレはない。幼い頃からレッスン漬けで頭角を顕《あらわ》し、著名な教授に師事していれば、めぼしい者は業界内では知れ渡っている。また、そんな生活に耐えている者でなければ「めぼしい」者にはなれないのが実情である。全く無名で、彗星《すいせい》のごとく現れたスター、というのはまず有り得ない。時に大御所の秘蔵っ子というケースはあれど、大事に育てられたならなおさら、巣立ちは困難だ。コンサートピアニストは並の神経ではこなせない。プレッシャーの厳しいコンクールを転戦して制するくらいの体力と精神力の持ち主でない限り、過酷な世界ツアーをこなすプロのコンサートピアニストはむつかしい。

なのに、目の前には次々と若者たちが現れ、ピアノに向かっている。その列は尽きることがない。

技術は最低限の条件に過ぎない。音楽家になれる保証などどこにもない。運良くプロとしてデビューしても、続けられるとは限らない。彼らは幼い頃から、いったいどれくらいの時間をあの黒い恐ろしい楽器と対面して費やしてきたことか。どれほど子供らしい楽しみを我慢し、親たちの期待を背負いこんできたことか。そして、彼らは誰もが自分が万雷の喝采を浴びる日を脳裡に夢見ているのだ。

おたくの業界とうちの業界って似てるよね。

ふと、真弓の言葉が浮かんだ。

猪飼真弓は高校時代の友人だが、今は売れっ子のミステリ作家になっている。帰国子女で中三から高三までしか日本にロクに住んだことのない三枝子にとって、数少ない友人の一人だった。外交官だった父についてラテンアメリカとヨーロッパを行き来しながら育った三枝子は当然のことながら均一化を強《し》いる日本では大いに浮いてしまい、親しくなったのは真弓のような一匹狼タイプの人間だけだった。今でもたまに一緒に呑むのだが、彼女は会うたび文芸業界とクラシックピアノの世界は似ている、と言うのである。

ホラ、似てるじゃない、コンクールの乱立と新人賞の乱立。同じ人が箔を付けるためにあちこちのコンクールや新人賞に応募するのも同じ。どちらも食べていけるのはほんの一握り。自分の本を読ませたい人、自分の演奏を聴かせたい人はうじゃうじゃいるのに、どちらも斜陽産業で、読む人聴く人の数はジリ貧。

三枝子は苦笑した。クラシック音楽のファンは世界的に高齢化が進み、若いファンの獲得はこの業界の切実な課題である。

真弓は続ける。

ひたすらキーを叩くところも似てるし、一見優雅なところも似てる。人は華やかなステージの完成形しか目にしていないけれど、そのために普段はほとんどの時間、地味にこもって何時間も練習したり原稿書いたりしてる。

確かに、ずっとキーを叩いているところは同じだ。三枝子は同意する。真弓の声が、自虐的な響きを帯びる。

なのに、ますますコンクールも新人賞も増えるいっぽう。いよいよみんな必死に新人を探してる。なぜかっていうと、どちらもそれくらい、続けていくのが難しい商売だからよ。普通にやってたって脱落していく厳しい世界だから、常に裾野を広げ、新しい血を輸血し続けていないとすぐに担い手が減ってしまい、パイそのものも小さくなる。だから、みんながいつも新たなスターを求めているの。

コストが違うわよ、と三枝子は言い返したものだ。

小説は元手が掛からないからいいけど、あたしたちはどれだけ投資してると思うの。その点は同情する。真弓は素直に頷《うなず》くと、指を折り始めた。

楽器代、楽譜代、レッスン代。発表会の費用でしょ、お花でしょ、衣装でしょ。留学費用に交通費。ええと、あとは何？

場合によっちゃ、ホール代や人件費も持たなきゃならないわね。CD作るのも自主制作に近い場合もあるし。チラシとかの広告代も。

ビンボー人には無理な商売だわ。真弓は震え上がった。三枝子はにやにや笑った。

世にも素敵な商売よ。コンサートは常に生だし、常に旅先で新しい楽器にご対面。中には自分の楽器を持ちこむ人もいるけど、ほとんどのピアニストは行く先々の港で待ってる女に合わせなきゃなんないのよ。そういやこの女はここが性感帯だったなとか、意外に気難しい奴だったなとかきちんと覚えておかないとあとが大変。みんな、自分の楽器と一緒に旅できる他の音楽家を羨《うらや》ましく思ってる。ま、ヴァイオリンとかフルートとか軽い楽器の人に限るけどね。大きな楽器の人はあんまり羨ましくないや。

二人で声を合わせて笑う。

でも、ひとつだけ、あたしたちには絶対にかなわないことがあるじゃない。

真弓はちょっとだけ羨ましそうな顔をした。

世界中、どこに行っても、音楽は通じる。言葉の壁がない。感動を共有することができる。あたしたちは言葉の壁があるから、ミュージシャンは本当に羨ましい。

そうね。

三枝子は肩をすくめてみせる。そのことについて、彼女は多くを語らない。それを経験した者でなければ伝わらないし、文字通り言葉で説明することはできない。ましてや、あれだけの投資をしても決して見合うことなどないこの商売が、いったん「あの瞬間」を体験してしまえばその苦労がすべて帳消しになってしまうほどの歓びを得られるということなど。

そうなのだ。

結局、誰もが「あの瞬間」を求めている。いったん「あの瞬間」を味わってしまったら、その歓びから逃れることはできない。それほどに、「あの瞬間」には完璧な、至高体験と呼ぶしかないような快楽があるのだ。

あたしたちがここにこうして気が遠くなりそうになりながらもじっと座っているのも、後でワインをひっかけつつ唾を飛ばして業界の実態をこき下ろすであろうのも、無駄としか思えぬ労力とおカネを投資して次々とステージに若者たちが現れるのも、皆「あの瞬間」を求め、焦がれ、切望しているからなのだ。

書類があと五枚になった。

残り五人。

三枝子は、これまでの候補者から誰を合格にするか考え始めていた。これまで耳にしたレベルだと、合格させてもいいとはっきり言えるのは一人だけだった。もう一人、他の二人も推薦するようであれば合格になるかもしれない。しかし、それ以外は合格レベルに達していない。

こんな時、いつも迷うのは順番の問題だ。最初のほうで「いけるかも」と思った候補者たちは本当によかったのだろうか？　今からもう一度同じ演奏を聴いたら、そうは思わないのではないか？　順番が影響するのはオーディションやコンクールの宿命で、順番も実力のうち、と割り切ることにしているが、やはり気になる。

これまで、日本人は二人いた。どちらもここパリの高等音楽院に留学している二人で、技術は申し分なかった。そのうちの一人が、他の二人も推薦するのであれば合格にしてもいいと思っている子で、もう一人は残念ながら引っ掛かるところがなかった。

これだけ技術が拮抗《きっこう》していると、あとは何かが「引っ掛かる」というところでしか比べることはできない。突出した才能、明らかな個性がある子はともかく、合格ラインを隔てるのは、ほんのわずかな差での争いになるからだ。「気になる」子、「ざわざわする」子、「目が吸い寄せられる」子。迷った時、最後はそういう言語化できないもやもやした感覚に頼っているのが実情だ。コンクールの場合、三枝子は自分が素直に「もっと聴いてみたい」と思うかどうかを基準にしている。

次の書類をめくった時、その名前が目に入った。

ジン　カザマ

三枝子は、審査前には候補者の情報をなるべく入れないようにしている。本人と演奏の印象のみから判断したい、と考えているからである。

しかし、つい、その書類にはしげしげと見入ってしまった。

書類がフランス語で書かれているのでどんな漢字を当てるのか分からないが、日本人らしい。写真には、品のいい、しかし同時に野性味を感じさせる少年の顔があった。

十六歳。

目を奪われたのは、履歴書があまりにも真っ白だったからだ。なにしろ、ほとんど読むところがない。

学歴、コンクール歴、何もなし。日本の小学校を出て渡仏。書類から分かるのはそれだけだ。

音楽大学に行っていないことはそんなに珍しいことではない。神童がごろごろしているこの業界では、幼い頃にデビューしている者は音大に行っていなかったりする。むしろ、大きくなってから演奏の理論の裏付けとして改めて音大に入り直すケースが多い。三枝子もどちらかといえばこのパターンで、十代のはじめに二つの国際コンクールで二位と一位を獲《と》り、天才少女として評判になり、すぐに演奏活動を始めたので、音大に入ったのは、なんとなくアリバイ作りめいたところがあった。

しかし、この書類を見た限りでは、カザマ・ジンなる少年に、演奏活動をしていた形跡はない。

ただ、ぽつんと、現在パリ国立高等音楽院特別聴講生、なる記述があった。

特別聴講生？　そんな制度あったっけ？

三枝子は首をひねった。しかし、実際にこの書類が通り、今こうしてパリ国立高等音楽院でオーディションが行われているのだから、嘘だとは思えない。

が、隅にある、「師事した人」の項目に目をやった時、この冗談としか思えないふざけた書類が通った理由が分かった。

カッと全身が熱くなる。

いや、ちがう。

三枝子は内心、首を振っていた。

あたしは、この部分が最初から目に入っていたのに、あえて気付かないふりをしていたのだ。

そこにはこう書かれていた。

ユウジ・フォン＝ホフマンに五歳より師事

心臓が、どくん、どくん、と全身に血を送りだすのが分かるようだった。

何をこんなに動揺しているのか自分でも理解できず、そのことが更に三枝子を動揺させていた。

それはあまりにも重要な一文であったが、これだけで書類選考に残すことができなかったのはよく分かる。演奏活動歴もなく、音楽学校にいたわけでもない。まさに、海のものとも山のものともつかぬ存在なのだ。

三枝子は隣の二人にこのことについて話しかけたくなるのを必死に我慢した。三枝子は候補者の事前情報を完全にシャットアウトしているが、シモンは「ざっと見る」タイプだし、スミノフは「きちんと把握しておく」タイプなので、二人ともこの情報に気付いていないはずはない。しかも、驚くべきことに、「推薦状あり」のマークがある。

あのユウジ・フォン＝ホフマンの推薦状！　このことに、二人がぶっ飛んでいないはずがない。

そういえば、ゆうべ三人で食事をした時、シモンが何か言いたげにもぞもぞしていたっけ。三人は、オーディションの前は一切候補者について話題にしないことを自分たちに課していたのである。

今更ながらに彼のモノ言いたげな表情がはっきりと脳裡に蘇《よみがえ》る。

あの時、彼は、今年二月にひっそり亡くなったユウジ・フォン＝ホフマンについて話していた。その名は伝説的であり、世界中の音楽家や音楽愛好者たちに尊敬されていたが、本人は密葬を望み、とっくに近親者だけで葬儀を済ませていたのだ。

しかし、それでは収まらず、結局、ふた月後の月命日に、音楽家たちのあいだで、盛大にお別れの会が行われた。三枝子はリサイタルがあって参加できなかったが、その模様を撮ったDVDを分けてもらっていた。

ホフマンは、遺言を残していなかった。何事にも執着しない彼らしかったが、そのお別れの会で、亡くなる前にホフマンが知り合いに残した言葉が話題になっていたという。

僕は爆弾をセットしておいたよ。

「爆弾？」

三枝子は聞き返した。謎めいていて伝説的で、巨大な存在ではあったが、実際のホフマンは茶目っ気もあり、飾り気のない人物だったのはよく知っている。それでも言葉の意味がよく分からなかったのだ。

僕がいなくなったら、ちゃんと爆発するはずさ。世にも美しい爆弾がね。

三枝子と同じく、ホフマンの近親者も聞き返したらしいが、ホフマンはそう言って

ニコニコ笑うだけだったという。

三枝子は白っぽい書類を見ながらじりじりしていた。

シモンとスミノフは、きっとホフマンの推薦状も目にしているはずだ。いったいど

んな内容だったのだろう。

興奮のあまり、周囲がざわめいているのに気付くのが遅れた。

顔を上げると、ステージは空っぽだ。スタッフがステージを右往左往している。

カザマ・ジン。現れない？

三枝子はホッとしている自分を自覚した。

そうよ、やっぱり、こんな書類、何かの間違い。こけおどし。推薦状も何かの間違

い。ホフマンだって、亡くなる前には弱っていたはず。ふと気弱になって推薦状を書

いてみる気になっただけなんだわ。

が、舞台袖にいたスタッフが無表情に声を張り上げた。

「次の候補者から、移動に時間が掛かっていて遅れているという連絡がありました。彼はいちばん最後に回しますので、あとの候補者を繰り上げて演奏します」

　客席が静かになり、出番が早くなって明らかに動揺している赤いドレスの少女がおろおろした目で舞台に現れた。

　なんだ。

　三枝子はがっかりした。同時に、安堵していることにも気付く。

　カザマ・ジン。いったいどんな演奏をするのだろうか。


「早く、早く。急いで！」

　ようやく広大な敷地の中の事務局に辿り着いた少年は、受験票をむしりとられ、ステージへと急《せ》き立てられた。

「あ、あの、手を洗いたいんですけど」

　おっかない顔をした大柄な男の背中に、少年は帽子を握りしめて恐る恐る声を掛けた。

そのまま少年の首根っこをつかんでステージに放りこみかねない勢いだった男は、

「ああ、そうか」と化粧室の場所を教えてくれた。

「急いで。着替えなきゃならないだろう？　控え室はあっち」

「着替え？」

少年はぽかんと口を開けた。

「ええと、着替えなきゃならないんですか？」

男はしげしげと少年を上から下まで見た。

どう見てもステージ衣装ではない。まさかこの格好で舞台に上がるつもりだろうか？　他の候補者は、きちんと正装した者も多いし、平服といってもジャケットくらいは着用している。

少年はしゅんとした。

「すみません、父の仕事を手伝ってて、そのまま来たものですから——とにかく、手を洗ってきます」

何気なく広げてみせた手を見て、男はギョッとした。その大きな掌《てのひら》には、乾いた土がこびりついていて、まるで庭仕事でもやってきたかのようだった。

「君、いったい――」

男は化粧室に駆けこむ少年の背中に声を掛けたが、たちまち姿は見えなくなった。

男はあぜんとして化粧室の扉を眺めた。

ひょっとして、何か他の会場と間違えているのではなかろうか？　ピアノのオーディションを受けるのに、手を泥だらけにしてやってきた人間なんて見たことがない。

ふと、不安になって受験票に目をやる。もしかして、よその資格試験か何かの受験票なのではないかと思ったのだ。しかし、間違いはない。応募書類の写真とも一致している。

男は首をひねった。


ステージに現れた少年を見て、三枝子たち三人はあっけに取られた。

子供。

三枝子の頭に浮かんだ単語はそれだった。

しかも、そのへんに溢れている、ガキんちょではないか。

何も整髪剤を付けていない髪、Tシャツにコットンパンツという格好のせいもあったが、その、物珍しそうにステージや客席をしげしげと見回す様子が、あまりにも場違いだったからである。

堅苦しいクラシック業界をぶち破るのだとばかりに、いきがってカジュアルな格好やパンクなスタイルで登場してみせる子もいるが、目の前の少年はどう見てもそういうタイプではなく、ただの天然だった。

美しい子ではある。それも、自分の美しさを自覚していない、自意識の感じられない美しさ。まだ伸び盛りらしいしなやかな骨格も美しい。

少年は、ぼんやりと立っていた。

三枝子たちはなんとなく顔を見合わせ、絶句する。

「君で最後だ。始めたまえ」

見かねたスミノフがマイクで声を掛ける。

本当は、候補者と話ができるようにマイクが準備してあったのだが、考えてみると、今日マイクを使ったのはこれが初めてだった。これまで使う必要がなかったのだ。

「は、はい」

少年は我に返ったように背筋を伸ばした。思ったよりもしっかりした、響きのよい声だった。

「すみませんでした、遅くなってしまって」

ぺこりと頭を下げ、ピアノに向き直る。少年は、その時初めて、自分が弾くグランドピアノを視界に収めたように見えた。

その瞬間、奇妙な電流のようなものが空気を走った。

三枝子たち三人や、彼らの後ろのほうに座っているスタッフたちがハッとするのが分かった。

少年は、目を輝かせ、微笑《ほほえ》んだのだ。

そして、おずおずと手を伸ばし、ピアノに向かって歩いていった。

まるで、出会ったとたんに一目ぼれした少女に向かって歩いていくかのように。

その目は熱に浮かされたようにうるんでいる。

少年は、いそいそと、そして恥じらうようにピアノの前に優雅な動作で腰掛けたのだ。

三枝子は、なんとなくゾッとした。

少年の目に、喜悦が浮かんだのだ。それは明らかに、快楽の絶頂の表情だった。さっきステージでぼんやりと立っていた素朴な少年とは明らかに一変している。

三枝子は、見てはいけないものを見たような気がした。同時に、背中が冷たくなるのを感じる。

なんだ、この恐怖は？

その恐怖は、少年が最初の音を発した瞬間、一瞬にして頂点に達した。

三枝子は文字通り、髪の毛が逆立つのを感じたのだ。

その恐怖を、隣の二人の教授と他のスタッフ、つまりこのホールにいるすべての人が共有していることが分かった。

それまでどんよりと弛緩していた空気が、その音を境として劇的に覚醒したのだ。

違う。音が。全く違う。

三枝子は、彼が弾き始めたモーツァルトが、今日これまでにさんざん聴かされたのと同じ曲だということに気付かなかった。同じピアノを使っているのに。同じ譜面を使っているのに。

もちろん、そんな経験は今までにも数え切れないほどある。同じピアノでも、素晴らしいピアニストが弾けば、全く違う音に聞こえるのはよくあることだ。

だが、しかし。この子の場合は。

なんて凄まじい――なんて、おぞましい。

混乱し、動揺しながらも、三枝子は貪《むさぼ》るように少年の音色に聴き入っていた。一音も聞き逃すまいと、思わず身体が前のめりになっている。シモンの震えかけた指が、ぴたりと止まっているのが視界の隅に見えた。

ステージが明るかった。

少年がピアノと触れ合っている（としか思えなかった）ところだけがほっこりと明るく、しかも何か極彩色のキラキラしたものがそこからうねって流れだしてくるように見えるのだ。

純度の高いモーツァルトを弾く時、誰もが必死に自分をモーツァルトの純度まで引き上げようとする。無垢《むく》で混じり気のない音楽を表現しようと、目を見開き、無垢さと音楽の歓びを強調しようとするのだ。

しかし、少年はそんな演技をする必要が全くなかった。リラックスしてピアノに触れているだけで、勝手にそれが溢れだしてくるのだ。

その豊かさ。しかも、まだ余裕がある。これが彼のベストではないということが窺える。

途方もない才能を目にするとは、恐怖に近い感情を喚《よ》び起こすものなのだ。

三枝子はそんなことをどこかで考えていた。

いつのまにか曲はベートーヴェンになっていた。

極彩色の色彩が、変化している。

今度は、速度を感じた。何かエネルギーが行き交っているような、音楽の速度と意思を感じ取ったのだ。

うまく表現できないが、ベートーヴェンの曲の持つ、独特のベクトルのようなものが少年の指先から矢のようにホールに放たれているようなのだ。

三枝子は自分が感じていることを分析し、なんとか言葉にしたいとあがいていた。

しかし、少年の放つ音にすっかりからめ捕られ、思考能力が奪われていってしまう。

そして、曲はバッハに移った。

なんということだろう、と三枝子は内心叫んでいた。

この少年は全く継ぎ目なく三曲を続けて弾いているのだ。まるで、いったん流れ始めた奔流を押しとどめることなどできない、というかのように、呼吸のごとく自然に次の曲に移っていくのである。

誰もが圧倒され、魅入られたように聴き入っていた。

ホールは完全に少年の世界に支配され、人々は降り注ぐ彼の音に身を委ねている。

大きな音。

三枝子はぼんやりと考えた。

いったい、さっきまでボソボソ呟《つぶや》いて青息吐息していたあのピアノから、こんな大きな音が出るなどと、誰が想像できただろうか。

少年の大きな手は、楽々とリラックスしたまま鍵盤の上で躍っている。

ホールに、神々しい大伽藍《だいがらん》のようなバッハの響きが降臨していた。

あの、恐ろしく緻密で計算された、和声の積み上げられた建築的にも完璧な響きが、揺るぎない骨格で迫ってくる。

悪魔のようだ、と三枝子は思った。

恐ろしい。おぞましい。

三枝子は激しく動揺し、感情を揺さぶられていたが、徐々にそれが激しい怒りに変わっていくことに気付いていた。

少年がぺこりと素朴に頭を下げ、袖に姿を消しても、ホールは不気味なくらいの静寂に包まれていた。

が、誰もが我に返り、何かがほどける瞬間がやってきた。人々は顔を上気させて拍手をし、立ち上がり、叫んでいた。

ステージは空っぽ。

今の出来事は夢だったのではないかとみんなが顔を見合わせている。

スミノフが巨体を揺らして叫んでいる。

「おい、彼を呼び戻せ。いろいろ聞きたいことが」

「信じられない」

シモンが呆然と椅子にもたれかかっている。

ホールは大騒ぎになった。

「どうした、ここに連れてこい」

スミノフが怒鳴っている。舞台裏は混乱していた。が、大柄な男が叫んだ。

「帰ってしまいました。舞台を降りてすぐに出て行ってしまったと」

「なにい」

スミノフは頭を掻《か》き毟《むし》った。

「まさか、夢じゃないだろうな。俺たちみんなが、揃いも揃って昼飯のパストラミポークでラリッてるってことはないだろうな?」

「——まさにホフマンの推薦状通りだ」

呆《ほう》けていた様子のシモンが、不意に勢いこんで三枝子を振り向いた。

「ミエコは読んでないだろう? 言いたくて仕方なかったんだけど、僕たちの協定があったから言えなくって」

「許せない」

三枝子は呟いた。

「え?」

シモンが面喰らったように目をぱちくりさせた。

「あたしはあんなの、認めない」

三枝子はシモンを睨《にら》みつけた。

シモンはもう一度瞬《まばた》きをし、そこでようやく三枝子が怒り狂っていることに気付いたようだった。

「ミエコ?」

三枝子はわなわなと震えながら、テーブルの上に手を突いた。

「許せない。あんなの、ホフマン先生に対する、ひどい冒瀆《ぼうとく》だわ。あたしは絶対あの子の合格には反対する」

怒りに震える三枝子を、シモンが困惑したようにぼんやり見つめていた。

ホールは相変わらず、混乱した興奮と喧噪に包まれている。

ノクターン

皆さんに、カザマ・ジンをお贈りする。

文字通り、彼は『ギフト』である。

恐らくは、天から我々への。

だが、勘違いしてはいけない。

試されているのは彼ではなく、私であり、皆さんなのだ。

彼を『体験』すればお分かりになるだろうが、彼は決して甘い恩寵《おんちょう》などではない。

彼は劇薬なのだ。

中には彼を嫌悪し、憎悪し、拒絶する者もいるだろう。しかし、それもまた彼の真実であり、彼を『体験』する者の中にある真実なのだ。

彼を本物の『ギフト』とするか、それとも『災厄』にしてしまうのかは、皆さん、いや、我々にかかっている。

ユウジ・フォン＝ホフマン

「いやはや、驚いたね」

シモンは感に堪えないように繰り返した。

「まさに、ホフマンの予想通りの反応をミエコが起こしたんだから。しかも、まさかミエコがねえ。意外だよ。モスクワあたりのうるさ型が反応するのなら驚かないけど」

隣ではワイングラスを手に、不貞腐《ふてくさ》れた顔の三枝子が座っている。

スミノフは、やはり黙々とグラスを干しているものの、じっと考えこむ表情で、さっきから言葉少なで、テーブルの上に置かれたホフマンの推薦状のコピーに見入っている。

夜は、まだ若い。外を人々が行き過ぎ、車が滲《にじ》んだ赤い流線形となって流れていく。

街外れのビストロの、こぢんまりとした奥の席に三人は陣取っている。

店の主人は、年に数回やってきては、長時間ぎゃあぎゃあ呑んで議論するこの三人組を覚えていてくれ、その席に案内してくれた。

食事はあらかた済んだのか、あまり食欲がなかったのか、テーブルの上の皿は少ないが、ワインのボトルは既に二本空けられていた。

三枝子が不貞腐れているのは、恥ずかしさを隠すためでもあった。

目の前に、その恥ずかしさの理由がある。

見覚えのある、流麗な筆跡。

最初、シモンとスミノフが困ったような顔を見合わせているのを妙だなとは思ったものの、三枝子はぷんぷん怒っていたので「とっとと見せてちょうだい」と乱暴にそのコピーをシモンの手からむしり取った。

が、そこに書かれている文章を目にして、文字通り三枝子は「ぐうの音も出ない」状態に陥ったのだった。やがて、繰り返しその文章を読み返すうちに、じわじわと恥ずかしさが込み上げてきて冷や汗が浮かび、顔が熱くなるのを感じた。

衝撃。混乱。羞恥心。屈辱感。

そういったものが一緒くたになって、ぐるぐると身体の中を巡るのを、じっとコピーに見入ったまま耐えるしかなかったのだ。

そんな三枝子を、二人は気の毒そうに、あるいはにやにやしながら眺めていた。

なにしろ、さっきオーディションの最後に彼女がカザマ・ジンに対して示した反応が、既に数か月前に世を去っているホフマンの手紙の中に予告されているのである。

予期したホフマンを誉めるべきなのか、あっさり予想通りの態度を示してしまった三枝子が未熟なのか。恐らくは両方なのであろう。が、三枝子はまんまとホフマンの予告した態度を示した自分を内心口汚く罵っていた。

今頃、天国でホフマンが「ほらね」と笑っているところが目に見えるような気がする。

「もう、人が悪いったら」

三枝子はモゴモゴと口の中で呟いた。いつもなら解放感と共に味わっているはずのワインが、今夜はやけにほろ苦い。

正直、ショックだった。

彼女は幼い頃から、野性的で天真爛漫だと言われてきた。どちらかと言えば問題児扱いされることはあっても、優等生と評されたことは一度もなかった。

まさか、その自分が、かつて自分をけなした日本やヨーロッパの教授たち――コントロールされていない、とか、下品だ、とか、奔放すぎる、などなど遠回しな表現は山ほどあった――のように、まだデビュー前の山出しの若者の音楽性を否定するようなことをしてしまうなんて。

不意にゾッとする。

あたし、頭が固くなり始めている？　要は、トシ取って、つまんないバアサンになろうとしてるのに気が付いてなかったってこと？　自分は決してそんなふうにならないと思ってたのに、いつのまにかすっかり「権威側」に行っちゃってたわけ？

ついついグラスを傾けるスピードが速まる。

「でもさ、ミエコ、何をあんなに怒っていたの？」

それまでチクチク面白そうに彼女をからかっていたシモンが（孫の代までこのことで彼女をからかうことだろう）、ふと真顔になった。

「え？」

「あんな反応、初めて見た。ミエコのいつもの怒り方とは違ってた。ミエコは腹を立てると、むしろもの凄く陰険に——もとい、冷ややかになるじゃない。なんであんなに拒絶したわけ？」

三枝子もハタと考えこむ。

確かに、今となっては不思議でたまらない。もう、あの時感じた怒りはどこにも残っておらず、そんな感情を喚起した演奏がどんなものであったのかを追体験するのも難しい。

なぜだろう。何があんなにあたしを苛立たせたのか。

「というか、あんたは何も感じなかったの？　あのおぞましさ——不快感——生理的な拒絶感」

三枝子は言葉を探した。

が、言葉は空回りする。あの時感じていたものを指し示す単語が浮かんでこない。

シモンは首をひねる。

「いいや。ゾクゾクして、多幸感があって、こりゃちょっとヤバいな、とは思ったけどね」

「それよ」

三枝子は頷く。

「それって、たぶん、嫌悪感と紙一重ってことよね。同じことを感じてて、それを快感ととらえるか、不快感ととらえるかってことじゃないの?」

「確かに。快楽と嫌悪は表裏一体だ」

オーディションの空気は独特である。たとえ録音されていたとしても、その場で感じたことは二度と再現できない。

オーディションなんて、君には必要ないだろう。

突然、どこかで聞いた声がふうっと三枝子の脳裡に蘇った。穏やかで、どこかに笑みを含んでいて、それでいて厳しい不思議な声。

ホフマン先生の声だ。

胸の奥が鈍くうずき、忘れていた感覚が足元から身体を揺さぶる。

ああ、そうか。

三枝子はそっと心の中で呟く。

あたしは、あの子に嫉妬していたのかもしれない。

履歴書にあの一行を目にした時から、密《ひそ》かに逆上していたのかもしれない。

「ユウジ・フォン＝ホフマンに五歳より師事」

そのたった一行に。本当は、自分の経歴に書きこみたかったその短い一行に。

「どうなんだろう。ホントによかったのかな、彼」

シモンが不安そうに呟き、一瞬、三人は顔を見合わせた。

それは三枝子も同感だった。

「たまにあるよね、なんか異様に盛り上がったけど、その時だけだったってての」

「そりゃまあ、僕らも人間だしね」

これればかりは仕方がない。順番の関係か、雰囲気か、体調か、はたまた魔が差したのか、天使が通ったのか。オーディション会場や一次予選で聴いてすわ大器かと興奮しても、次に聴いてがっかりするということが時として起きる。あとから聞いてみると、オーディションの時に高熱を出していて、本人もどんな演奏をしたか覚えていないというケースもあった。

「――問題は、別のところにある」

スミノフが、むっつりとして口を開いた。

「問題？」

シモンと三枝子が同時に聞き返した。

「だんだん分かってきた。ホフマンの言う『劇薬』の意味が」

スミノフの表情は真剣で、不穏である。彼がわずかに身を乗り出すと、ビストロの椅子がぎしっ、と威嚇《いかく》するような音を立てた。

「というと？」

シモンが右の眉を上げる。

「我々はたいへんなジレンマを背負わされるってことさ」

スミノフは水でも飲むように無造作にグラスを空けた。実際、スミノフはめちゃくちゃ酒に強いので、水くらいにしか感じていないのだろう。しかも、彼が何かを考えこんでいると、ますますピッチは上がり、いよいよ醒めてくるように見える。

「ジレンマ？」

三枝子はそう呟き、ほとんど素面《しらふ》に見えるスミノフの横顔に不安を覚えた。

三枝子はひとり怒り狂っていたものの、カザマ・ジンが引き揚げたあとのスタッフの興奮は凄まじかった。

まだコンクールが始まってもいないのに、早くもスター誕生、とばかりに誰もが期待を口にする。最後に登場して、あっというまに風のように去っていったのも効果的だったのだろう。既に話題の主は姿を消しているのに、会場には冷めやらぬ熱気が残されていた。唯一彼の相手をしたスタッフが、「カザマ・ジンの手は泥だらけで、父親の仕事を手伝っていて遅れたと言っていた。控え室にも入らず、トイレで手を洗って、彼はそのままステージに上がった」と説明したことで、更に皆のカザマ・ジンに対する興味は膨らみ、これが彼の始まったばかりの「伝説」には願ってもないエピソードになることは間違いなかった。

「父親は何をやってるの？」

いらいらとスミノフが尋ねたが、事務局に彼の情報は乏しかった。履歴書以上の情報はほとんどなく、審査員と事務局の持つ情報は互角である。

通常、合格者はすぐに決定され、候補者に結果が伝えられる。

しかし、今回、別室で協議に入った三人はなかなか出てこなかった。時折激しいやりとりが交わされるのを、廊下でスタッフたちが不思議そうに顔を見合わせて聞くのも異例のことである。

もちろん、三枝子がカザマ・ジンを合格者とすることを強硬に反対したためだ。

審査は点数制で、純粋に点数を多く稼いだ者から合格となるが、オーディションの場合、最低ラインが決められているので、その点数を超えないと、合格者なしというケースも有り得る。

カザマ・ジン以外に合格させてもよいと考えた候補者はほぼ三人が一致していて、そちらの二人はすんなり決まったので、専《もっぱ》らカザマ・ジンについてほとんどの時間が費やされていた。

シモンとスミノフが最高点に近い点数をつけているので、三枝子が零点をつけてもカザマ・ジンはかろうじて合格ラインに達している。そのまま三枝子を無視してもカザマ・ジンの合格は決定できるのだが、シモンとスミノフはそれをよしとしなかったため、えんえん協議が長引いてしまったのだ。

三枝子は三枝子で、もうカザマ・ジンの合格は決まっていることを承知で、それを撤回させるべく二人に抵抗を続けた。

三枝子の主張は、以下のようなものである。

もし、彼がホフマンの弟子でなかったならば、文句は言わない。しかし、彼がホフマンの弟子を名乗り、本物の推薦状まで貰《もら》っているのであれば、ホフマンの音楽性を真っ向から否定するような、あのふざけたスタイルの演奏は許しがたい。まるで、師匠の音楽性を冒瀆し、師匠に喧嘩を売っているようなものではないか。それは音楽家の態度としていかがなものなのか。彼が音楽家として独り立ちして、改めて師匠のスタイルから離れていくというのなら分かる。だが、この段階で師匠の音楽を全く理解していないというのは問題だと思う。

シモンとスミノフは、三枝子の意見に理解を示した上で、交互に攻めてきた。

彼に図抜けたテクニックとインパクトがあることは認めるね？　ならば、彼の音楽を許すの許さないのというのは我々が決めるべきことではない。ある一定ラインに達していれば、機会を与える。それがこのオーディションの目的なのであって、候補者の音楽性が気に入るか気に入らないかは、現時点では問題ではない。

そもそも、これだけの議論をさせるということだけでも凄いことではないか。こうも正反対の支持と拒絶を異なる聴き手から引き出すというのは、彼が「何か」を持っていることの証明である。複数の審査員がいると、瑕疵《かし》の少ない、つまらない者ばかり残って面白くないといつも文句を言っていたのは三枝子ではないか。もしかして、まぐれだという可能性もあるけれど、彼がなにがしかのエモーショナルな感情を聴き手に与えたということは事実なのだから、それを第一に優先すべきではないか。ましてや、彼は素晴らしいテクニックも持ち合わせているのだから。

二人の説得に穴はなく、徐々に三枝子は劣勢になり、無言になった。

決め手は、二人の次の台詞《せりふ》だった。

もう一回聴いてみたくない？　あれがまぐれだったのかどうか、確かめたくない？

モスクワやニューヨークの連中に、あの子を聴かせてみたくない？　あいつらがどんな反応をするか知りたくない？　あいつらに顰蹙《ひんしゅく》を買わせるのは、それはそれで楽しそうだろう？

二人は、三枝子のツボを知っていた。現在、世界に散って各地のオーディションを担当しているグループには、微妙な違いがある。特にモスクワとニューヨーク担当のグループとは、決していがみあっているわけではないが、陰で三枝子たちが「権威派」「良識派」と呼んでいる（もちろん、皮肉を込めた呼び名である）面々なのであった。

そして、三枝子はつい想像してしまったのである。

あの素敵な面々が、カザマ・ジンの演奏を聴いて嫌悪感を滲ませ、ヒステリックに、なんであんな下品な演奏を合格させたのかと叫び、詰め寄られた自分たちが平然としているところを。

自分が同じ反応を起こしたことも忘れて、その場面が非常に魅力的に思えてしまったというのは事実だ。そして、その誘惑のためだけに、渋々カザマ・ジンを合格させることを承知してしまったというのもまた事実なのだった。

よっしゃ、合格者に連絡だ。

三枝子が頷くか頷かないかのうちに、同時にシモンとスミノフは立ち上がり、ドアを開けスタッフに声を掛けていた。

三枝子はあぜんとする。やられた、二人に丸めこまれた、と思ったが、既に後の祭りであった。


もしかすると、後の祭りだと感じているのは、スミノフのほうなのかもしれない。

三枝子は三本目のワインの中身が、影のようにやってきたギャルソンの手でグラスに注がれるのを見ながら、彼の横顔をじっと見つめていた。

「たぶん彼は、これまでに全く正規の音楽教育を受けていない」

スミノフはひとりごとのように呟いた。

「ステージに出てきた時の様子、曲を連続して弾いたこと。もしかすると、人前で弾いたのも初めてなのかもしれん。ホフマンはそのことを重々承知していた。だからこそ、ホフマンは、推薦状を書いて寄越し、自分に師事していると履歴書に書かせたんだ」

「なぜ?」

薄々気付き始めていたものの、シモンと三枝子は知らんぷりをして尋ねた。

スミノフも、二人が感づいていることに気付いている表情で、同じくそっけなく答える。

「彼にオーディションを受けさせ、合格させるためさ」

「そりゃ、当たり前でしょう」

三枝子は肩をすくめた。

それを見たスミノフは、更に大仰に肩をすくめてみせる。

「おいおい、知らんぷりはよせよ、二人とも。俺が何を言いたいのか、もう分かってるくせに」

スミノフはがぶりとワインを飲んだ。

「昼間、ミエコが言った通りだ。我々は、ホフマンの音楽性を否定することはできっこない。あまりにも彼を尊敬しているし、あまりにも彼の音楽は素晴らしかったから。そして、彼はもうこの世の人間ではないんだ」

その表情は、厳しい。

「そして、カザマ・ジンは合格した。まんまとホフマンの思惑通り、我々は彼を合格させてしまった。見ただろ、スタッフの熱狂を？　たちまち噂は広がる。もちろん、ホフマンの推薦状のことも」

三枝子はなんとなくゾッとして、身体をぶるっと震わせた。

「そもそもなぜ推薦状をつけるか？　それは、落としにくくするためだ。大事な弟子を、大事に扱ってもらうようにするためだ」

スミノフは、奇妙な笑みを浮かべて二人を見た。

シモンが後を続ける。

「つまりは、推薦状がない奴は落としてもいいってことさな」

スミノフは満足そうに頷く。

「その通り。だって、我々は、まさに『正規の音楽教育』によって口を糊《のり》しているわけだからな。幼い頃からレッスン代を払ってもらい、音楽大学に入ってもらい、授業料を払ってもらう。それだけの手間暇を掛けた大事な弟子を、誰の口も糊してこなかったどこの馬の骨とも知れぬ人間と同じに扱ってもらっちゃ困る。そのための推薦状だ」

三枝子は、唐突に、最近どこかで聞いた噂話を思い出した。

日本の地方自治体が主催したとあるピアノコンクールで、ずば抜けた天才肌の候補者が勝ちあがったものの、国内の音楽界に全く知りあいがおらず、審査員はもちろんその関係者にもレッスンを受けていなかったために、最高点を集めたのに結局つまらない難癖をつけられて失格扱いになってしまったという。

「ホフマンの推薦状には、二重の目的があったんだ。まずは、無名の彼にオーディションを受けさせ、合格させること。そして」

スミノフは、一瞬遠い目になった。

「この先、彼をクラシック音楽界に無視させたり黙殺させたりしないこと、だ。だから、どうしても推薦状は必要だった。全く畑違いのところからやってきた彼を、我々や他の先生方が無視しようとしても、ホフマンの推薦状がそれをさせない。それはまさに、我々や世界の音楽ファンが崇《あが》めてきたホフマンを否定することに他ならないからだ。しかも、それ以上に恐ろしいのは」

スミノフは真顔で二人を振り向いた。

「この少年には本当に凄まじいテクニックがあって、聴く者を熱狂させてしまうということだ。全く音楽教育を受けていないのに、ね」

三枝子とシモンは身動《みじろ》ぎもせずにスミノフの話に聞き入っていた。

ひょっとして、あたしたちはとんでもないことをしてしまったのだろうか。何かが知らないところで動きだしているような、空恐ろしい心地になる。

突然、携帯電話の着信音が鳴り響いた。

三枝子とシモンは同時にびくっとする。

「失礼」

スミノフが携帯電話を取り出し、出た。スミノフの大きな手が握っていると、まるで携帯電話はフィンガーチョコレートをつまんでいるかのように小さく見える。

「うん——はあ、なるほどね。そうか」

スミノフはしばらくぼそぼそと話していたが、礼を言って電話を切った。

二人がもの問いたげにすると、電話をしまいながら説明する。

「事務局からだ。ようやくカザマ・ジンに連絡がついたらしい」

「今頃？」

シモンが思わず時計を見る。じきに日付が変わろうという時刻である。

「父親は養蜂家だそうだ。生物学で博士号も持ってて、今は都会での養蜂を研究してるんだと。今日はパリ市庁舎で蜂蜜を集めてたらしい」

「養蜂家」

三枝子とシモンは初めて聞く言葉のようにのろのろとその言葉を繰り返した。

「まさに畑違い、だな」

シモンは苦笑する。

彼を本物の『ギフト』とするか、それとも『災厄』にしてしまうのかは、皆さん、いや、我々にかかっている。

今この時、三人の頭の中に同じ文章を読むホフマンの声が響いていることは間違いなかった。

トレモロ

雨の音がひときわ強くなって、栄伝亜夜《えいでんあや》は無意識に本から顔を上げていた。

大きく取った窓の外は昼間だというのに真っ暗で、激しい雨が裏の雑木林から色彩を奪っている。

やっぱり聞こえる。雨の馬たち。

それは、子供の頃から何度も聴いてきたリズムで、かつて亜夜が「雨の馬が走ってる」と言っても大人たちはきょとんとするばかりだった。

今ならちゃんと口で説明できる。

家の裏にある物置小屋は、トタン屋根になっている。

普通の雨では、何も聞こえない。しかし、一時間に数十ミリというような大雨の時には、不思議な音楽が聴こえるのだ。

恐らくは、雨の勢いが強くて、母屋の屋根からトタン屋根の上に雨水が飛んでくるのだろう。そうすると、トタン屋根の上で、雨は独特のリズムを刻む。

ギャロップのリズムだ。

子供の頃、「貴婦人の乗馬」という、ギャロップのリズムを取り入れた曲を弾いたことがあるけれど、ちょうどトタン屋根の上の雨はあのリズムを奏でていた。

最近、ＹｏｕＴｕｂｅで、バンドの練習中にたまたま練習していたビルで鳴り始めてしまった火災警報器がいつまでも止まらないので、そのサイレンに合わせて即興で演奏した映像が評判になっていたっけ。

　亜夜は低く溜息をついた。

　世界はこんなにも音楽で溢れているのに。

　色彩のない、雨に歪《ゆが》む風景をぼんやり眺めていると、そんな醒めた感想が込み上げてくる。

　わざわざあたしが音楽を付け加える必要があるのだろうか。

　亜夜はちらりとテーブルの上の書類を見た。

　燃え尽き症候群。二十歳過ぎればただの人。

　そんな陰口は聞き飽きていた。

　毎年、世界中で次々とピアノの天才少年や天才少女が湧いてくる。いきなりオーケストラと共演し、神童と謳《うた》われ、両親は息子や娘の将来に薔薇色の未来を見る。

　しかし、みんながみんな、そのまま大成できるわけではない。思春期を迎え、自分の棲《す》む世界のいびつさに気付いてもがき苦しみ、同世代の他のみんなと同じ青春を送りたいとおのずとフェイド・アウトしていったり、単にレッスンに嫌気がさし、音楽性に伸び悩んで消えていってしまう者たちもまた、大勢いるのだった。

亜夜もその一人だった。内外のジュニアのコンクールを制覇し、CDデビューも果たしていたし、そのCDが伝統ある賞を獲って話題になったこともある。

亜夜の場合、キャリアを断たれた原因ははっきりしていた。

彼女の最初の指導者であり、彼女を護《まも》り、彼女を励まし、彼女の身の回りのことをすべてやってくれていた母が、十三歳の時に急死したのである。

これが、もう少し彼女の年齢が上であれば、話は別だったかもしれない。せめて十四、五歳になっていれば。思春期の反発や母親の庇護下にいる鬱陶《うっとう》しさとぶつかる機会があったならば。そうしたら、彼女の母の死は、彼女の音楽にとって別の意味があったかもしれない。

しかし、母を愛し、母を喜ばせたいと母のためにピアノを弾いていた亜夜にとって、その存在が突然消えたことの喪失感はあまりにも大きかった。彼女は、文字通り、ピアノを弾く理由を失ったのである。

それに、母は教師やマネージャーとしても優秀だった。

本来、亜夜はのんびりしていて何事にも全く欲がない。かといって大勢の中で泰然自若としていられるわけではなく、他人に競争心や嫉妬など、剝き出しの感情を向けられると、それだけで萎縮してしまうような気の弱さもある。その辺りを承知した上で、母は彼女を護り、生来おおらかな娘のモチベーションをうまく上げられるよう、時に師として、時に辣腕マネージャーとして導いてくれていたのだった。

母の死後、最初のコンサートで、亜夜は演奏をしなかった。

スケジュールは一年半先まで決まっていた。彼女のデビューCDを作ったレコード会社の人が、急遽《きゅうきょ》マネージャーを務めることになった。

母が生きている時から、家事は同居している祖母がほとんどをカバーしてくれていたので、とりあえず生活に不自由することはなかった。亜夜自身、まだ母がいなくなったということがどういうことなのか理解していなかったのかもしれない。

亜夜が初めて母の不在を意識したのは、地方のコンサートホールの楽屋でだった。新しいマネージャーは、ちゃんとスタイリストを付けてくれた。ステージ衣装をチェックし、髪を結い、薄化粧を施してくれる。それは、ずっと母がやってくれていたことだった。スタイリストは準備が終わると退室して、次の仕事に出かけていった。

ねえお母さん、紅茶は？

亜夜はそう言いかけて、自分が楽屋に一人きりであることに気付いた。

いつも濃い目で甘く淹《い》れた紅茶を、人肌の温度で魔法瓶に入れてきて渡してくれるはずの母の姿がそこになかった。

亜夜は動揺した。

足元がすうっと沈みこんでいくような巨大な喪失感が襲ってきた。

本当に、天井が薄暗く遠ざかっていくのを感じた。遠く遠く、どこまでも遠ざかっていく天井。すなわち、全身の血が引いていく感触は、生温かいような、くすぐったいような、奇妙な感じだった。

あたしは一人。一人きり。お母さんは、もうこの世界のどこにもいない。あたしに紅茶を渡してくれることも二度とない。

そう初めて認識した瞬間だった。

続いて、ハッと我に返る。

ここはどこだろう？　あたしは何をしているの？

きょろきょろと辺りを見回す。

白い壁。鏡の上の丸い時計。楽屋。楽屋だ。どこかのホールの楽屋。

そして、唐突に、自分がコンサートの前であることに気付く。

そうだ、さっき、オーケストラとリハーサルをしたではないか。プロコフィエフの二番。何事もなかったかのように、自然に。なぜあんなことができたのだろう。

そういえば、指揮者が、みんなが、感心していた。誰かが囁《ささや》く声を聞いた。

よかったよかった、心配してたけど、一人でもしっかりしてるね。

たいしたもんだ。もっとショック受けてるかと思ったけど、落ち着いてた。

やっぱり、演奏することで乗り越えるしかないんだね。

あれはどういう意味だったのか。

そう考えると、心臓のあたりが冷たくなってきた。

ゾッとするような現実が、再び襲いかかってくる。

そうだったのだ。あたしは一人きりになったんだ。もうお母さんはいない。だから、みんながあんなことを言っていたんだ。

一人きり。一人きり。

ステージマネージャーが呼びに来て、指揮者と共に舞台に進み出る瞬間も、頭の中にはその言葉が繰り返し鳴り響いていた。

明るいステージの向こうで、期待に満ちた喝采が寄せてきた時も、亜夜の心は凍り付いたままだった。

彼女の目には、静かに光を浴びているグランドピアノしか見えていなかった。

そして、彼女は理解した。

客席にも、ステージ袖にも、世界のどこにもお母さんはいない。

そうはっきりと理解した彼女に、グランドピアノはまるで墓標のように見えた。

かつてはそうではなかった。

ステージの上のグランドピアノはきらきらと輝き、中にはこれから溢れ出すはずの音楽がはちきれんばかりにして彼女を待っているのが見えた。

早く早く、あそこに座って早く音楽を取り出さなければ。

いつも駆け出したいのをこらえなければならないほど、彼女はあの箱の中に詰まった音楽を見ていたのだ。そして、彼女がいきいきとした音楽を取り出すことを、何よりも、誰よりも喜んでくれる母がいた。

しかし、今は。

がらんとした、空っぽの、墓標。しんと静まりかえり、ひたすら沈黙と静寂に身を委ねている黒い箱。

あそこにもう音楽はない。あたしにとっての音楽は消えた。

冷たい確信が重い塊となって、彼女の中にすとんと落ちたとたん、彼女はくるりと踵《きびす》を返していた。

視界の中に、驚くオーケストラの団員と、ステージマネージャーの顔が見えたが、彼女は一度も振り返らず、スタスタと、やがて小走りになって、ステージを降りていた。

客席のざわめきも、誰かの叫び声も耳に入らなかった。

彼女は走って、走って、走った。

人気《ひとけ》のないホールの裏口のドアを押し、雨のそぼ降る暗い屋外に、一目散に飛び出していったのだった。

かくて、彼女は「消えた天才少女」となった。

ドタキャンしたステージは、ある種の伝説にもなった。団員たちが、リハーサルは完璧で、むしろ母親が生きていた時より素晴らしかったと証言したからである。

しかし、ソリストの消えたステージの後始末、違約金の発生、レコード会社のマネージャーが被った苦難だけでは済まず、いちどステージをすっぽかしたピアニストには、よほどの大御所でもない限り、二度とコンサートの依頼など来ない。若い「天才」ピアニストはいくらでもいるのである。

いっとき、エイデンする、とか、エイダンアヤ、などという言葉がピアノ科の学生のあいだで揶揄《やゆ》的に使われた。つまりはドタキャンすることを指すのだが、「栄伝」という珍しい名字も揶揄の対象になった。「栄光を伝える」のではなく、「栄光を断《た》ったピアニスト」として、「栄断」と揶揄されたのだ。

しかし、意外にも、亜夜自身に挫折感はなかった。

彼女の中では、コンサートのドタキャンは筋が通っていたからである。

取り出すべき音楽がピアノの中に見つからないのに、なぜステージに立つ必要などあるだろうか。

注目されたり、妬《ねた》まれたりすることに比べたら、馬鹿にされたり、無視されたりすることは全然平気だった。

かつてはいろいろな思惑を持った取り巻きがいて、「天才少女・栄伝亜夜」からいろいろなものを巻きあげようとしていたが、ドタキャン以来、彼らの態度は腫《は》れものに触るようになり、やがて潮が引くように次々と姿を消していった。

むしろ、亜夜は、周りから誰もいなくなってせいせいした。

母の不在を認めた瞬間から、彼女は改めて自分の人生を生き始めたのである。高校は普通科を受けた。ピアノをやる子供、しかも上手な子はおしなべて成績が良い。彼女も成績はトップクラスだったので、地元の進学校に進み、「普通の」高校生活を満喫する。

音楽から離れたわけではない。ステージのコンサートピアノの中に、取り出すべき音楽が見つからないのと、それを聴かせるべき母親がいなくなったというだけで、音楽を聴くのは好きだったし、それなりにピアノも弾いていた。

ただ、亜夜はあまたの「天才もどき」とは異なっていた。

確かに、有り余る音楽性が彼女の中に埋もれていた。

その音楽性に気付き、しかもそれが、亜夜の場合、かえって彼女をピアノから遠ざける可能性があると気付いていたのは、恐らく彼女の母親ともう一人だけだった。

彼女は、元々ピアノなど必要としていなかった。

子供の頃、トタン屋根の雨音に馬たちのギャロップを聴いていた時から、彼女はあらゆるものに音楽を聴き、それを楽しむことができたからである。

たまたま母親にピアノの手ほどきを受け、テクニックにも恵まれていたのでピアノを通して音楽を表現してきたが、他のものを通してでもよかったし、自分で演奏せずに世界に音楽が「存在」していてくれるだけでもじゅうぶん楽しかったのだ。そういう意味でも、彼女はまさに天才少女だった。だからこそ、母はきちんと彼女を管理し、ピアノから興味を逸《そ》らさないように導き続けなければならなかったのだ。

管理者を失ったことが、彼女にとってよかったのかよくなかったのかは、今となってはもう分からない。

生前、母親が、娘の音楽性ゆえの懸念を打ち明け、その懸念を共有できていた人間が一人だけいた。

そろそろ大学進学を考えなければ、という時期、その男性が彼女を訪ねてきた。

かつて、母と音大で同期だったという男性で、お母さんの命日も近いし、彼女が好きだった亜夜ちゃんのピアノを聴かせてくれないか、という申し出だった。

亜夜は、踵を返してステージを去った日から、人前でピアノを演奏したことはなかった。友人とのロック・バンドやフュージョン・バンドを掛け持ちし、電子ピアノを演奏したことはあったけれど、誰かの前できちんとピアノを演奏することを避けてきた。むろん、周囲が遠慮していたというのもある。

いつもだったら断っていただろう。

しかし、その、浜崎という男性を見た瞬間、亜夜は不思議な懐かしさを覚えた。タヌキの置物みたいな、ずんぐりむっくりの体型。ひと昔前の、TVドラマに出てくる校長先生のような、眼鏡の奥の細く温厚な目。

何より、話し方がのんびりしていて、まるで、お駄賃をあげるから、角のお店でアイスを買ってきて、というような気安い頼みに、亜夜は、はあ、いいですよ、何の曲がいいですか、とこれまた安請け合いをしていたのだった。

なんでもいいよ、亜夜ちゃんの好きな曲で。お母さんの好きだった曲でもいい。

亜夜は、ピアノの置いてある部屋に彼を案内しながら考えた。

最近、好きな曲でもいいですか？

もちろん、と浜崎は頷く。

母がいなくなり、人前で演奏しなくなってから、ピアノの置いてある部屋の雰囲気はすっかり変わっていた。

CDや本、ぬいぐるみに観葉植物。今ではすっかり亜夜の第二の部屋と化している。

浜崎は、しげしげとその部屋を眺めていた。

すいません、汚くて。

浜崎があきれているのかと思い、亜夜は慌てて謝ったが、浜崎は「いや、いい部屋だねえ、ピアノと亜夜ちゃんが一体化してて」と首を振った。

一体化、確かにそうですね、と亜夜は笑い、ことんとピアノの蓋《ふた》を開ける。

ほんの少しだけ、わくわくした。忘れていた感覚。

誰かに聴かせる、というのは本当に久しぶりである。

いきなり暗譜で弾き始めた。

ショスタコーヴィチのソナタ。

ロシアの若手ピアニストが演奏しているのを聴いて、面白いなあと気に入って、趣味で練習していた曲だった。楽譜は高いので、繰り返し聴いて覚え、鍵盤で再現したのである。

浜崎は少し意外そうな顔をしたが、亜夜が弾き進めるにつれ、徐々に背筋が伸び、顔色が変わっていった。

亜夜が弾き終えると、浜崎は真顔で大きく拍手をした。

これ、誰か先生に聴いてもらった？

いえ、今は誰にも師事してないんで。

亜夜は苦笑した。母が生きている時は、著名な先生についていたが、その先生も、ドタキャン騒ぎのあと、自分の指導を非難されるのではないかと恐れたのか、こんな問題児とは関係ないとアピールしたかったのか、全く連絡がなくなった。

自己流で、ここまで。

浜崎は、一瞬そう呟いて絶句した。

とってもよかった、何考えながら弾いてたの？

浜崎は考えこむように口に手を当て、真剣な目で亜夜を見た。

スイカの転がるところです、と亜夜は答えた。

スイカ？

浜崎は面喰らった表情になる。

亜夜は説明する。

最近ね、観た韓国映画で面白いシーンがあったんです。山の中の道をね、スイカがたくさん、ごろんごろん転がり落ちていくんですよ。割れたり、割れなかったり。アスファルトの道路が真っ赤になっちゃって、それでも割れなかったスイカはどこまでもごろんごろん落ちていくんです。この曲を聴いた時、その風景が目に浮かんだんです。ねえ、この曲、スイカが坂道を転げ落ちていくような気がしません？　時々、一個か二個、スイカに追いついてつかまえる場面があるでしょ？　あとのほうで、割れたスイカを片付ける場面もあります。

浜崎は目をぱちくりさせ、それから身体を揺すって笑い出した。

なるほどねえ、スイカねえ。

ようやく笑いの発作が治まると、浜崎は椅子にきちんと座り直した。

栄伝亜夜さん、ぜひうちの大学を受けてもらえないでしょうか？

改まった口調で切り出され、亜夜はあっけに取られた。

うちの大学、というのは。

恐る恐る尋ねると、浜崎は名刺を取り出した。

名刺の肩書きを見て驚く。浜崎は、日本で三本の指に入る名門私立音大の学長だったのである。

あなた、音楽好きでしょう。それも、大好きで、とても理解が深い。そういう人に、うちの大学に入ってもらいたいんです。今はいろいろ音源もあるし、楽しむこともできるけど、やはり音楽大学で勉強したほうが面白いこともいっぱいあるし、勉強すれば、更に音楽が面白くなる。あなたみたいな人に、音楽大学で勉強してもらいたい。どうですか？

畳みかけるように一気に言われて、亜夜は更に目をぱちくりさせた。

浜崎はじっと返事を待っている。

どうして受ける気になったのかは分からない。

それまでは、理系の学部もいいなあ、といろいろ大学のカリキュラムを調べているところだったのだ。

しかし、浜崎の言葉に心を動かされたのは事実だった。

コンサートピアニストにはなれなくとも、音楽と離れることは有り得なかった。

だが、しょせんは趣味。さまざまなジャンルの音楽を聴き、バンド活動をしていても、どこかで物足りなさを感じていたのかもしれない。

入学試験では、名だたる教授たちが試験官としてずらりと並んでいるのに面喰らった。冷たい視線も感じたし、一人、浜崎だけが飄々《ひょうひょう》とした顔で頷いてみせたのにホッとしたことも、昨日のことのように思い出せる。

彼女の演奏が終わった瞬間、教授たちは一斉に浜崎を見て、拍手をした。その瞬間、浜崎がニコッと笑って亜夜に手を振ったことも。

あとで、異例の入学試験だったと聞いた。現在師事している教授もない生徒に、学長推薦で入学試験を受けさせること自体、下手をすると学長の立場を危うくしかねない異例の措置だったとも。

彼女の名前に、同じピアノ科の学生たちは、初め、「ああ、あの」と顔を見合わせたり、記憶を探るような表情を見せたし、陰口を叩く者もいた。

けれど、飾り気のない亜夜の性格と、同期の中でも明らかに抜きん出た技術を目《ま》の当たりにするにつれ、みんなただの優秀なクラスメートとして接してくれるようになっていったのは嬉しかった。

それに、実際、楽典や作曲法や歴史など、改めて勉強するのはとても面白かった。浜崎の予言通り、音楽大学で勉強することで、ますます音楽が面白くなったのである。

だけどなあ。まさか、今更、コンクールなんかに。

亜夜は、窓を叩く雨を見ながらもう一度、深く溜息をついた。

子供の頃の、ジュニアのコンクールの記憶はほとんどない。あの頃は、コンクールに参加しているというよりは、発表会に行っている気分だった。シニアのコンクールに出るのは初めてである。

二十歳過ぎれば、ただの人。

誰かの陰口が聞こえる。そう、彼女はこの春に二十歳を迎えていた。ステージに背を向けて七年。

現在の指導教官（なかなか面白い――というか、むしろ変人の域にある教授だが、亜夜とは妙にうまがあっていた）から勧められたのだが、その背後に学長の意向があることは明らかだった。

亜夜だって、学長に恩を感じていないわけではない。

さすがに、このコンクール出場を断ると、学長の顔を潰すことになると気付いていた。異例の措置で入学させてもらったのだから、その存在意義を証明しなければならないのだということにも。

だけど、あたしの中には、あの時以来、ああいう種類の音楽はないんですよ、先生。

亜夜は心の中でぼやいた。

彼女は、今の大学生活に至極満足していた。外側にある音楽を味わい、それを追体験するためにピアノを弾き、世界に溢れる音楽の再現を楽しむ。これでじゅうぶんだ。理論的に学ぶことや、他の学科の演奏を聴くことでも、深く音楽を掘り下げているという実感を得ている。

どうしよう、お母さん。

亜夜は、ますます激しくなる雨で波打つ窓を見つめた。

本を机に置き、その上にだらしなくもたれかかる。

雨の馬のギャロップは、規則正しく彼女の頭に響き続けていた。

ララバイ

「じゃ、すみません、奥さん、もう一度お子さんと一緒にそっちから歩いてきていただけますか？　ハイ、どうぞ、歩いてきてくださーい」

雅美が片手を上げ、ぎくしゃくした表情の満智子が保育園の前から明人《あきひと》の手を引いてぎこちなく歩き始めた。

「普通に、普通に。カメラがあると思わないで」

明石《あかし》は隣で見ていて苦笑した。

そんなことを言われたら、余計に気にしてしまうに決まっている。

むろん、雅美も極力満智子にリラックスさせるよう、これまでも何度も自宅に来て満智子と明人に打ち解けるよう気を遣ってくれていた。しかし、実際にカメラが自分を写しているとなると別の緊張感があるのも事実で、今日は外での撮影、しかも、保育園の他のお母さんたちがこっそり遠巻きに見ているのが、沈着冷静な性格の満智子を緊張させているようだった。

「ハイ、オッケーです」

雅美が明るく手を振った。

満智子がホッとした顔になる。

「ありがとね、明人。ご協力感謝」

明石はきょとんとした顔の明人を抱きあげる。

「ゴキョーリョク、カンシャ、カンシャ」

明人は言葉の響きが面白いのか、ニコニコと繰り返している。

雅美は撮影用のデジタルカメラを下ろし、明石のところにやってきた。

「あとは、練習風景をもう少し撮って、コンクール当日の楽屋ね」

「分かった」

「どうなの、練習時間は取れてるの？」

ファインダー越しだときびきびしたＴＶ記者だが、カメラさえなければ雅美はたちまち高校時代の同級生の顔になる。

「うーん。仕事も忙しいしねえ。正直、どこかにこもって、曲を仕上げるためのまとまった時間が欲しいんだけど」

明石は煮え切らない返事をした。

雅美はうふふ、と小さく笑った。

「なんかそういうところ、高島君らしいわ」

「どういうところ？」

「『俺が俺が』ってところのない、おっとりしたところよ」

「いたたた」

「何よ」

「それが音楽家としての俺のコンプレックスなんだけどな」

「そういうものなの？」

「そういうもの」

雅美が、それを明石の美点として考えていてくれることはよく分かる。しかし、強烈な自我や個性の求められるソリストの世界で、それが必ずしも評価されないことは、誰よりも明石がよく知っていた。

「あたし、高島君のピアノ、好きだけどなー。うまく言えないけど、ホッとする。なんともいえないデリカシーがあるもん」

「デリカシー、か」

明石は呟いた。

雅美は、どこか心配そうに明石を見ている。

「他の人たちの撮影は順調なの？」

明石はわざと明るい笑顔を作って話しかける。

雅美は、安堵したように頷いた。

「うん、みんな協力的。芳ヶ江にホームステイする予定のウクライナとロシアの子を撮れることになったの。そこのホームステイ先、なぜかいつも面白い子ばかり来る、しかも必ず入賞するってジンクスのあるおうちでね。今度来るウクライナの子も、下馬評ではかなりの実力のある子だそうよ」

「ふうーん」

かなりの実力。当然だ。燦然《さんぜん》たる歴史を誇る、ロシア・クラシック界が送りこんでくるのだから、誰もが「相当な実力」の天才少年少女なのだ。

明石は内心、深い溜息をついていた。

高島明石、二十八歳。父親の転勤先の兵庫県明石市で生まれたから、というのがその名前の由来である。

芳ヶ江国際ピアノコンクールの出場者では最高齢であり、応募規定ぎりぎりの年齢である。低年齢が当たり前のピアノコンクールでは、この歳は完全に年寄り扱いだ。

コンクールのドキュメンタリーを撮りたいので、撮影させてほしいという申し出があった時、明石はその担当者が高校時代の同級生、仁科雅美だったので驚いた。聞けば、企画を出したのも彼女で、明石が出るのを知って、明石を担当させてほしいと頼んだのだという。

芳ヶ江は日本有数の企業城下町で、芳ヶ江国際ピアノコンクールには大きな協賛企業が複数ついており、予算がつきやすいと考えられたことも、この企画が通った大きな理由らしい。

明石は最初、TV番組に出るなんてとんでもない、と断った。

「俺、二次に残れるかどうかも分からないよ」

こんな歳で、勤めていて、子供までいる。正直、コンクールに出るような立場ではないのだ。「恥さらし」という言葉が頭に浮かんだくらいである。

「ううん、それでもいいの」

雅美はきっぱりと言った。

「今、みんなが音楽に求めてるのはドラマなのよ。高島君みたいに、家族を持っててコンクールに出るっていうの、共感呼ぶと思うな」

それに、雅美ははっきりとは言わなかったが、出場者が裕福な家庭のおぼっちゃま、お嬢様ばかりだと番組が締まらない、ということらしかった。明石のような変わり種がいたほうが、絵としては面白いというのだ。

確かに、明石の家はごく平均的なサラリーマン家庭だったし、妻は幼馴染で高校の物理の先生、明石自身は大きな楽器店の店員、という見事に二代に亘《わた》って凡庸な家庭である。

フツーのお父さんが国際ピアノコンクールに出る！　それは、家族に回帰せよという圧力と風潮の強まる日本で、なにがしかの売りになるようだった。

それでも、結局、ＴＶ出演を決めたのは、これが記念になると思ったからだった。

このコンクール出場が、彼の音楽家としてのキャリアの最後になることは明らかだったし、それ以降は音楽好きなアマチュアとして残りの音楽人生を生きていくことになるのだろう。

でも、明人が大人になった時のために、パパは「本当に」音楽家を目指していたのだという証拠を残しておきたい。それが決め手だった。満智子や雅美、両親にもそう説明した。

いや、本当は、違う。

明石の中のもう一人の自分が、呟く。

それは口実だ。

そいつは、そう指摘する。

おまえは怒りを持っているはずだ。疑問を持っているはずだ。つねづね、おかしいと思っていたはずだ。

「俺が俺が」と言わないおまえ、デリカシーがあって優しいおまえ、そんなおまえが心の奥底に押し殺していた怒りと疑問。それをこのコンクールで吐き出したいと思っているのではなかったか？

そうだ、と明石は答える。

俺はいつも不思議に思っていた――孤高の音楽家だけが正しいのか？　音楽のみに生きる者だけが尊敬に値するのか？　と。

生活者の音楽は、音楽だけを生業《なりわい》とする者より劣るのだろうか、と。

少し抵抗があってから厚い扉がゆっくりと開き、サッと中に光が射しこむ。

土間の上に光の四角が出来て、その中に明石の頭の影が入りこんだ。

懐かしい匂い。

ピアノの前に座っている、足がまだ床に届かない、小さな少年の姿が浮かんだ。

もう、遠い季節のことだというのに、匂いから蘇る幼年時代は鮮明だ。

「うわあ、天井高い。立派な梁《はり》。昔の家って、丈夫よねえ」

雅美の声で、明石は現在に引き戻された。

雅美は天井を見上げる。明かりは点《つ》けたものの、まだ目が暗がりに慣れない。

「中二階になってるの？」

「うん。まあ、蚕棚ってやつさ」

「へえ、これがそうなんだ」

カメラを抱えた雅美は、蔵の中をゆっくりと写していく。

がらんとした部屋。意外に空気は乾いている。

カバーの掛かった、小さめのグランドピアノ。

雅美はそのピアノにカメラを向け、じっと回し続けていた。

買ってくれた祖母は、彼が中三の時に他界している。

明石は、蔵の隅に置いてある、背もたれのない小さな木の椅子に目をやった。祖母は、あの上にいつもちょこんと正座して、ぴんと背筋を伸ばし、孫の弾くピアノを聴いていたのだ。

明石の出す音は優しいねえ。お蚕さんも、明石のピアノが好きみたいや。

「妙に馴染んでるわね、蔵の中にグランドピアノ」

「まあ、蔵自体が防音室だしな」

「よく来るの？」

「今回は久しぶり」

今でも年に一度は調律してもらっているが、今回、コンクールに参加することを決めた時にもう一度念入りに調律をしてもらった。

調律師の花田は明石の父親といってもいいくらいの年齢の、長年のつきあいだったが、芳ヶ江国際ピアノコンクールに参加すると打ち明けると、明石が驚くほどとても喜んでくれ、はりきって調律してくれた。

嬉しいよ。嬉しいなあ。僕は、昔から明石君のピアノのファンだからね。ピアノは天才少年や天才少女のためだけのものじゃないんだから。

むろん、自分が天才少年でないことは知っていた。けれど、やはり花田にもそうではないと思われていたことには内心ちょっとだけ傷ついたが、まあこの歳でコンクールに記念受験のごとく参加するくらいなんだから、それがまっとうな評価だろう。

それより、花田も明石と似たようなことを考えていたのだと知り、勇気づけられた思いだった。

ピアノは天才少年や天才少女のためだけのものじゃないんだから。

「これが、高島君のおばあちゃんが買ってくれたピアノなのね？　なんだか、可愛いピアノ。絵になるわ。高島君、弾いてみて」

雅美は映像の人間らしく、番組として見た目がさまになるかどうかをしきりに気にする。

明石はカバーを取り、蓋を開け、椅子を引いてピアノの前に座る。

座り慣れた椅子だ。ずっと明石の重みを受け止めてきたクッションの部分が、明石のお尻の形に窪んでいる。

コンサート用の巨大なグランドピアノに比べれば、とてもこぢんまりしたグランドピアノだ。現在の、がっちりした大柄な明石には縮んで見える。

昔はあんなに大きく感じたのになあ。

明石は、少し黄ばんだ鍵盤をそっと撫《な》でた。

このピアノの前に初めて座った時の感激は忘れられない。

明石のピアノの発表会に来た祖母は、孫の演奏に感激して「この子は音楽家になる」と近所に触れまわったという。そのうちに、どこかで誰かから「プロになるのなら、アップライトピアノでは駄目だ」と言われたらしい。

もっとも、確かに子供の頃の明石は手も大きく、技術的に高度な曲も難なく弾いてしまい、「将来の大器」と期待されていたのだ。

近隣では随一と言われるほど大きな養蚕農家であった父方の実家だが、明石が生まれた頃には既に斜陽産業で、跡を継いだ父の兄も電気メーカーに就職しての兼業である。それでも、祖母はコツコツと稼いだお金を貯め、中古ではあるけれど、明石にこのピアノを買ってくれたのである。

明石は嬉しくてたまらなかった。嬉しくて泣いたのは、あれが初めてだった。ピアノを弾く者にとって、やはりグランドピアノは憧れだ。

しかし、せっかく祖母が買ってくれたグランドピアノは、明石の家にはやってこなかった。

父の転勤が多く、普通の日本のアパートの部屋には到底入らない。入ったとしても、鳴らせば近隣から苦情が来る。一緒に持ち運べないと父に言われ、明石は今度は悲し涙に暮れた。

だから、夏休みやお正月、発表会の前にはいつもここに来て、日がな一日ピアノを弾いていたものだ。

もちろん、祖母はクラシック音楽のことなど何も知識はなかった。

しかし、元々耳がいい人だったのだろう。何年も孫のピアノを聴いているうちに、耳が肥えていったらしい。祖母が亡くなる前の数年、しばしば明石は祖母の耳の鋭さに驚かされた。

まずは、明石の体調や気分を細かく聴き分けた。練習が終わって夕飯のテーブルを囲むと、「疲れてるなあ」とか、「何か心配ごとでもあるんか？」と声を掛けてくる。それがことごとく当たっていて、いつのことだったか、「明石は、なんか気になることがあると音が寸詰まりになるなあ」と言われてびっくりしたことがある。レッスンでも、気持ちに余裕がないと、しっかり「ため」をもって弾くことができず、調子のいい時に比べ、演奏時間が短くなりがちだというのは何度も先生に指摘されていたからだ。それも、普通に聴いていたら気付かない程度のわずかな時間なのだけれど、祖母はそのことに気付いていたのである。

また、近所でピアノを習っている子がしばしば遊びに来て交代で弾いていると、祖母は誰が弾いていたか、その子がどういう性格かを実に正確に言い当てるのだった。

明石の音楽観や、今胸に抱いている反発は、祖母の存在の影響かもしれない。

あいつ、ピアノん中に虫飼ってるらしいぜ。

芋虫だらけの部屋で練習してるんだって。キモチワルッ。

蚕部屋を改造した蔵だと言ったら、いつのまにかピアノ教室ではそんな噂が流れ、ずっとからかわれ続けた。一人、執拗にそのことにこだわる男の子がいて、彼は明石とは別の音大に行ったのだけれど、大学生になってまで、明石の学校の級友にその話を面白おかしく吹きこみ続けるのには閉口した。今にしてみれば、彼はそのピアノ教室での実力は明石に次いでいつも二番手であり（結構有名な、これまでに何人もプロを出しているピアノ教室だった)、温厚で誰にでも好かれる明石のことが羨ましかったのだろうと思うが、あまりのしつこさに、しまいには笑ってしまうほどだった。

大学の友人に、東京のとても有名な私立の女子校を出ている子がいた。彼女から、その学校の生徒の両親の職業でいちばん多い組み合わせは、父親が医者で母親がピアノの先生だ、という話を聞かされてびっくりした。

図抜けた天才少年ではなかったものの、それなりに将来を嘱望され、音大まで進んだ明石は、この業界とその周辺の一部の人々の持つ、歪《ゆが》んだ選民思想に違和感を抱き続けてきた。

音楽を生活の中で楽しめる、まっとうな耳を持っている人は、祖母のように、普通のところにいるのだ。演奏者もまた、普通のところにいてよいのではないだろうか。

プロを目指す道がないわけではなかった。というより、プロになるかならないかは本人の意思だけである。ピアノも音楽も愛していたが、明石は広いようで狭い、「普通ではない」あの世界に棲むことを内心どこかで恐れていた。自分は「普通のところ」にいたかった。祖母のような人の棲む世界に所属していたかったのだ。

「この曲知ってる。なんて曲だっけ？」

「シューマンの曲だよ。トロイメライっていうの」

ゆったりと曲を奏でながら、明石は雅美に答えた。

「これも知ってるでしょ」

別の曲を弾く。

「あっ、胃薬のコマーシャルの曲だね」

「ショパンだよ」

「やっぱ、高島君の音は優しいね」

明石はなぜかどきっとした。

お蚕さんも、明石のピアノだとよう聴いとうよ。

まるで、祖母が雅美の身体を借りて、明石に話しかけてきたような気がしたのだ。

不意に、じわっと身体の奥から何か温かいものが流れ出してきた。

「俺、ここにこもって、コンクールの準備の仕上げするよ」

「え？　那須高原かどこかのスタジオ借りるって言ってなかった？」

「やめた。やっぱ、ここのほうがいいや」

「そう？　撮影するほうとしては、近くて助かるけど」

雅美は戸惑った声を出す。

ほんの数時間前まで、こもる場所がないだの時間がないだのと彼女に愚痴っていたのだから無理もない。

しかし、明石はなんだか晴ればれとした心地になった。

ここで、仕上げをしよう。祖母が買ってくれたピアノで、祖母が聴いてる、お蚕様の部屋を改造したこの部屋で、コンクールの曲を仕上げよう。それが、今の自分にはいちばんふさわしい。

「『日曜はダメよ』って映画、知ってる？」

明石はゆっくりと鍵盤の感触を確かめながら、雅美の顔を見た。

「何よ、唐突に。知ってるわ、メリナ・メルクーリが出てるやつでしょ」

映画ならば得意分野とばかりに、雅美は口をとがらせる。

「あの中に、好きな台詞があるんだ」

「どれ？　たぶん、覚えてないけど」

蚕部屋のモーツァルト。

明石は、なんだか幸せな気分だった。

「あれ、ギリシャが舞台でしょう。で、メリナ・メルクーリ演じる陽気な娼婦が主人公で、どっかからカタブツの大学教授が来て、ことごとく地元の陽気な住民とぶつかるんだよね。で、地元の音楽家たちに、楽譜も読めないし、クラシック音楽のことを何も知らない。そんなおまえたちなんか音楽家じゃないって噛みついて、さすがにいつも陽気な音楽家たちもショックを受けて、もう演奏なんかしない、自分たちに演奏する資格なんかないって落ちこんじゃうわけ」

「ふうん。そんなシーンあったっけ？」

「うん。俺も音楽家のはしくれだから、凄く印象に残ってるんだ」

「それで？」

「で、そのことを聞きつけたメリナ・メルクーリが彼らに言うんだ。『何言ってるの。鳥は楽譜なんか読めない。でも、決して歌うことを止《や》めないわ』。そうすると、音楽家たちは目を輝かせて、また広場で演奏を始める」

「へえー」

「きっと、そういうもんだよね」

陽射しが長くなる午後の蔵の中に、モーツァルトがゆったりと流れている。

ドラムロール

高く緩やかにドーム形になった天井に、華やかな笑い声が反射して、ロビーを埋める人々の上に降り注いでいる。

あちこちで焚《た》かれるカメラのフラッシュ。ダークスーツでメモを携え素面で飛び回っているのは、地元メディアや音楽雑誌の記者、あるいはスポンサー企業の広報部といった面々で、近年評価がうなぎのぼりである芳ヶ江国際ピアノコンクールの勢いを示すように、全国紙の記者や著名音楽評論家の姿も見えた。

嵯峨三枝子は、シャンパンのグラスを手に、大きなガラス張りのロビーの向こうに見える円形の広場の暗がりに目をやった。

ホテルやオフィス、ショッピングセンターなどの複合施設のひとつであるこのコンサートホールは、石造りの広場を囲むようにロビーが造られているので、外がよく見えるのだ。もう夜十時近くなので、広場には人気がなく真っ暗である。華やかな光の溢れるロビーとガラス一枚隔ててひっそりとした闇が広がるさまは、どことなくコンクールという華やかな舞台とその陰に広がる悲喜こもごもとの対比をなぞるように感じられ、晩秋の日本の冷気が、一瞬ガラスを通りぬけて肌を刺すような錯覚に襲われた。

ふと、ガラスに映っている自分の顔に目を留めた。

不安そうな、険しい表情。

あらまあ、あたしったら、なんておっかない顔してるのかしら。まるであたし自身がコンクールに出場する音大の学生みたいじゃないの。

そう自分に向かって突っこみを入れ、表情を和らげようと頬を撫でてみるが、あまり成功しているとは言いがたかった。

二週間に亘る、芳ヶ江国際ピアノコンクールのオープニングナイトである。第一次予選は翌朝からだ。

オープニングコンサートは、前回の優勝者によるリサイタル。このコンクールの優勝者には、日本国内数か所でのコンサートツアーを組んでくれるのも重要な特典で、彼はこのオープニングコンサートを皮切りに、ツアーに出かけるのである。

前回、いったん書類選考から漏れたのちにオーディションから勝ち上がって優勝をかっさらい、更にそのすぐあとのSコンクールでも優勝してスターになった彼は、来日それ自体が話題になるほどで、ひとまわりもふたまわりも大きくなってステージに登場した。

自分たちが発掘したスターの凱旋公演を観客席でとっくりと眺めるのは、審査員冥利に尽きるというものだ。おのずと、今回もスターを、という気力が湧いてくる。

コンサートの後、コンサートホールのロビーを会場に、関係者のみでパーティが開かれる。ここで初めて世界に散っていた審査員が一堂に会し、コンクールの出場者も一部参加しているので、国際色豊かな雰囲気が漂う。開催者である自治体、芳ヶ江の市長や地元有力者、協賛スポンサーである地元企業のお偉いさんたちも集まり、実に華やかなパーティである。全国有数の企業城下町、それも世界に名だたる機械メーカーを複数抱えるここ芳ヶ江は、世界的不況下にあるとはいえ、まだ税収には恵まれているほうだろう。

「何一人タソガレてるわけ、三枝子はァ」

ひきつった顔を撫で回していた三枝子の肩をぽんと叩いたのは、作曲家の菱沼忠明《ひしぬまただあき》である。三枝子は苦笑した。

「人聞き悪いなァ、ヌマさんは。思索に耽《ふけ》ってるって言ってよ」

「よく言うよ、考えんのは一分と持たねえからソルフェージュなんか大嫌い、って俺の講義でぬかしてたお嬢さんはどこのどいつだっけね。どう見ても、ここ一年に増えた皺《しわ》を恨めしげに数えてるって風情だったぜ」

「ひどい」

三枝子は怒るのを通り越して、笑い出してしまった。

芳ヶ江国際ピアノコンクールでは、毎回課題曲に日本人作曲家の作った新曲が入っているが、今回その作曲を委嘱されたのが菱沼だった。大文豪と大政治家を祖父に持つ、世界的にも知られた作曲家なのであるが、その端整な容姿とたたずまいに比べ、口を開けばこの通りのべらんめえ調で、誰もがそのギャップに圧倒される。

「おフランス組、もの凄いのを掘り出したって?」

菱沼は、面白がるような目で三枝子を見た。

「あら、ヌマさんまで知ってるの」

三枝子は思わず渋い顔になる。

「養蜂家の子供なんだって? なんでも、『蜜蜂王子』って呼ばれてるらしいよ」

「蜜蜂王子」

三枝子は絶句するのと同時に憂鬱になった。

風間《かざま》塵《じん》。

その名前は、三枝子の心に重くのしかかっていた。さっき、パリのオーディション以来シモンとスミノフと初めて三人で顔を合わせたが、それぞれにその名がプレッシャーを与えていることは間違いない。

オーディション後も彼らのスケジュールはびっしりで銘々忙しかったが、わずかながら彼に関する情報が入ってきた。

三枝子がまず驚いたのは、その漢字名だった。

ジンという音からてっきり「仁」という字を想像していたのに、よりによって

「塵」とは。あきれる三枝子に、シモンが電話で不思議そうにするので、この字は「DUST」を意味すると言うと、シモンは受話器の向こうで大笑いした。

三枝子はその笑い声を聞いて憂鬱になった。ホフマンの思惑にまんまと嵌《は》まった挙句、名前はホコリときている。父親はかなり奇矯な人物に違いない。シモンは面白がっているが、三枝子の風間塵なる少年に対する不安は増すばかりである。

しかし、パリのオーディションで凄いのが出てきたという評判は、アッというまに業界内に広がっていった。

相変わらず、三枝子は先入観を避けたいと候補者に対する情報がなるべく耳に入らないようにしていたが、風間塵の前評判が凄まじいというのは嫌でも聞こえてきた。もっとも、あまりにも無名だったので彼についての情報は極端に少なく、それがかえって彼に対する期待を煽《あお》っているらしい。これで、実際にコンクールに現れた彼の演奏が見かけ倒しだった場合の聴衆の落胆たるや、考えただけでも恐ろしくなる。その落胆は、必ずやパリオーディションの審査員に対する怒りとなって跳ね返ってくるに違いないからだ。

「なんだよ、その苦虫を嚙み潰したようなツラは」

菱沼が意外そうな顔になる。さぞかし、三枝子が興奮してまくしたてるのではないかと思っていたのだろう。

「ま、ね。いろいろと。あーあ、ホフマン先生も罪なことするなあ」

思わず愚痴が口を衝《つ》いて出てしまう。

「推薦状があったんだってな」

菱沼は、三枝子の言わんとするところをどう理解したのかは分からないが、ふと真顔になった。

「でも、ユウジがその『蜜蜂王子』を指導してたってのは本当らしいぜ。こないだダフネに電話したら、以前から、ちょくちょくユウジのほうから出かけていって教えてる子供がいることは知ってたって話してた」

「ええっ」

ダフネというのは、ユウジ・フォン＝ホフマンの妻である。菱沼はホフマン一家と家族ぐるみでつきあっていたので、ホフマンの死後も電話のやりとりがあるようだ。

「先生のほうから出かけていって？　信じられない」

三枝子は思わず懐疑的な口調になってしまう。ホフマンはめったに弟子を取らないので有名だったし、自宅以外では決して教えなかったからだ。

「ダフネも珍しがっていろいろ聞いたけど、ホフマンはニコニコしてるだけだったとさ。あの野郎、どこまで天《あま》の邪鬼《じゃく》なんだか。『向こうは旅する音楽家だからねえ』って笑ってたって」

旅する音楽家。なるほど、花を追って移動して歩く養蜂家の子供ならば、その言葉が当てはまる。

しかし、いったいどんな教え方をしたのだろう。ステージマナーも何も知らないあの少年の様子には、とてもプロから指導を受けた形跡など見当たらない。

「で、その王子の出番はいつ頃なんだい？　むろん、今日は来てねえよな？」

菱沼はきょろきょろと周りを見回した。

「幸か不幸か一次の最終日の予定よ。日本に来るのはぎりぎりになるみたい」

二週間もの長丁場、しかも九十人が演奏する一次予選は五日間に亘る。オープニングナイトのパーティに参加するような参加者は、コンクールの常連のような実力者か、一次予選の最初のほうに出場する者だけだ。今この時間も必死に音をさらっている者もいるだろう。

ヨーロッパやアメリカから見て日本は遠いし、コンクールは費用も掛かる。ホームステイを使うにしても、参加者にはかなりの負担だ。コンクールの何日も前に芳ヶ江入りし、市内のホテルに泊まっているような参加者は、比較的近い、中国や韓国の富裕層の子供くらいである。多くの参加者の来日がぎりぎりになるのはいたしかたない。風間塵が経済的に恵まれているのかどうかはよく分からないが、特に金持ちだという話も聞いていない。

聴衆及び他の審査員の審判を仰ぐのが先になるのがいいのか、さっさと終わらせたほうがいいのかは分からなかった。

「おおっと、女帝がおいでなすったぜ」

菱沼がちらっと肩をすくめた。

「何か言った？　タダアキ」

ピシッとしたアルトの声が飛んでくる。

「さすが、地獄耳」

菱沼は口の中でもごもごと呟いた。

長身かつボリュームのある上半身を真っ青なスーツに包んでやってきたのは、華やかかつ重量級の迫力をにじませる赤毛のロシア美女、オリガ・スルツカヤである。自身も名ピアニストである上に、幾多のピアニストを育て、教師としての才能にも定評がある。親日家として知られ、日本人の弟子も何人も育て上げているため日本語にも堪能だ。七十近いが、妖艶さとバイタリティは些かの衰えもなく、音楽界に顔も広いし、実務能力や政治手腕にも秀で、芳ヶ江国際ピアノコンクールを文字通り世界に通用するコンクールに育てたのは、何度も審査委員長を務めてきた彼女の力が大きいと言われている。

「あたしの悪口言ってたんでしょう?」

オリガは艶然《えんぜん》と微笑み、形のよい眉をかすかに吊り上げた。

「滅相もない」

菱沼は愛想笑いをした。オリガとたいして歳が違わないくせに、この親父、美女には腰が低いんだから、と三枝子は苦笑する。

「今年もスター誕生かなあ、と噂してたとこですよ」

「うふふ、だといいわねえ」

オリガの目が、一瞬きらっと光ったような気がした。

むろん、彼女の耳にはパリのオーディションの噂も入っているだろうし、その時の三人組の嗜好及び素行も念頭にあるだろう。オリガは厳格な人だし、楽曲に対する深い理解に裏打ちされた正統派の演奏を好む。当然、パリの「蜜蜂王子」なぞ、色モノとして眉を顰《ひそ》めるだろう。しかし、有能な実業家としての側面も持っているオリガは、コンクールが盛り上がり注目を集めるのであれば、ホフマンの推薦状はもちろん、推薦されたのが蜜蜂王子だろうがホコリ王子だろうがとことん利用するはずである。

「ミエコ、久しぶりね。あとであたしの部屋にいらっしゃいな」

オリガが貫禄のある流し目で声を掛けて通り過ぎるのを笑顔で受け流し、「くわばら、くわばら」と呟いてから、三枝子はチラリと別の華やかなグループに目をやった。

実際に「蜜蜂王子」を目の敵にするとすれば、あっちだろうな。

「オーディションはともかく、ニューヨークからも超新星が来るって噂だぜえ」

三枝子の視線の先を見て取った菱沼が呟く。

「へえっ、そうなの」

この親父、勘よすぎ。

三枝子は内心毒づいた。

視線の先には、すらりとした長身の、にこやかであるが鋭い眼光の男が立っている。ナサニエル・シルヴァーバーグ。

明るい茶褐色の癖っ毛は恐ろしく多く、努力はしているのだろうがライオンのたてがみのごとくいろいろな方向を向いている。平素の彼は人なつっこく、気さくでチャーミングな人間であるが、いっぽうで激情家の一面もあり、特に音楽に関しては自他ともに非常に厳しい。運悪く彼の逆鱗《げきりん》に触れてしまうと、誰もとりなすことはできないほどだ。三枝子は一度だけその場面を目撃したことがあるが、彼女が知っていた彼とは全くの別人になってしまい、怒りのあまり、逆立った髪は、たてがみどころか不動明王の後ろで燃えている炎のように見えた。

三枝子と同い年の彼は（ぼちぼち五十路の声を聞いたところ）、人気・実力ともまさに現在脂の乗ったピアニストで、最近は指揮や舞台演出なども手掛け、クラシック業界以外でも知名度が高い。イギリス人であるが、近年はジュリアード音楽院の教授を務めているためアメリカに活動拠点を置いている。

「相変わらずおぐしの多い男だなあ。羨ましい」

菱沼がぼそっと呟き、些か心許無《こころもとな》くなった自分の頭をそっと撫でた。

「あら、あれでもずいぶん減ったわよ。昔は地毛で連獅子が踊れるんじゃないかって陰口叩かれてたんだから」

菱沼はその場面を想像したのか、くっ、くっ、と笑った。

「離婚訴訟でたいへんだって聞いてたけど、その割に肌の色艶がいいな」

「単に脂性なんじゃないの」

ナサニエルが、著名舞台女優であるイギリス人妻との離婚で泥沼になっているという噂は三枝子も聞いていた。

こと女の話になると、からきし煮え切らない男だしね。

三枝子はそっと心の中で呟く。

菱沼が一瞬不思議そうな顔で三枝子を見たが、ぽんと額を叩いた。

「そっか、そういやあいつぁ、おまえさんのかつての亭主だったなあ」

マジで今まで忘れてたのかよ、この親父、と三枝子は再び胸の中で毒づく。

「大昔の話よ」

「そうだった、息子は元気かい？」

「こないだメールくれたわ。そうそう、今年就職したの。お役人になったのよ、ええと、通産省？」

　菱沼は心底あきれた顔になった。

「あのなあ、もう通産省ってのは存在しないの。それも、ずいぶん前の話だぜ。今は経済産業省ってんだ。頭いいんだなあ、真哉君」

「父親に似たのよ。もう、顔から何からそっくり」

　ナサニエルとの結婚を解消したあと、親の勧めで見合いして結婚したのは、東大出の銀行員だった。今にしてみれば血迷ったとしか思えなかったが、当時はナサニエルに振り回されて疲れ切っており、一緒になるのなら手堅く真面目な男がいいと本気で考えていたのだ。そうして生まれた息子は三枝子という自由奔放なキャラクターの母親から生まれてきたのが信じられないほど、それこそ父親から型を取ったかのように父親似で、頭脳明晰で手堅い青年に育ったのである。

　もっとも、彼が小学校に上がる前に離婚し、父親が引き取ったので、その過程はよくは知らない。向こうはすぐに再婚したので、三枝子の記憶の中の真哉は幼い頃のままだ。育ての母は出来た女だったらしく、真哉はすくすくと立派に育ったので、三枝子は彼女に心から感謝している。

真哉は、自分では演奏しないものの音楽好きで、高校生くらいから三枝子の演奏を聴いては感想の手紙を送ってくれるようになった。なかなか鋭い感想もあり、嬉しいような、おもはゆいような、複雑な感情を覚えたものだ。今では携帯電話でメールをやりとりする仲であり、両親ともそのことは承知しているらしい。

ナサニエルの娘はどっちに似たのかしら。

ふと、そんなことを考えた瞬間、ナサニエルと目が合った。

思わずびくっとする。

ナサニエルの目にちょっとだけ恥ずかしそうな表情が浮かんだ。

彼が三枝子に未練があったことは知っていたし、今も嫌われてはいないと知って悪い気はしない。が、そのすぐあとにハッとしたように硬い表情になったのは、よくない兆候だった。彼が、パリに現れた「蜜蜂王子」の件を思い出したことは賭けてもいい。

硬い表情のまま、こちらに向かってまっすぐに歩いてくる。

三枝子は無理に笑顔を作った。

「久しぶり」

ナサニエルはじっと三枝子を見つめたまま声を掛けた。

目が笑っていない。

「元気そうね」

三枝子は、努めて明るく言った。

「君も」

ナサニエルはぴくりとも表情を変えない。が、隣の菱沼に対しては彼一流の人なつこい笑みを見せた。

「菱沼先生、ご無沙汰しております。今回の課題曲、面白い曲ですね。僕も弾いてみたけど、好きだな」

「そいつは嬉しいね」

菱沼と曲の内容について熱心にやりとりするナサニエルの横顔に、三枝子は非難を感じ取った。

怒っている。彼は怒っている。

ホフマンの推薦状を持ってきた少年を合格させたあたしに、腹を立てている。

なぜだ、三枝子。なぜ君が阻止しなかった？

彼の横顔がそう三枝子を非難していた。

彼があの子の演奏を聴いたら。

ナサニエルが激怒するさまが目に浮かぶようだった。

彼は、不動明王のように髪を逆立てるだろう。なぜならば――

なぜならば、彼は、数少ない、ホフマンの弟子の一人だから。

イギリスから週に一度、飛行機でホフマンの家に通って教えを請うた、それでも推薦状など書いてもらったことのない弟子であったから。

そうなのだ、ホフマンに憧憬《しょうけい》を抱き、畏怖を抱き、仰ぎ崇める者たちにとって、しばしばホフマンは呪縛でもあり、激しく心をかき乱される存在なのだ。もはやこの世を去ってしまった心の師の、これまで見たことのない推薦状を持って現れた少年を、あたしも彼もどう扱ってよいのか分からず、持て余し、おろおろしてしまう。

あたしにはどうしようもなかったの。

三枝子は、目の前のナサニエルに心の中で話しかけた。

それに、もうホフマン先生の仕掛けた爆弾は爆発してしまった。もはやあたしたちに為《な》す術《すべ》はないのよ。先生からの「ギフト」はもう手渡されてしまった――

その時、空気を切り裂くようにして、サッと三枝子の視界に入ってきた影があった。

「シルヴァーバーグ先生」

その影は、柔らかい光をまとっているように見えた。本当に、輪郭が輝いて見えたのだ。

三枝子は思わず瞬きをパチパチと繰り返した。

「ああ、マサルか」

ナサニエルは相好《そうごう》を崩し、その影を招き入れた。

「マサル？」

思わず、三枝子は聞き返した。

ナサニエルは三枝子を見て、「ああ」とその影を見た。

「そう、彼も日系なんだよ。お母さんが、ペルーの日系三世だと言っていた」

「ペルーの日系三世」

三枝子は、まじまじとその顔を見たが、どちらかと言えばラテン系で、既に日本人の面影は見られなかった。さまざまな血が入っているのか、三枝子の頭に浮かんだのは「ハイブリッド」という言葉だった。

ふと、ナサニエルが「彼も」と言ったことに思い当たった。やはり、風間塵のことが頭にあったに違いない。

ナサニエルと肩を並べるほどの長身の青年は、仕立ての素晴らしいグレイのツイードのスーツを着ていたが、ちっとも地味ではなかった。精悍《せいかん》なのに、静か。野性的なのに、思慮深い。矛盾するイメージを無理なく併せ持っている。しばしば、「肉体の持つスピード」を可視化できるような身体を持っている人間がいるが、目の前の青年はまさにそのタイプだった。爆発力を秘めた、しなやかな獣。

「どうぞ、お見知り置きを」

ナサニエルはおどけた表情で深々と頭を下げ、青年の肩をぎゅっと引き寄せた。

「彼は、ジュリアードの隠し玉でね。今年からコンクールに参戦しているんだ。最初のコンクールが大阪だったんだって？　なんで大阪なんだ？」

「芳ヶ江のコンクールの前哨戦のつもりだったんです。日本の雰囲気とか、会場とか、慣れたいと思って。でも、僕、ルールがよく分からなくて、規定違反で失格になっちゃったんです」

青年は、恥ずかしそうに頭を掻いた。

三枝子は「えっ」と声を出してしまった。

まさか、この子が、あの。

まじまじと見入ってしまう。

ダントツで最高得点を叩き出したものの、全くコネがなかったので失格になってしまったという青年は、彼だったのか。

「マサルというのは、VICTORYを意味する名前なんだってね」

ナサニエルは挑むように三枝子を見た。

「こちらは嵯峨三枝子。僕の古い友人さ」

「もちろん、存じ上げてます。どうぞよろしく」

マサルは目を輝かせ、手を差し出した。

その美しい大きな手を握りながら、三枝子は内心溜息をついた。

VICTORYとDUSTじゃあ、最初から勝負あったってところね。

三枝子はちらりとガラスの向こうの広場を見た。

いよいよ闇は濃く、夜は更ける。コンクールの開幕は、数時間後に迫っていた。

ずいずいずっころばし

「やっぱり本選はこっちの赤よねえ？」

真顔で考えこむ奏《かなで》に、亜夜は苦笑した。

「本選なんて行けるかどうかも分かんないのに」

冗談めかした軽口のつもりだったが、奏はキッと怖い顔で亜夜に振り返った。

「亜夜ちゃん、まだそんなこと言ってるの？　ねえ、コンクールに出たくても、書類選考やオーディションで落ちてる子が世界中にいるんだよ。そんな気持ちで出るんだったら、やめちゃいなよ。パパのことなんか気にすることないから」

「ごめんなさい」

亜夜はしゅんとして、決まり悪い表情で、畳の上に並べられた色鮮やかなドレスを見回した。

芳ヶ江国際ピアノコンクール開催を明日に控え、昼間に演奏順の抽選が終わり、亜夜は東京にトンボ返りしていた。

ここは大学近くにある、浜崎学長の家である。

堂々たる日本家屋で、広い庭は鬱蒼《うっそう》として暗い。

もっとも、現在当人は留守で、今、奥の広い座敷にところ狭しとドレスを広げているのは浜崎の次女、浜崎奏と栄伝亜夜だ。

ステージで着るドレスは女の子の夢である。発表会のドレスを着たいがためにピアノを習い始めたという子も多いだろう。

しかし、演奏者になるとドレスは厄介なものでもある。

かさばる。費用が掛かる。しかも、そうそう何度も着られない。

コンクールの場合、通常、女の子は出番のたびにドレスを替える。今回の芳ヶ江国際ピアノコンクールの場合、一次、二次、三次、本選とあるから、本選まで残ったら四着必要になる。別に同じものを着ても構わないのだが、実際問題として一度演奏すれば汗まみれになるし、特急でクリーニングに出しても間に合わなかったり費用が高くついたりする。レンタルもあるが、着心地で演奏まで微妙に影響してくるので、女の子としてはやはり着慣れた自分のものを着たい。

亜夜は人前で演奏したのが大昔なので、全くドレスを持っていなかった。十三歳までのステージ衣装は、すべて母が縫ってくれたものだった。元々ラフでボーイッシュな格好が好きなので、パンツスーツで演奏しようかと思っていたのだ。

なにしろ最後にコンクールに出たのは小学生の時だったし、シニアのコンクールに参加するのは初めてで、全く予備知識もなかった。

直前になって、奏に何気なく「どんな衣装にするの？」と聞かれて「手持ちのパンツスーツ」と答えると、奏は愕然とし、次に「そんなの有り得ない」と猛然と反対された。パンツスーツは変だし、演奏の効果を考えると、やはり女の子はドレスのほうが見栄えがするというのである。

浜崎家の娘二人は長女の晴歌《はるか》が声楽をやっていて現在イタリア留学中、次女の奏はヴァイオリンをやっていて亜夜と同じ大学の二年先輩である（二人とも名前の通りの人生を歩んでいるのだから、やはり名前は大事だ）。

　浜崎が頼んだのかもしれないが、奏は亜夜が入学した頃から何かと面倒を見てくれた。最初は義務感もあっただろうが、しっかり者の奏とのんびり屋の亜夜はうまが合い、今ではほとんど姉妹のような感じになっている。

　浜崎姉妹は衣装持ちで、しかも亜夜と背格好が近いこともあり、急遽、姉妹の衣装から貸してくれることになったのだ。

　亜夜はシンプルなデザインやモノトーンが好きなのでつい暗い色を選んでしまうのだが、ピアノは黒だし、本選ではオーケストラとの共演で、オーケストラメンバーは黒を着ているから埋もれてしまう。コンクールという舞台では、客の印象に残ることも大事だから、極力パッと目に焼きつく明るい色を選ぶべきだと奏は主張する。

　ピアニストに限らず、女性演奏家は肩の駆動に制約があるのを嫌い、ノースリーブを選ぶことが多い。ビスチェタイプも流行《はや》っているが、亜夜はどうもああいうのは苦手だ。細いストラップのものも、なで肩なので肩紐《かたひも》が落ちるのが気になる。結局、さんざん試着した結果、ノースリーブのワンピース型のものを選んだ。ドレスが気になって演奏に集中できなければ本末転倒もいいところである。裾を踏んだ、演奏中に力んだら裂けた、肩紐が落ちた、安い化繊のものを選んだら本番中汗でべちゃべちゃになり、皺が寄ってきてどんどんドレスが持ち上がってしまい、気持ち悪くて集中できなかった、などなど。綺麗だが演奏しにくいドレスの恐ろしい話は、先輩からいろいろ聞かされている。

奏は、知りあいのギタリストが特注で作っているシャツを見せてもらったことがあるそうだ。肩と腕を楽にするために、通常シャツは前身ごろ＋後ろ身ごろ＋袖という造りだが、ちょうど奴凧《やっこだこ》を二枚重ねたみたいに、前身ごろと左右の袖をひとつづきにしたものと、同じく後ろ身ごろと左右の袖をひとつづきにしたものを合わせていたという。

さんざんああでもないこうでもないと悩んだ挙句、四枚のドレスが残った。色はバラバラだ。朱に近い赤、明るいブルー、深いグリーン、ラメの入ったシルバー。これを、どの順番で着るかを二人で考えていたのである。

奏は、亜夜の迷いを見抜いていた。

自分の父が亜夜の入学を推したのも知っていたし、そのことに亜夜が恩を感じて渋々コンクールに出ることにしたものの、本当はあまり乗り気でないことも、賞を獲るという欲が全くないことも。

「ねえ、亜夜ちゃん」

奏は静かに切り出した。

「あなたさ、あたしがいろいろ亜夜ちゃんにおせっかいするの、パパに頼まれたからだと思ってたでしょう？」

「えっ」

亜夜はぎくっとした。

いきなりこんなところでこんなことを言われるとは。しかも本当にかつてはそう思っていたことを指摘されるとは。

「あたし、あなたのファンだったんだよ」

奏は怖い顔をして言った。

「これでも、小さい頃から、パパにおまえの耳はいいって誉められてたんだから。あたし、どんな楽器のコンクールを聴きに行っても、いつも入賞する子、将来出てくる子をことごとく当ててたんだよ。しまいには、パパが『誰だと思う？』ってあたしに聞くようになったくらいだもの」

いい演奏家は必ず耳がいいものだが、奏の耳が図抜けていることは亜夜も知っていた。精度のいい絶対音感があるだけでなく、批評性の面でも直感と分析のバランスがいいのだ。カバーする音楽のジャンルも広くて、インディーズのバンドなども実によく聴いている。「この子たち絶対出てくる」と亜夜に聴かせてくれたバンドがメジャーデビューしたことが何度もあり、その耳の確かさに驚かされていた。彼女の演奏は派手な華やかさはないが、若さに似合わぬ成熟した大人の音がするので、玄人《くろうと》筋には評価が高い。

「あなたの演奏を初めて聴いた時はびっくりしたわ」

奏は溜息をつくように呟いた。

「パパのところに来る生徒さんで聞き慣れてたし、テクニックの凄い神童はいっぱいいたけど、あなたは特別だと思った。あたしはあなたの音楽性に惹きつけられた。伸びやかで、豊かで、でもゾッとするような洞察力があって」

亜夜はこそばゆい心地になった。とても自分のこととは思えない。

「めちゃめちゃ興奮して、パパに『絶対あの子は偉くなる』って、何度も言ったこと覚えてる。自信どころじゃない、確信があったの」

　亜夜はぽりぽりと頭を掻いた。

「そうしたら」

　奏が突然、大きく目を見開いて亜夜の顔を覗きこんだので、亜夜はぎょっとして手を止めた。

「いきなりピアノを止めちゃったっていうじゃない？　すっごく驚いたし、正直、あたしの面目丸潰れ。今だから言うけど、裏切られたような屈辱感でいっぱいだったわ」

「ごめんなさい」

　亜夜は反射的に謝ってしまった。

　奏はフンと鼻を鳴らし、それから表情を緩めた。

「それから何年も経《た》って、おととしかな。ある晩パパがね、帰ってきたと思ったら、まっすぐあたしのところに来て言ったの。やっぱり奏の耳は正しかったよ、って」

　亜夜は驚いた。

「それって――」

　奏が頷く。

「パパがあなたのうちに行って、ショスタコーヴィチのピアノソナタを聴いた日よ」

　亜夜はまじまじと奏の顔を見た。

　奏はにっこり笑った。

「あなたを絶対うちの大学に入学させる、って聞いて、嬉しかったなあ。『入学させたい』じゃなくて、『入学させる』ってあのパパが言ったんだよ。見た目は温厚だけど、本当はもの凄く厳しい人なんだから、うちのパパは」

「浜崎先生が」

　亜夜は、身体がじわっと温かくなるのを感じた。

「じゃあ、あたしが大学に入れたのって奏ちゃんのおかげなんだね」

「そうよっ、あたしのおかげよ、感謝してっ」

　奏はハハハと大声で笑った。

「まあ、あたしの勘だけであのパパが動くわけないから、元々パパもずっとあなたを気に掛けてたんでしょうけどね」

　お母さんに生前何か頼まれていたのかもしれないな、と亜夜は思った。

「だから、あたしの面子《メンツ》とプライドに懸けて、あなたにコンクールで頑張ってもらわないと困るのよ。分かった？」

奏に念を押され、亜夜は素直にこっくりと頷いた。

「さあ、勝負服はどれ？」

二人で改めて四枚のドレスをじっと見比べた。

「——本選は、これにする」

しばらくして、亜夜はいちばんシックなシルバーを指差した。

「これじゃあ、地味じゃない？」

奏は首をかしげた。

亜夜はきっぱりと首を振る。

「ううん、そんなことない。あたし、これがいちばん好き。あたしの名前って『夜』の字が入ってるじゃない？　これって、月の光のイメージがあって、なんとなくしっくりくるの」

そうね、亜夜ちゃんがそう言うのならいいかもね、と奏も納得してくれた。

「本選でこのドレスが着られるように頑張る。ありがとう、奏ちゃん」

亜夜が真面目に正面からそう言うと、今度は奏が照れたような表情になり、目を逸らした。

浜崎家を辞して外に出ると、思わず小さな溜息が漏れた。

気温がぐんと下がっている。

やはり晩秋。頬を打つ空気の冷たさに、目が覚めるような心地がした。

奏の話は嬉しかったし、感激させてくれたものの、こうして外に出てみると、また気持ちがしぼんでネガティヴな気分が蘇ってくる。

明日からコンクールだというのに、やはり実感が湧かない。

奏の言う通り、いい加減に集中しなければ。

もっとも、亜夜の出番は最終日。番号は八十八番。末広がりで縁起がいい、とは言わないが、改めて参加人数の多さに圧倒される。

なぜ今更人前で採点されなければならないのか。

亜夜はうじうじと、何度も繰り返した逡巡《しゅんじゅん》をなぞっていた。

今の状態でもじゅうぶん充実した音楽生活を送っている。むろん将来音楽を仕事にしたいという気持ちはあるけれど、コンサートピアニストになるという選択肢は考えたことがなかった。スタジオミュージシャンならともかく、本来、自分は人前で演奏するのには向いていないのではないかという気すらする。

もうひとつ気に掛かることがあった。

少し前に学校宛てに、亜夜を取材したいというTV局からの申し入れがあったのだ。コンクールの過程に密着し、ドキュメンタリーを撮りたいという。他にも何人か芳ヶ江に参加する学生がいたのだが、先方は亜夜を指名していた。すぐに丁重に断ったけれど、亜夜は嫌な気持ちになった。

「天才少女の復活劇」という絵を撮りたいのだ、というのは見え見えだった。

表舞台から自ら姿を消した少女が、今また戻ってきた。亡き母に捧げて、という台詞でも吐けばさぞ喜ぶことだろう。自分がコンクールに参加することが、世間からそんなふうに見られるのだと思うと憂鬱だった。

決して、自分はあの時コンサートピアニストから身を引いたことを後悔していないし、挫折感も持っていない。音楽を深く愛しているし、音楽から離れようと思ったことは一度もない。それを、ずっと舞台に戻りたいと思っていたとか、やっと立ち直ったとか思われるのは耐えがたいものがある。亜夜はのんびり屋でおおらかではあるが、ひどく天の邪鬼な一面も持っていた。そんな彼女の一面が、皆の期待通りに「復活」することを躊躇《ちゅうちょ》させるのだった。

まあ、そんなこと言ってて、復活どころか一次で落ちたら大笑いだよね。

亜夜は一人苦笑した。

浜崎家から近いせいか、おのずと足は大学に向いていた。

もうとっぷり夜は更けているが、校舎は煌々《こうこう》と明かりが点いていた。

基本的に、練習室は二十四時間使用が可能だ。大きなコンクールが近い時期や、試験や学内コンサートが近付く時期は文字通り不夜城と化す。

覗いてみようと思ったのは、このまま喜びと躊躇という鬱屈した感情を抱いて家に帰るのが嫌だったのと、衣装選びで疲れてしまって（ドレスを着るのは結構緊張するし疲れる）、リラックスしたスタイルでピアノに触れておきたかったからだった。

練習室の棟は、案の定、かなり埋まっていた。防音扉を通して、殺気立ったショパンのエチュードやベートーヴェンのソナタが聞こえてくる。芳ヶ江に参加する学生を二人見かけた。廊下には、追いこみの緊張感と、夜遅いことからくる疲労感が漂っていた。

亜夜の好きなピアノのある部屋は埋まっていたので、その次に気に入っているピアノのある部屋に向かう。

と、足が止まった。

ある練習室から流れてくるピアノが彼女の足を止めたのだ。

えっ、なに、これ？

一瞬、自分が何を聞いているのか分からなかった。

形容しがたい、音の塊。

メロディが聞き取れない。聞いたことのないフレーズ。

ジャズ・ピアノ？

じっと聴き入る。

初めて聞く音だった。ピアノ科の学生の音はだいたい覚えてしまっているし、少し聞けば誰なのかほぼ分かる。

作曲科の学生かしら。亜夜はドアに寄っていき、耳を押し付けた。

作曲科には、ジャズ・バンドを作って活動している学生が何人かいた。

が、聴いているうちにしんと身体が冷たくなった。

喉がカラカラになる。

違う。うまい。もの凄くうまい。ピアノ科の学生なみ、いや、そんなんじゃない、なんだかよく分からないけど凄い。

何より、音が大きいのだ。

まず、それが亜夜の足を止めたのだと気付く。防音扉を通して聞こえる音は、皆なんとなく似ている。音の個性や装飾物がそぎ落とされて、フラットな音に均一化されて聞こえるのだ。

だが、他の部屋から聞こえてくる耳慣れた音とは異なり、その部屋からは扉を突き破ってくるような太い輪郭があった。

嘘。こんなにここのピアノを鳴らせる学生がいるなんて。

亜夜は棒立ちになった。心臓がどきどきする。

凄まじいパッセージ。しかも、オクターヴで弾いているのに音の粒が見事に揃って全く隙がない。

こんな複雑なパッセージをムラなく弾けるなんて。

全身から血の気が引いていくのを、亜夜は恐怖に近いような驚愕と共に感じていた。

あたし、今、凄いもの聴いている。コンクールの前日に、大学の夜の練習室で、全身がざわざわするような興奮を味わっている。

突然、ピアノのタッチががらりと変わって、亜夜はハッとした。

これまで息も止まるようなハイテンションのスピードで飛ばしていたのが、ぐっと砕けた、リラックスしたムードになった。

ルンバ。ルンバのリズムだわ。

亜夜はねっとりとしたリズムを刻む左手に右手で入ったメロディに、聞き覚えがあることに気付いた。

うん？　なんだっけ、これ。知ってるよ。かなり即興加えてるけど確かこれって――

再び耳をドアに押し付けたとたん、ひらめいた。

ずいずいずっころばしだ！　この人、ずいずいずっころばしをルンバで弾いてるよ！

我慢しきれず、亜夜は四角い窓から中を覗きこんだ。

まず目に入ったのは、焦げ茶色の帽子だった。

くたびれた帽子が左右に揺れている。

その帽子の主が、若い男の子だというのは分かった。

彼は、椅子に座らず、立ったまま身体を揺らしながらピアノを弾いていた。

やっぱり、知らない子だ。

亜夜はいろいろ向きを変え、彼の顔を見ようと努力した。

うちの学生に、こんな子いない。ずいぶん若いなあ。ひょっとして、高校生？

彼はしばらく気ままにルンバを弾いていたが、ひょいと天井を見、続けて壁を見た。

一瞬、弾くのを止める。

と、突然、ショパンのエチュードの一番を弾き始めた。

えっ。

亜夜は、思わず廊下を振り向いた。

間違いない。離れた練習室で、さっきから執拗にショパンのエチュードの一番の出だしを練習している学生に合わせて弾いているのだ。

嘘。なんで聞こえるのよ、練習室の中にいて。

亜夜はゾッとした。しかし、遠くから聞こえてくる曲と彼の弾く曲はぴったり合っている。彼には聞こえているのだ。

が、突然音が濁った。耳ざわりな、変な音になる。

亜夜は混乱する。間違えた？

しかし、フレーズは同じだ。あの、雄大な、波が寄せては返すようなフレーズを

――

全身が粟立《あわだ》った。

分かった。彼は、半音ずらして、全く同じフレーズを向こうの学生と重ねて弾いているのだ。

弾いている様子は全く自然だった。なんとなくやっている、という感じなのだ。指遣いに苦労している気配もなく、しらっと弾いている。

相変わらず身体を揺らしていたが、ふと、彼が扉を振り向いた。

亜夜とばったり目が合う。

色白の顔の中の大きな目が見開かれた。

ピアノが止まった。

あまりに急のことで、亜夜は目を逸らすことも、扉の前から逃げ出すこともできず、そのまま彼と目を合わせていた。

彼のほうも、目を見開き、悪戯《いたずら》を見咎《みとが》められたかのように、口をもごもごさせている。

愛されている。

亜夜が少年の顔を初めて見た時、頭に浮かんだのはその言葉だった。

この子は、音楽の神様に愛されてるんだ。

なぜそう思ったのかは分からない。しかし、その顔を見たとたん、亜夜はそう思った。神々しさ、無垢さ。そういった、ふだん使ったことのない言葉のイメージを、彼の顔の中に直感したのだ。

少年は、帽子を取り、おろおろした。

床に置いてあった頭陀袋《ずだぶくろ》のようなカバンを取り上げ、慌てて部屋から飛び出してきた。

「ごめんなさい。ごめんなさい」

少年は、ぺこぺこ亜夜に向かって頭を下げた。

「どうして？　なんで謝るの？」

亜夜が聞き返すと、既に彼は逃げ腰だ。

「ごめんなさい、いけないと思ったけど、そこの通り歩いてたら、ピアノの音がして、いいピアノだなあと思って、つい」

少年はひたすら頭を下げ、後退《あとずさ》りをした。

「僕、いいピアノあまり触ったことなくって。だから、その」

「ええっ？」

亜夜は目をぱちくりさせた。

聞こえた？　表の通りで、こんな防音のしっかりした練習棟のピアノの音が？

「待って！　あなた、誰？」

少年は帽子をかぶると脱兎《だっと》のごとく駆け出した。

「待って！　名前教えて！」

亜夜は慌てて少年の後を追った。

しかし、少年は素早い。たちまち玄関を飛び出し、大学の門とは反対に、裏庭の壁に向かって走っていくのが影で見えた。

「まさか」

亜夜はあっけに取られて闇の中の影を見送った。

いったいどこに足を掛けたのか、ひらりと煉瓦《れんが》の塀を乗り越えるのが見えた。

嘘。不法侵入だったたっていうの？

あんな若い、子供みたいな子が。その子供が、音大の学生よりもピアノを鳴らしてたっていうの？

亜夜はコンクールのこともドレスのこともＴＶ取材のこともあらゆることを忘れ、呆然と玄関から夜の闇を見つめていた。

平均律クラヴィーア曲集第一巻第一番

マサル・カルロス・レヴィ・アナトールは朝六時、ホテルの部屋で目覚まし時計の鳴る直前にぱっちりと目を覚まし、鳴りだそうとする時計を一瞬にして止めた。

もっとも、彼は目覚まし時計に起こされたことは数えるほどしかない。いつも起きたい時間にすっきり目覚めるので、本当は目覚まし時計など不要なのだが、いわば保険としていつもセットしておく。

日本での時差は、数日掛けて解消していた。

マサルは起き上がり、いちばん大きいサイズなのにつんつるてんの浴衣を脱いでカーテンを勢いよく開ける。

海沿いの街である芳ヶ江が一望でき、向こうに太平洋が大きな弧を描いて広がっている。薄曇りではあるが、空は明るく、青と灰色の混ざりあった海はうっすらと輝いていて美しい。マサルは思わず歓声を上げ、しばしその風景に見入った。

日本で見る太平洋は、不思議と色彩があっても墨絵のようだ。重く湿度のある空気越しに見るせいだろうか。アメリカ西海岸から見るのと同じ海とは思えない。

今日もエネルギーは満タン。マサルは大きく伸びをし、ストレッチをする。それから顔を洗い、ジョギングウエアに着替えるとエレベーターで下に降り、ゆるゆるとジョギングを始めた。

人気のない芳ヶ江の朝は清潔感が漂っていて気持ちが良かった。ひんやりとした空気も頻に心地好い。

散歩中の犬のタッタッタッという足音、新聞配達のオートバイの駆動音。

あれは日本の音。少し走っては止まり、数小節の休みののち、また走り出す。

走っている彼を見た人は、十中八九何かのスポーツ選手だと思うだろう。長身から繰り出される堂々たるストライド、盛り上がった肩と腕の筋肉。

実際、彼はハイジャンプの選手だったし、ジュリアード音楽院に進んだ今も音楽家はアスリートであると思っている。

行く先々で出会うピアノはまさに天候次第のトラックであり、ステージは競技場であり、ホールはスタジアムなのだ。ネットワークで繋がれ、すべてが机上のパソコンと電脳空間内で処理できる身体性の希薄な現代だからこそ、ますます生身の音楽家は強靭な身体性を求められると思う。指の長さと手の大きさに始まり、肩や手首の柔らかさ、息の長さ、呼吸の深さ、瞬発力のある筋肉、注意深く鍛えたインナーマッスルによる持久力。どれもが美しいピアニシモとフォルテシモに、曲に対する謙虚かつ深遠な理解と、余裕を持って曲を弾きこなす包容力に繋がっている。そして、彼はそのすべてを兼ね備えていた。

マサルは歩調と呼吸を合わせ、全身に酸素が行き渡るところを想像する。

彼はジョギングの時に音楽を聴いたりしない。

それでも頭の中には滔々《とうとう》とバッハが流れる。朝の音楽はバッハだ。一次予選の課題にもなっている平均律クラヴィーア。今朝は、グールドではなくレオンハルトのほう。

オハヨウ、ニッポン。

マサルは日本語で呟いてみる。

五歳から七歳までの三年間、日本に住んでいたことがある。

正直なところ、あまりよく覚えていない。日常会話程度なら不自由しない日本語を話せたので、家からいちばん近い公立の小学校に入ったのだが、三か月も持たなかったのだ。

生来の楽天的な性格のせいか本人はあまり引きずってはいないのだが、あの時の「自分だけが異物」という冷ややかな灰色の空気みたいなものは今でもなんとなく覚えている。自分以外はのっぺりとした妙に均一な何かで、その均一な集合体がひとつの顔になってじっとこっちを見つめている、というような。

マサル以上にショックを受けたのは母親だった。

母のミチコは日系三世のペルー人で、母の一族は移民第一世代から身を粉《こ》にして働き、大地に根を張って成功した人たちだった。マサルの母はもう日本人としてはクォーターだったので見た目は東洋人ぽくなかったけれど、日系であることを誇りにしていた。日系人社会に伝わる、「労働を尊ぶこと、約束を守ること、人には親切にすること、貯蓄をすること、勉強すること、規則正しく生活し、家や身の回りは常に清潔にしておくこと」などの十則を大事にしていた。母の兄弟は皆優秀であちこちの要職に就いているが、中でも母は非常に優秀な成績でペルーの国立大学の工学部を卒業し、フランスに留学した。博士号取得ののち原子力関係の研究所に入り、そこで知り合ったフランス人の物理学者と結婚し、マサルが生まれた。マサルの複雑な長い名前は、そのあたりに要因がある。

やがて、フランスと日本の原子力機関は提携関係にあるため、夫婦共に横浜に転勤になったのである。母は日本に来るのは初めてで、自分のルーツである日本で暮らすのを楽しみにしていた。日本の教育水準は高いと聞いていたので、ぜひマサルを公立学校で学ばせたいと思っていたらしい。

　しかし、母の期待は打ち砕かれた。

　息子は完膚なきまでに日本から、日本の小学校の「世間」から拒絶されたのである。帰ってくる息子のランドセルには残飯が詰めこまれていて腐臭を放ち、朝家を出ようとすると息子は胃の中のものを全部吐いてしまう。彼のみならず、日本社会はラテン系の容姿を持つ母にも冷ややかな壁を持っていた。息苦しく、自分が異質だと思い知らされる社会。いつも華やかで溌剌《はつらつ》とした美しい人だったのに、マサル以上に母がいっとき暗い顔をして連日思い悩んでいたことを思い出す。結果として、再びフランスに戻るまでの十か月、マサルはインターナショナルスクールに転校せざるを得なかった。

　母にとっては日本での経験はショックだったようだが、実はマサルはそうでもない。確かに日本というシステムには違和感を持たざるを得なかったし、母をがっかりさせたことには怒りがある。しかし、それが日本という国の魅力と表裏一体なのだとも思う。

　あのどんよりした小学校は不快だったけど、学校なんてどこも似たようなものだ。

別にフランスがそんなに素晴らしかったとも思わない。古くから異民族を見慣れているのと長い植民地支配の経験から異民族に対する扱いは堂に入っているし、社会的に対応するマニュアルは出来ているが、差別があるのはどこも同じである。ましてや、異物に対する子供たちの残酷さはどこも変わらない。ただ、異質さが多岐にわたっているので、マサルがたいして目立たなくなったに過ぎない。フランスで三年ほど過ごしたのち、今度は両親揃って海を跨《また》って転職することになり、マサルが十一歳でアメリカに渡ると、ますます目立たなくなったことは確かだが。

マーくん、迎えに来たよ！

マサルは思わず後ろを振り返る。

あの明るく澄んだ声だけは今でもよく覚えている。いや、もう十年以上経っているというのに、今なおますます鮮やかなのだ。

マサルがピアノに出会ったのは、日本でのことだった。

ホテルに戻り、シャワーを浴びるとマサルはレストランに朝食に出かけた。

七時二十分を回ったところだが、ビジネスマンがほとんどでコンクール出場者らしき者はちらほらいるもののそんなに見当たらなかった。

今日から始まる一次予選は五日間あるが、連日昼過ぎからのスタートなので、比較的起きだすのはゆっくりなのかもしれない。今日出番がある出場者なら、もう少しあと、モーニングが終わる直前に来て、昼は抜いておくというのが適当だろう。誰もが出番の時間に合わせて練習しているはずだ。あるいは食事も喉を通らず、ロクに眠れず、今もひたすら練習している子もいるかもしれない。

マサルは観客がいると燃えるたちだし、上がるという経験をしたことがないので、みんながそういうものだと思っていた。コンクールが近くなると食べられなくなったり、あるいはコンクールの日数を重ねるにつれ食が細くなりげっそりやつれてしまう、という出場者がいると聞いてびっくりしたものだ。世の中には繊細な人がいて、プロの音楽家でもそういう人が大勢いると知ったのは、ジュリアードに進んでからである。

マサルは、初めてコンクールに参加した時はそのスリルに感動した。まさに競技会。しかもシビアな勝ち抜き戦だ。弥《いや》が上にもアドレナリンが放出されるではないか。

もっと面白かったのは、いろいろなレベルのいろいろな演奏を生で聴けることである。

マサル、いったい何考えてるんだ。君がこの程度の演奏をずっと馬鹿正直に聴いている必要なんかないだろうに。

誰かのあきれた声（たぶん、一緒に出場したジュリアードの誰かだろう）を思い出す。マサルは、初日からすべて（さすがに自分の出番の前後は聴けなかったが）の出場者の演奏を聴いたのである。

えー、だって、面白いじゃん。こんなにいっぱいいろんな人のを聴ける機会、めったにないし。

マサルが本気で「面白い」と思っていると分かって、彼は仰天したらしい。

彼はマサルがジェニファ・チャンのように「下手くそなピアノは耳に悪いから聴かない」などと言うとでも思っていたのだろうか。

むろん、退屈な演奏もある。技術的に問題がある演奏もある。しかし、それがなぜなのか、どうすればよくなるのかを考えるのも面白かった。

マサルは我々よりよっぽど教師に向いている、としばしば担当教授のナサニエル・シルヴァーバーグが驚くほど、マサルはよく他人の演奏を聴いていた。

お国柄、性格、担当教授の癖。どうして同じピアノで同じ曲を弾いてもこんなに違うのだろう。コンクールはまさにショウケースのようで、聴き飽きなかった。世界中でこの楽器に魅せられ、莫大な時間を掛けて練習している若者たちがいるのだと思うと、改めてピアノという楽器の魔力を感じるのだった。そう、彼が初めてピアノの音に魅せられた時のように。

マーくん、迎えに来たよ。

少女は一つか二つ年上だった。

キラキラした大きな目に長いまっすぐな黒髪。

うーん、うん。

マサルは、わざといつも玄関でぐずぐずして気が進まないふりをするのだった。

すると、少女はサッとマサルの手を取って、先に立って歩きだす。マサルは彼女がそうしてくれるのを待っているのである。そのすべすべした手の感触にうっとりしながら、二人はピアノのレッスンに行く。

レッスンに行くといっても、マサルはいつも少女のレッスンに飛び入り参加させてもらっているだけなのだった。少女といい、先生といい、今考えてみるとなんと寛大だったことか。

レッスン自体も、えらく型破りだった。その先生の家ではいつもいろいろな音楽が流れていて、ロックもジャズも、邦楽も演歌もあった。当時特に気に入った曲で、マサルは青江三奈の「伊勢佐木町ブルース」と八代亜紀の「舟唄」だけは今でも歌える。マーくんはハスキーヴォイスが好きなんだねえ、渋い趣味だなあ、と先生と少女が感心していたのを思い出す。

いろいろな音楽に合わせてピアノを弾いたり、即興で曲を作ったりしているうちに、先生と少女は二人でスケールを弾いたり、何かの曲を一緒に弾いたりし始める。そうなるとだんだん熱が入っていつのまにか時間が経っている、という感じなのだった。

ピアノを弾いている時の少女は、全く年齢を感じさせなかった。見た目は小さな女の子なのだが、中に入っているのは成熟した、神々しささえ感じさせる大きなものだった。

ピアノを習えば誰でもそうなるのかと思っていたが、彼女のレベルがあまりにも高かったので、基礎練習の段階は既に過ぎていたのだろう。彼が初めて出会った神童が彼女だったのだ。あれほど弾ければ、それなりに名を成していてもよさそうなものなのに。

　もっとも、実はマサルは彼女の名前を覚えていないので、その後インターネットが使えるようになってからも捜していない。むつかしい名前だった気がするし、専ら互いにマーくん、アーちゃん、で呼び合っていたので、もしかすると彼女もマサルの名前を覚えていないのではないだろうか。

　そもそも、彼女と知り合ったのもひょんなことからだった。

　家が近所だったのだが、彼女は私立の小学校に通っていたので、学校では一緒にはならなかったのだ。

　しかし、家の前を通り掛かるたびに聞こえてくるピアノの音は耳慣れていた。

　ある日、その家からト音記号の刺繍《ししゅう》の付いたカバンを提げた女の子が出てきたところに出くわしたのである。なんというか、彼女の顔はクラスの子供たちとは全然違っていた。何を考えているか分からない同級生たちとは違って、内側から光を放っているような、本質的な明るさがあって、パッと目鼻の表情が目に飛びこんできたのだ。

　いつもピアノ弾いてるの、きみ？

　いつのまにか声を掛けており、少女は興味津々という目でマサルを見ていた。

うん、そう。あなたは？

僕、マサル。あそこんところが好きだな、いつもあのあとちょっと遅くなるけど。

マサルがそのフレーズを歌ってみせると、少女は目を丸くした。

うわあ、耳がいいんだね。あそこ、あたしの苦手なところなんだ。どうも音の繋がりが納得できないっていうか。

少女はちょっと考えてから、マサルに尋ねた。

ねえ、このあと、ヒマ？

え？　マサルは面喰らう。

一緒に先生んところ行こうよ、きっと、楽しいよ。うん、決めた、行こう、マーくん。

この時も、彼女はマサルの手を取って、足早にずんずん歩きだしたのだ。

いきなりラテン顔の少年を連れてきたのに、先生は「おや、友達かい」とまるで動じなかった。

うん。マーくん。この子、ものすごく耳がいいんだよ。

少女は確信に満ちた声で頷いた。

つくづく、あの時あそこで彼女に会ったことの不思議を思う。少女は少年の才能を、恐らくは本能に近いところで見抜いていたのだ。

実際、すぐに先生はマサルの耳の良さに驚くことになった。

マサルには絶対音感があり、聴いたものをすぐに再現できたのである。先生は無理なくマサルに基礎の手ほどきをしてくれた。マサルの家にはピアノがなかったので、復習することはできなかったけれど。

やがて、簡単な曲ならマサルと少女との連弾もできるようになった。ピアノ用の椅子に並んで座って、一緒に大声で歌いながら弾いた楽しさは忘れられない。

先生は、ふうん、と感心したように呟いた。

驚いたねえ、君たちにはどこか似たところがある、身体の中に大きな音楽を持って
て、その音楽が強くて明るくて、狭いところに決して押しこめられない、というような。

マーくんの音は海みたいだよね、先生。

海？　先生とマサルは同時に聞き返した。

うん。真っ青な空の下で、広ーい、うんと遠いところからざぶーんって波がやって

くるみたいなの。カモメが飛んでて、時々波の上で休んでぷかぷか浮かんでるんだよ。マーくんの海だから、カモメも安心して休んでられるんだよね。

うまいことを言う、と先生は笑った。

が、マサルは笑えなかった。少女の言葉に胸がいっぱいになったのだ。少女がマサルを誉めてくれたこと、認めてくれたこと、そして、この天才的な少女が言うのだから、それはお世辞でも何でもなく、「本当に」マサルの音のことなのだ、と信じられたことが嬉しかったのだ。

マサルがフランスに戻ることになった時、先生は言った。

マーくんは素晴らしい音を持ってるよ、フランスに行ったら、ピアノをちゃんと習ってほしいなあ。もし習えなくても、音楽を愛してね。きっと君の財産になるから。

少女はさんざん大泣きし、ひどい、ひどいよ、一緒にラフマニノフを連弾できるまで練習しようって言ったのに、と地団駄を踏んで怒りまくった。

が、泣き疲れてげっそりし、ピアノ弾いてね、約束だよ、と真っ赤な目であのト音記号の付いた楽譜入れのカバンをくれたのだった。

フランスに戻り、マサルはピアノを習いたい、と親に申し出た。

彼が自分からはっきりと望みを口にすることはそれまでなかったので両親は驚いていたが、受け入れられた。マサルはあのカバンに楽譜を入れて近所に住む音大生の家にレッスンに通い始めた。

マサルが数回レッスンに通うと、驚いた音大生から親に連絡が来た。自分の恩師を紹介するので、ぜひ本格的に習わせるようにと勧められたのである。あれよあれよというちに、マサルは頭角を顕し、二年もすると神童としてその名を知られるようになった。確かに、彼は自分の音を持っていたのだ。

いいかい、マサル。

この芳ヶ江国際ピアノコンクールに参加することを決めた時、ナサニエル・シルヴァーバーグは言った。

君はスターだ。華がある。オーラもある。持って生まれた素晴らしい音楽性がある。しかも、強靭で寛容な精神力もある。

ナサニエルはぐっとマサルを睨みつけるようにした。

他の学生にはこんなことは言わない。プレッシャーをかけることになるか、自惚《うぬぼ》れさせるかのどっちかになるからね。

ナサニエル独特の、そっけないようで熱っぽい口調。マサルは如才ないようでいて少し不器用なところのあるナサニエルが好きだった。

だけど、君だから言う。僕は誰よりも君の才能を信じている。賞を獲ってこい。名前の通り、勝ってこい。

分かりました、先生。

マサルは心の中で呟く。

マサルは朝食を終えて部屋に引き揚げ、着替え始めた。

もちろん、今回のコンクールも全員聴くつもりなのだ。

午前中は、ナサニエルの友人である音大の先生の家でピアノを借りて指ならしをする予定だが、午後からはコンクール三昧《ざんまい》だ。

ふと、トランクの中に、黒ずんだ布バッグが丸めてあるのが目に入った。

あの、ト音記号の刺繡の付いたカバン。

さすがにもう使うことはないけれど、お守りのように持ち歩いているのである。

窓の向こうに、芳ヶ江の太平洋が輝いている。

おっきな波みたいに、海を越えてきたよ。

マサルは、記憶の中の真っ赤な目をした少女に呟いた。

でも、日本沿岸におっきな波を送ったら、ツナミになっちゃうか。

マサルはそう思いついて背筋を伸ばすと、白いシャツを羽織った。

『ロッキー』のテーマ

人前で演奏するのって、いったいいつ以来だっけ？

高島明石は記憶を探ってみたが、どうも時系列が定かではなく、どうやら二年ほど前に友人の結婚式でBGMとして弾いたのが最後らしい、と結論づけた。

社会人となって接客業に従事し、夫となり父となり、それなりの落ち着きは出てきたし、もともと舞台度胸はあるほうだと思っていたのだが、コンクール当日の朝になって、想像以上に緊張してくるのに明石は戸惑っていた。

いや、逆、なのだ。

そう考え直す。背負うものがあり、守るべきものがあり、社会を知ったからこそ、かつては知らなかった新たな恐れや緊張感が湧いてきているのだ。


コンクール初日。

空はすっきりと晴れ上がっていた。

明石は前日の午後芳ヶ江に入り、全国チェーンのシティホテルに一泊した。出番は初日の最後なので当日の朝か午後に芳ヶ江入りしてもよかったのだが、交通機関に何かあったら困るので、やはり大事をとって前日に入ったのである。前日は夕方ぎりぎりまで練習していた。今日は、楽器店の同僚の実家が芳ヶ江にあるので、そこで指ならしをさせてもらうことになっている。

明石の出場番号は二十二番。一次予選は一日十八人が演奏するので、二日目の出場になるかと思っていたが、棄権者が何名か出て、一日目のラストに繰り上がったのだった。

いちばん最後なのがいいのか悪いのか分からないが、緊張している時間が長いので、気持ちを途切れさせずに持っていくのが難しいかもしれない。

それでも、よかったのは初日が日曜日なので、満智子も現地に聴きに来られることだった。明人は満智子の実家に預かってもらうことにした。翌日学校があるので、その晩は明石と一緒にホテルに泊まり、翌朝すぐトンボ返りしなければならないけれど、明石の演奏が久しぶりに聴けると彼女も喜んでいた。演奏はすぐにCDに焼いてもらえるし、雅美が映像を撮っているので後から見られるのだが、やはり生で観たいと言っていたのだ。二次に進めなければ、これが最初で最後の演奏になるのだから。九十人が演奏して、二次に進めるのは二十四人だけ。六十六人は落ちるのだ。更に、三次に進めるのは半分の十二人。その先の本選はたったの六人である。

ゆうべは意外にぐっすり眠れた。ホテルにはピアノもないし、部屋に何もないのでかえってのんびりできた。家にいれば、ピアノが気になり、少しでも時間があればピアノに触らずにはいられないからだ。

ゆっくりめの朝食を摂《と》り、新聞を読む。

今日これから、たった二十分のパフォーマンスだけで評価されるのだ。一日中、いや年がら年中練習している、世界中の若い音大生たちと同じ土俵で。担当教授がつきっきりで、こと細かに指導し、コンクール対策を練ってきている彼らと一緒に。

そのことが不思議な気がした。普段の生活では有り得ないイベント。

そう考えると、ここ一年かつての恩師に頼んで何度も聴いてもらい、寸暇を惜しんで弾きこんできたものの、練習時間の差は歴然としている。その蓄積の差に、焦りを感じないではいられなかった。もっとも、この歳になると、ひたすら練習するだけが練習ではないし、工夫して量を質で補う方法もあると知っている。時間に追われるせわしない日常生活のあいだに練習時間をひねりだし、中身の濃い練習をしてきた精神力は学生に負けないし、ピアノを弾ける喜びを誰よりも感じてきたという自負もあるのだけれど。

てっきり自分が最年長だと思っていたのに、配られたプログラムで、自分だけが最年長ではないと知ってホッとしているのが我ながら滑稽だった。ロシアからのコンテスタントで明石と同い年が一人、ひとつ下がロシアとフランスで一人ずついた。彼らはまだ学生なのだろうか。自分と同じように働いているのだろうか。どこの国でも、音楽だけで食べていくのは大変なはずだ。たぶん子供はいないだろうな。

　長丁場のコンクールのために仕事を休むのは大変だったが、同僚も上司も応援してくれた。楽器店という商売を選ぶだけあって、自分でも演奏する者が多いせいだろう。わざわざ、今日の一次を聴きに来てくれるという人も何人かいた。本選に残ったらみんなで聴きに行く、と決めているらしい。

　本選。その響きは憧れだ。

　学生時代、日本で最大規模、なおかついちばん権威のある音楽コンクールで、本選に残ったことがある。その時は五位入賞だった。そして、それが明石がこれまでに獲った最高位だった。

　近年注目度が上がり、優勝者の特典も多い芳ヶ江だ。しかも、これは国際コンクールなのだ。世界中から強豪がやってくる。スケールの大きな新人が次々出てくる中国。国家事業として芸術分野に予算を注力する韓国。両者のレベルアップはめざましく、今回もこの二つの国のコンテスタントがかなりの人数を占めていた。本選に自分が残れる望みは薄いと分かっていても、やはり残りたかった。ピアノ協奏曲を、ショパンの一番をオーケストラと弾きたい。

今この瞬間、どの出場者もそう思っているに違いない。かつて子供の頃に聴いて憧れた、チャイコフスキーを、ラフマニノフを、グリーグを、オーケストラと一緒に演奏したいと。

思わず、全身に力が入っているのに気付き、ふっと溜息をつく。

リラックス、リラックス。一日は長い。今から気合いを入れていてどうする。

立ち上がろうとして、スニーカーの靴紐がほどけかけているのに気付いた。

しゃがんで結び直そうとしたが、結べない。

えっ?

明石は混乱した。いつも普通にやっているはずの、靴紐を結ぶという行為。

しかし、手はその行為を忘れてしまったかのように、もぞもぞと靴の上をさまよっていた。

どうしたんだ、俺?

ようやくぎこちなく紐を結び終えた時には、初めて靴紐を結わえたような気がして、十五分近く経っていた。

混乱したまま立ち上がる。

俺、上がってる？

全身からどっと冷や汗が噴き出してきた。

こんなことは今までなかった。かつて舞台に立った時のことを思い浮かべてみても、そりゃあ多少は緊張したけれど、こんなふうに動揺した記憶はなかった。

明石はゾッとした。急速に不安が込み上げてくる。

久しぶりの舞台。しかも、真剣勝負の。その舞台で。

ピアノを前に、曲を度忘れして呆然としている自分の姿が、一瞬妙にリアルに目に浮かんだのだ。慌ててその姿を打ち消す。

そんなことはない。あんなに練習してきたんだ。忘れるなんてあるはずがない。今までだって、そんなことは一度もなかった。

でも、こんなふうに靴紐も結べないほどに上がったことも、かつては一度もなかった。

冷たい声がそう囁く。

やっぱり、おまえはもう音楽家なんかじゃない。会社勤めをして、所帯を持って、すっかり焼きが回ってしまった。生活者の音楽だなんて大層なことを言っていたが、やはりおまえは逃げただけだ。退路を断って音楽に向き合うことが怖くて、ただ脱落したに過ぎないのさ。

それは、コンクールに出ることを決めてからここ一年、何度も胸の中で聞いた言葉だった。普通の生活があってこその音楽だとずっと思っていたはずなのに、しょせんは「酸っぱい葡萄《ぶどう》」のようなもので、もし自分が抜きん出た才能を持っていたら迷わずプロの音楽家の道を選んだだろうし、それ以外の職に就くことなど考えもしなかっただろう。そして、そちら側にいたならば就職して所帯を持ち、「生活者の音楽」などと嘯《うそぶ》いている者をきっと軽んじていたに違いないのだ。

じゃあ、なぜ今自分はここにいるのだろう？　今ここにこうしている自分はいったい何なのか？

一瞬、足元が沈みこんでいくような凄まじい孤独を感じた。

演奏する時は誰しも感じる孤独だろうが、今明石が感じたものはこれから同じステージに立つ他のコンテスタントたちや家族とも共有できない種類の孤独で、限りなく絶望に近いもののような気がした。

「高島君、おはよう」

声を掛けられて、反応するまで少し掛かった。

ようやく、雅美が取材に来たのだと気付く。

よりによってこんな時に。舌打ちしたくなるのを必死にこらえ、苦労して表情を繕った。

「ああ、おはよう」

声もぎこちなく、表情も全く繕えていなかったらしく、雅美が一瞬びくっとした顔をした。思わず目を逸らす。

撮られたくない。この女は、いったいなんの権利があってこんなところまでやってきて俺に向かってビデオカメラを回すのだろう。

ここ数日、カメラが付いて回るのが鬱陶しく、煩わしく、雅美に憎しみすら抱いていることに気付いていた。雅美もそのことに気付いていたと思うが、むろん、彼女も仕事なので遠慮するわけにもいかず、二人のあいだに少しぎくしゃくしたものがあった。

だが無理だ。今日だけは、無理だ。ずっとカメラに付いてこられたら、自分がどんな罵詈雑言《ばりぞうごん》を雅美に投げつけるか想像もつかないし、ひどい言葉で罵るのを自分でも制御できないに違いない。

明石は息を深く吸いこんだ。

「ごめん、今日は」

硬い表情で思い切って明石が言いかけると、雅美はそれを遮るように大きく頷いた。よく見ると彼女はいつもの大きなバッグを持っていたものの、今朝はカメラを構えていなかった。

「今日は会場に行って、関係者や他の出場者を撮ってるね」

「ごめん」

そう言うのが精一杯だった。

「でも、高島君が出る前の楽屋と袖は撮らせてもらう。ここだけは撮らないと、番組にならないからお願いね」

雅美は簡潔にぴしりと言った。

明石はホッとしつつも頷く。「分かった」

「グッドラック」

雅美はそう言ってすぐに引き揚げていった。拍子抜けした気分になる。

明石が出場前でピリピリしているのは、彼女もよく承知していたのだ。安堵するのと同時に大人げないな、俺も、と少し後悔した。この程度でいっぱいいっぱいになるようじゃ、学生コンテスタントとちっとも変わらない。一味違う大人の演奏をしようと思っていたのに、自分の許容範囲の狭さが情けなかった。

その一方で、雅美と話をしたことで、少し落ち着きを取り戻した。

意識しながら、大きく深呼吸する。

そう、大人の演奏をするのだ。今自分が抱いている複雑な思いや孤独、音楽に対するアンビバレントな思いをも演奏で表現すればいい。それが、最年長のコンテスタントの唯一のアドバンテージなのだ。

明石は背筋を伸ばして新聞を畳み、近くを通りかかったウエイトレスにコーヒーのお代わりを頼んだ。

急いで明石の視界から消えたものの、雅美は思わず大きく溜息をついてしまった。

高島君でもあんな顔するんだなあ。カメラを出しとかなくてよかった。

ここ数日、他のコンテスタントを訪ねたところ、皆ピリピリしていて露骨にカメラを拒絶されることが重なった。中には全く気にしない者もいたが（それはそれでどうかと思う）、欧米から来たコンテスタントは全く感情を隠さない者も多くて、玄関先でホームステイ先の家族から「ごめんなさい、今は撮らないほうがいいと思うわ」と気の毒そうに断られたりした。

明石なら大丈夫だろうと思っていたものの、ここのところさすがの彼もナーバスになっていることは感じていた。密着取材というのは、一緒にいる時間が長くなるので、どうしても必ず被写体と気まずくなる瞬間がある。

カメラを向けられるというのは嫌なものだ。撮るのを仕事にしている雅美ですらそうなのだから、ずっとカメラがそばにいて撮られるというのは、常人の神経にとっては多大なストレスである。明石をそっとしておいてあげたいのは山々だが、雅美だってこれが仕事なのでそうもいかない。今日はコンクール初日で明石の演奏当日だから、少し様子を見ておこうと思ったのだが、直感が働いて、カメラをバッグにしまったままにしておいたのは正解だった。ここでカメラを向けていたら、肝心の本番を撮らせてくれなかったに違いない。

コンクールの初日が近付くにつれ、コンテスタントたちの緊張が、雅美にも乗り移ってきたような気がする。

なんという、厳しい、過酷な世界なのだろう。

取材を始めてからというもの、クラシック音楽界やピアノコンクールというものの厳しさには驚かされてばかりだった。

なにしろ、プロのピアニストとして食べている人間はほんの一握り。ほとんどのピアニストは教師として生活の糧を得ていて、ある程度名前の知れた人ですら、コンサートに掛かる費用は持ち出しになり、下手すると新聞広告などの告知の経費まで負担しなければならないという。大手ＣＤショップで売られているＣＤはほぼ自主制作に近く、まず利益は出ないし、プレスの数も微々たるものだ。

クラシック音楽というと、とにかく優雅で高尚で、というイメージだったが、内実は全く異なる。それこそ親が裕福でもない限り楽器を続けることすらむつかしい。日本の住宅事情では、そもそも楽器を練習する場所を確保するのも大変なのだ。管楽器など、音大を出てしまうと思い切り吹けるところがない。弱音器を付けられる楽器は限られているし、付けると音が分からないので敬遠する人も多いという。楽器もピンキリで、プロとしてやっていくのならそれなりのものを持たなければならないし、維持費用も掛かる。

そして、ピアノコンクールというのは今や一大産業なのだった。

コンテスタントをはじめ、その関係者や観客がやってきて、ある程度の滞在期間を見こめるコンクールは、町おこしにもなるし、開催地の知名度を上げるチャンスである。結果、世界中に大小さまざまなコンクールが乱立する状態となり、コンテスタントはキャリアアップになるコンクールを求め、コンクールはコンクールの名を上げる優秀なコンテスタントを求める、コンクール戦国時代になっているのである。

コンテスタントにしてみれば、コンクールに出るからには賞金が高く、優勝者特典としてコンサートツアーが組まれているようなものに出たいので、特典の多いコンクールには応募者が殺到する。コンクール主催者側としても、なるべく将来性のあるスターに優勝してもらわないと割に合わない。しかし、なかなかそう両者の思惑が一致することはむつかしいので、次々とコンクールがあちこちで誕生するが、続かないものも多い。

ピアノメーカーの競争も熾烈《しれつ》だ。コンクールで使ってもらえるのは、メーカーにとっても宣伝になるし、販路の拡大は死活問題である。大きなコンクールになると、複数のメーカーのピアノを選べるようになっているのが普通で、数台のピアノを事前に弾き比べてピアノを選び、調律師と打ち合わせをする。どのメーカーも自分のところのピアノを選んでもらいたい。とあるコンクールでは、スポンサーにあるピアノメーカーの名前があったため、そこのピアノを選ばないと入賞できないという噂が流れ、コンテスタントのほとんどがそのメーカーのものを選ぶ、ということが続いたため、そのコンクールにピアノを提供することをやめてしまったメーカーがあったそうだ。

コンクール期間中は、それぞれのメーカーの調律師のチームが付きっきりでピアノの面倒を見る。分刻みの時間に追われ、全くタッチと音の好みの異なるコンテスタントのピアノを調律するのは大変な重圧と重労働で、それこそコンクール期間中全く眠れなかった、という調律師も少なくない。

みんな、こんなに上手なのに、一位、二位なんてどうやって決めるんだろう？

コンテスタントたちが必死に練習する姿を見ながら、雅美は空恐ろしいような心地になった。

雅美から見れば、みんなじゅうぶん上手だし、そんなに差があるとは思えないのに、こんなに上手な百人近くのコンテスタントのほとんどが落ちてしまうなんて信じられなかった。しかも、彼らは子供の頃からほとんどの時間をピアノに捧げ、ピアニストになるという選択肢のみを目指して人生を過ごしてきたのだ。

凄い世界だなあ。

雅美が明石に向かって思わずそう漏らすと、明石は「うん、凄い世界だよ」と頷いてからふと思いついたように呟いたことがあった。

だからこそ、素晴らしいんだよね。

「どういうこと？」と聞き返すと、明石は自分がそう呟いていたことにも気付かなかったらしく、「ああ」と照れたような表情になった。

「世界で百人しか演奏してないような楽器で一番になったって面白くないじゃない？これだけの広い裾野があって、みんなが自分も素晴らしい音楽を作り出したい、もっと上手になりたい、ってもがき苦しんで自分の音楽を追求してるからこそ、てっぺんにいる一握りの光を浴びてる音楽家の素晴らしさが余計際立つ。挫折していった多くの音楽家たちが陰に累々といるのを知ってるから、ますます音楽は美しい」

そんなものかしら、と雅美が訝《いぶか》しげにすると明石はふわっと笑った。

「しょせん、人間が演奏するんだもの。そういうものでしょ」

雅美は、その笑顔に胸を突かれた。

ああ、あたしは高島君のこの笑顔が好きだったんだよな。

昔から、彼はこういう笑顔だった。明石には、嫌われたくないとか主張したくないという、言わば減点法の優しさではない、本質的な他者への優しさがあった。しかも、自分に対してはとても厳しく、潔癖なところもあって、そんなところに惹かれていたのだ。誰もがそう感じ取っていたらしく、彼は女の子にとても人気があったし、男の子にも好かれていた。

雅美が今回明石に取材を申し込んだのは、それが明石だったからといっても過言ではなかった。彼が昔と変わらず他者に優しく自分に厳しいことを確認でき、何より、変わらぬあの笑顔が見られて、なんとなく嬉しかった。

その彼が、あれだけナーバスになっているのだから、ほんとにほんとにコンクールってもの凄い世界だ。

雅美は会場に向かい、地元のボランティアスタッフに話を聞きに行くことにした。主催者側の許可は取ってあるので、話を聞かせてくれるメンバーが決まっているはずだった。

いよいよだわ。

雅美は、まるで自分が出るかのように武者震いをした。

街角に、小さなお稲荷さんがあるのが目に入る。

お稲荷さんに祈ったからってどうなるとは思えないけど。

そう自分に突っこみを入れつつ、雅美は、立ち止まって祈った。

高島君が、彼自身納得できるようないい演奏ができますように。そして、二次予選に残れますように。

残ってくれないと番組として格好つかないしな、といきなり現実的なことを考えながら、雅美はパッと駆け出した。

穏やかな空の下、遠くにそびえる、巨大な複合施設となったコンクール会場。午後から、ついにコンクールが始まる。

第一次予選

ショウほど素敵な商売はない

舞台袖の暗がりの中で、アレクセイ・ザカーエフは大きく深呼吸した。

さっきからどくどくと心臓は鳴りっぱなし。

なんで一番！　どうして一番なんか引いちゃったんだろう！

何度繰り返したか知れない溜息をもう一度つく。

演奏順を決めるくじ引き。

まさか一番なんか引くことはあるまいと思い、どきどきしながら箱に手を入れて最初に触れた紙を取り出し、開いた瞬間、Ｎｏ・１、という非情な数字がパッと目に飛びこんできた。

呆然とするアレクセイが係に紙を渡すと、係は気の毒そうに笑いながら「Ｎｏ・１」、と宣言し、会場からワアッという歓声が上がり、彼の全身を包んだのだった。

およそコンクールというもので、トップバッターくらい緊張してなおかつ不利な順番はない。注目はされるが、誰でも関心は「そのあと」にあり、一番目のコンテスタントなど「基準」になるのが関の山。「基準」よりいいか悪いかということで、「基準」が賞の対象になることはめったにない。なにしろこのあと九十人近くもコンテスタントがいるのだ。いちばんはじめのコンテスタントなど、誰が覚えているだろうか。

なんて運が悪いんだ。

師匠に電話をすると、師匠も電話の向こうで絶句していた。

とにかく印象に残る演奏をするしかない。一番目の彼、なかなか良かったじゃないと思い出してもらえるような演奏。

指を暗がりの中で動かし、温める。

何度舞台に上がっても、この独特な緊張感には慣れることができない。

そう、誰よりも早く演奏が終わって、楽になれるじゃないか。七十人も八十人も演奏するあいだ、どきどきしながら出番を待つよりはいい。

アレクセイはそう自分を慰めた。

だけど、どうして一番。あの時、ほんの少し指を動かして別の紙を取っていれば——

しつこく、脳裡にくじ引きの時の感触が蘇る。身体を包んだ歓声も。

ステージマネージャーが声を掛けてきて、アレクセイは我に返った。

ステージの回転扉が開く。

明るいステージの光。

黒いピアノが、光の下で待っている。

出番だ。コンクールが始まるのだ。

アレクセイは息を吸いこみ、腹をくくった。

コンクールは、始まってしまえばたちまち日常と化す。スタッフも、コンテスタントも、審査員も時間との戦いだ。よどみないステージ進行、規定時間内の演奏、迅速な採点。誰もが予定時間内にコンクールを進めるため、息を詰めてそれぞれの仕事をする。

第一次予選は、演奏時間は二十分。

バッハの平均律クラヴィーア曲集からフーガが三声以上のものを一曲。

ハイドン、モーツァルト、ベートーヴェンのソナタから第一楽章か、第一楽章を含む複数楽章。

ロマン派の作曲家のものから一曲。

この三つの課題を二十分に収めるのは簡単なようで難しい。二十分を超過してしまうと減点の対象となる。

第一次予選は、曲と曲とのあいだに拍手をすることを禁じている。ロスタイムをなくすためである。

中ホールの客席は、六割ほどが埋まっている。コンテスタントの関係者がほとんどだが、熱心な一般の音楽ファンもいる。音楽ファンからいえば、自分のお気に入りのコンテスタントを見つけたり、誰が二次に残るか予想するのは楽しいものだ。コンテスタントの指が見える、客席から見て左側の前方の席が真っ先に埋まる。

他の人の演奏を聴くコンテスタントは、後ろのほうに座っている者が多い。

審査員席は二階で、世界中からやってきた総勢十三人もの審査員が採点をしている。

一次予選の採点は、「○」か「△」か「×」というシンプルなものだ。それぞれが三点、一点、ゼロ点として計算され、合計点数が高いものから二次に進出する。

レベル高騰だな。

ナサニエル・シルヴァーバーグは最初の五人を聴いてそういう印象を受けた。

通常、一次予選は技術的に問題がある者を撥《は》ねるのが目的であるが、昨今、大きな問題がある者はそうそう見当たらない。

これだけ古今東西の音源が自由に聴けるようになった今、さまざまなコンクール対策が練られ、コンテスタントの技術も底上げされている。

少し前までは、コンクールというとやたらと難曲ばかりを並べたプログラムが目についたが、このごろは身の丈に合った堅実なプログラムが主流になってきたのは喜ばしい。

ただし、それでも歴然とした差はある。

「弾ける」のと「弾く」のとは似て非なるものであり、両者のあいだには深い溝がある、とナサニエルは思う。

ややこしいのは、「弾ける」から弾いている者の中にも「弾く」才能が埋もれていることもあるし、「弾く」ことに熱意を燃やしている者でも気持ちが空回りして実態が伴っていない者がいることだ。両者のあいだの溝は深いが、そこに溝があることに気付けば、何かのきっかけでひとまたぎして越えられるものなのかもしれない。

それにしても、昨今のコンテスタントはミスタッチが少ない。かつての大御所は、平気でバンバン音を外していたし、個性と一言で片付けられないほどアクの強い演奏がいくらでもあったものだが、あんなおおらかな時代はもう二度と来ないのだろう。

もっとも、レベルは高いが、この程度ならマサルの敵ではないな。

ナサニエルは一人で頷き、かすかに微笑んだ。

ナサニエルの愛弟子、マサルは師匠が審査をしている二階席のちょうど真下にいた。

そして、師匠と同じくレベルの高さに感心していた。

みんなうまいなあ。さすが、勢いのあるコンクールは違う。いいコンテスタントが集まってる。

前の席の二人の女の子はどうやら音大の学生らしい。なかなか事情通で、マサルはこっそり聞き耳を立てていた。日本語を書くのは苦手だが、会話は分かるし、ニューヨークでも日本人留学生と日本語で話をして、喋る技術は落とさないように努力してきた。

それというのも、いつか「アーちゃん」と喋る機会があることを心のどこかで希望していたからだ。それがいつになるかは分からないが、とりあえず今役に立っている。

「今日の目玉はこれっしょ、ジェニファ・チャン」

「女ラン・ランって呼ばれてるんでしょ?」

「もうコンサートデビューしてるらしいよ。中島先輩がニューヨークで聴いたって」

短い休憩時間。二人はプログラムを手に、下馬評を口にしていた。

へえ、詳しいな。

マサルは二人の情報に感心する。

「あたし、この人聴きたいな。明日のマサル・カルロス」

思わずギョッとして座り直す。

「凄いらしいよ」

「かっこいー。日系三世か四世らしいけど、顔、もう全然日本人じゃないよね」

当人がすぐ後ろにいて、自分たちの会話を聞いてるとは夢にも思わないらしい。

マサルは二人が振り向かないことを祈った。

「蜜蜂王子は最終日なんだよね」

「うん」

蜜蜂王子？

マサルは聞き間違いかと思い、更に聞き耳を立てた。

「可愛いよねえ。十六歳だって。やんなっちゃう、あたしらより五歳も若い」

マサルは、そっと女の子たちが見ているプログラムのページを自分のプログラムに探した。どうせみんな会場で聴くのだから、と公式プログラムはまだほとんど見ていなかったのだ。

「パリのオーディションが凄かったんでしょ？」

「ホームページ、写真しかなくてがっかり。動画も載せてくれればいいのにね」

カザマ・ジン。

漢字は苦手なので、アルファベット表記を見る。

あどけない少年の顔がある。

確かに若い。このコンクールは、年齢の下限はないはずだ。最年少の参加者は十五歳と聞いているが、それに次ぐ若さだ。コンクール歴は空欄。

が、マサルの目は指導教授の欄に引き寄せられていた。

ユウジ・フォン＝ホフマン。

嘘だろ。ホフマンに師事なんかできるんだ。

マサルは目を見開いた。それは、彼の師匠の師匠でもあった。が、弟子とは名乗らせてもらえず、ロンドンからドイツの自宅まで通って教えを請うた話は彼も聞いていた。

先生は知ってるのかな。

マサルは思わず天井を見上げた。

マサルは人の演奏はよく聴くが、いわゆるゴシップの類《たぐい》には興味がなかったので、このコンクールのオーディションの噂は耳にしていなかった。

へえ、オーディションで勝ち上がってきたんだ。

マサルは興味を抱いた。

そいつは楽しみだ。きっと色が付いていないに違いない。

「お父さんの仕事手伝ってて、オーディションに来た時は泥だらけだったって、おかしいよね」

「養蜂家の子って、移動生活なんだよね？　ピアノどうやって練習してたんだろ」

「不思議だよねえ」

養蜂家、という言葉がよく聞き取れなかったが、さっきの「蜜蜂王子」が蘇り、ああ、なるほど、と思い当たった。

ふうん、ますます面白い。カザマ・ジン。どんなピアノを弾くんだろう。


ステージに真っ赤な衣装で長身の少女が現れた瞬間、観客がどよめいた。

衣装が目の覚めるような鮮やかな赤だったこともあるが、勝気そうな顔の少女が身体全体から発しているエネルギーのようなものに圧倒されたのだった。

十二番、ジェニファ・チャン、U・S・A・。

本日の目玉ってとこね。

嵯峨三枝子は輪郭の濃い少女を見つめた。身長があるのでそんなに目立たないが、肩幅もあり、骨太でがっちりしている。この恵まれた体格なら、さぞかしピアノも鳴るだろう。

見るからにIHタイプだな、と三枝子は予想した。

IHとは、彼女が勝手にそう呼んでいるタイプで、「嫌になっちゃうほど弾けちゃう」超絶技巧を持つコンテスタントのことだ。

審査員のあいだにも、どことなく期待が漂う。

ジェニファ・チャンは椅子に座るなりサッと弾き始めた。

おう、という声にならない声が会場に溢れた。

音の粒の鮮明さ、何より彼女の持つスケールの大きさは、基本中の基本、バッハの平均律クラヴィーアを弾いても明確だった。

なんつうダイナミックなバッハ。

三枝子は半分感心し、半分あきれた。こんなふうにバッハを弾けるのは凄い。

続いてベートーヴェンのソナタ、第二十一番「ワルトシュタイン」第一楽章。

この選曲は正しい。この曲の持つ疾走感がスピード感に溢れる彼女にぴったりだった。

それにしても、楽器とは面白い。彼女が弾いていると、グランドピアノがまるで特別仕様のでかいベンツで、それを乗り回しているかのよう。見事なハンドルさばき、みなぎるパワー、高速で飛ばしても車体は浮かず、安定感は抜群。人によってはおとなしいファミリーワゴンや、見かけだけで小回りの利かないオープンカーみたいになってしまうのに。

ジェニファ・チャンは見事に「ワルトシュタイン」を走り抜けた。

そのめりはりの利いたラストに、思わず観客が拍手をしかけ、拍手禁止なのを思い出してすんでのところでやめたほどである。

「ワルトシュタイン」だけで十分以上掛かっている。時間はぎりぎりのはずだ。チャンはすかさず次の曲に入った。

三曲目はショパンの「英雄」ポロネーズ。

これもまた、彼女にぴったりの選曲だった。ショパンのポロネーズの中でも最も華麗な一曲。ポピュラリティのある曲だけに、下手をすると安っぽくなるのだが、独特のリズムを歯切れよく、これまたダイナミックに弾きまくる。その弾きっぷりは実にたくましく、胸のすくような快演、という言葉が頭に浮かんだ。

弾き終えた瞬間、ひときわ大きな拍手が湧いた。豪快な演奏に、観客はカタルシスを覚え、魅了されたようである。

下馬評通り、まずまずの出来だ。「女ラン・ラン」の異名を取るのも頷けたし、たぶん本人もそのことを意識しているのではないかと思われた。

三枝子は、ちらっと危惧も覚えた。

ラン・ランは一人だけでいいのだ。同じようなタイプがもう一人いてどうするというのか。


ホール客席のいちばん後ろの席に、ぽつんと一人の少年が座っていた。

色白の顔とくしゃっとした髪がかぶったままの帽子の下に覗いている。

少年は、小さくぶつぶつと何事か呟いていた。いや、何か歌っているらしい。

と、ちょっと首をかしげ、それから左右に小さく振った。

「違うなあ」

その小さな呟きを聞き取った者はいなかった。

と、開いている扉から二人の少女が駆けこんできた。

「あー、駄目、間に合わなかった、ジェニファ・チャン」

「残念ー、聴きたかったなあ」

浜崎奏と栄伝亜夜である。

「やっぱり昨日行っときゃよかった、美容院」

亜夜は悔しそうに呟いた。

「仕方ないわよ、予約が空いてなかったんだもん」

奏が慰める。

いつも行っている美容院の予約が今日の午前中しか取れず、美容院に行ってから芳ヶ江入りしたのだが、予定した新幹線に間に合わず、一本遅らせたせいで、着くのが遅くなってしまった。優勝候補の一人と目《もく》されるジェニファ・チャンを聴こうとしていたのだが、一歩間に合わなかったのだ。

「あともう三人しかいないわ」

「ジェニファ・チャン、CDで聴きましょ。きっとすぐに焼いてくれるわ。予約しとけば、明日には手に入るし」

二人は入口で立ち止まって、何事か相談している。

少年は栄伝亜夜の顔を見てギョッとした。

ゆうべのおねえさんだ。

音大の練習室に入りこんでいるのを、見咎められてしまった。彼女は自分の顔を覚えているだろうか？

少年はこそこそと帽子を目深にかぶり直した。

「どこに座る？」

「音の響きを聴きたいから、真ん中に行きたい。バランスよさそうなホールね」

が、二人は彼に気付かず前のほうに進んで、真ん中あたりに腰を下ろしたのでホッとする。二人とも、全く彼には気が付いていない。

おねえさんもピアノ科の学生だろうし、だったらこのコンクールを聴きに来ていても不思議ではない。それとも、おねえさんもコンクールに出るのかな。

少年は、椅子に腰掛けた二人の後ろ姿を見つめた。

あそこのピアノは、いいピアノだったなあ。

少年は安心したので、改めてうっとりとあの時の練習室のピアノの感触を思い浮かべていた。

さすが音大。素晴らしい調律。滑らかな、心地好いタッチ。

いいなあ、あんないいピアノで毎日練習できて。

少年は頭の中でピアノを弾いていた。とびきりのピアノで、とびきりの音で。

脳裡で繰り返し再現する音楽。

しかし、それを実際に鳴らすのは難しかったし、なかなかそれに似た音を聞くこともなかった。

やっぱり、ユウジ先生くらいかなあ。あんな音を出せるのは。

少年は、次のコンテスタントの演奏に耳を澄ませた。

みんな上手だけど、違うなあ。

少年は再び首をかしげた。

さっきの赤い服のおねえさんも凄く上手だったけど。

誰にも聞き取れないほどかすかな声で、少年は頭に浮かぶメロディを歌っていた。

いいなあ、僕もピアノ弾きたい。どっかピアノ探しに行かなくちゃ。

いつのまにかコンテスタントの演奏は終わっていて、短い休憩時間になっていた。

今日演奏するコンテスタントは、あと二人。

少年は立ち上がり、他のお客と一緒に外に出た。

ピアノ、欲しいなあ。

少年は練習室に行ってみることにした。一日目はもうすぐ終わるから、待機している出場者はもういないはず。空いていたら弾かせてくれるかもしれない。

わくわくしながら、エレベーターに乗る。

お父さん、今頃どのあたりにいるかな。

ふと、腕時計を見、移動中であろう父親のことを思い浮かべた。コンクールのあいだ、仕事を手伝えないのを申し訳なく思った。

コンクールに入賞したら、ピアノ買ってくれるっていう約束、覚えてるかなあ。

少年はちょっとだけ不安になった。彼の父親は、ひとことで言えばおおらかだが、とても大雑把《おおざっぱ》でもあった。蜂たちの世話に関してはあれほど細心できめこまかいのに、それ以外のものにはとんと関心がないらしい。

少年の家にはピアノがなかった。

そして、そのことがいかに異常なことかも、少年の念頭にはなかったのだ。

バラード

高島満智子は早足でやってきてホールの名前を確認し、駆けこもうとしてふと立ち止まり、空を見上げた。

もうすっかり日は暮れて、辺りは暗くなっている。芳ヶ江に来るのは初めてだったが、駅前の複合施設にあるホールだったし、あちこちにポスターや会場案内の矢印が貼ってあったので迷うことはなかった。

実家に明人を預けるのに往復時間が掛かってしまい、東京駅を出るのが三時過ぎになってしまった。せっかく明人を預けたのに、明石の演奏が聴けなかったのでは泣くに泣けない。

明石が当日の演奏予定時刻の載ったスケジュール表をメールで送ってくれたので、今日の最終演奏者である明石の出番までまだ一時間以上あるのは分かっていたが、そもそも彼の出番が一日目に繰り上がったこともあって、もしかして当日また演奏時刻が変わるのではないか、と満智子は朝から気が気ではなかったのだ。

ホールの前に着いたとたん、満智子は自分が緊張しているのに気付いた。

コンクールの行われている中ホールはガラス越しに受付が見える。受付の奥に見えるホールの扉は固く閉ざされていた。

今は演奏中。コンクール審査の真っ最中なのだ。

その扉を見ているだけで、動悸が速まるのを感じる。

あたしが上がってどうする。

満智子は息苦しさを覚えつつ、深呼吸してホールに入り、受付にチケットを差し出した。

「演奏中は入れませんので、しばらくお待ちください」と声を掛けられる。

「はい」と神妙に頷き、聞いてみた。

「時間は予定通りですか」

「ええ、予定通りに進んでいます」という返事に安心し、ロビーをぶらぶらする。

ロビーには結構人がいた。

いかにも音大ですという感じのお嬢さんぽい人たちが多い。そういう人たちには場慣れした雰囲気があり、二、三人でお喋りをしていた。めったに音楽ホールなど足を踏み入れない満智子にしてみると、こういう場所は落ち着かずきょろきょろ物珍しそうにしてしまう。満智子のようなコンテスタントの家族っぽい人もいるが、こういう場所に慣れていない雰囲気ですぐに分かり、共感できた。

年配の女性で貫禄があるのはピアノの先生だろうか。

なんとなく、ピアノの先生は見分けられるような気がした。満智子も子供の頃少しだけピアノを習っていたが、なぜかピアノの先生は髪が多いという印象がある。年配の女性でピアノの先生は、だいたい髪を大きく巻いている。揃いではないスーツ。上はブラウスに短めのジャケットを羽織り、下は長めのフレアスカート。満智子の年代ではまず着けないブローチ着用率も高い。

およそあたしには音楽的センスはなかったなあ。

満智子は、レッスンのたびに遠回りして道草し、先生の家に行くのを遅らせていたことを思い出した。永遠の苦行に思えた、レッスンに向かうまでのあの時間。

ああいうレッスンを小さい頃から繰り返し、気が遠くなるような練習を積み重ねてきた人たちがここにいるのだ。

拍手の音に我に返ると、演奏が終わってホールスタッフが扉を開けたところだった。中から出てくる人と入っていく人がぞろぞろと入れ替わる。

満智子も慌ててホールの中に入った。

意外に大勢の客で席が埋まっていた。ステージの上ではスーツ姿の男がピアノを調律している。

どこに座ればいいのだろう。

よく見ると、後ろのほうは結構空いている。満智子は後方の真ん中の席を選び、腰を下ろすとようやく落ち着いてきた。

ポーン、ポーンとそっけないピアノの音が響く。

調律師は、客席など全く眼中にない様子で鍵盤の前で音に聴き入っていた。

その姿には、なんとなく見ている者の緊張を和らげてくれるものがある。

ステージを包む、淡く柔らかい光。

やっとここまで来たんだ。

満智子は小さく溜息をついた。

淡々としている、あまり喜怒哀楽を出さない、と子供の頃から言われてきた満智子だが、さすがにステージのグランドピアノを見て、夫が控え室にいるところを想像すると「感無量」という言葉が頭に浮かんだ。

コンクールに出ると決めてからが大変だった。

「練習を一日休むと本人に分かり、二日休むと批評家に分かり、三日休むと客に分かる」という有名な言葉があるそうだが、就職し、明人が生まれてからは週に何日もピアノに触《さわ》れないことが普通になっていた明石がコンクールに向けての本格的な準備を始めたのは一年ほど前のことだ。むろん、勤め人である明石が練習できるのは早朝と夜と休日だけ。家は一戸建てだったが、思う存分練習したいと、ぎりぎりアップライトピアノの入る防音ルームを購入した。それにも結構なお金が掛かったが、驚いたのは楽譜が高いことで、勘を取り戻すためと数週間おきにかつての恩師に見てもらうのに支払う謝礼もかなりの額で、音楽をやっていくのがいかに大変かを実感した。

「これが最初で最後だから」という明石の気持ちはよく分かったし、夫がめったなことでそんな頼みをすることはないので、満智子も文句は言わず定期を解約して協力していたが、誰よりも明石自身が大変で、練習時間を捻出《ねんしゅつ》するには睡眠時間を削るしかなく、当然疲れているから練習が進まず、いっときイライラして「やめてしまおうか」と悩んでいた時期もあったほどだった。

何よりむつかしかったのはコンクールへのモチベーションを保つことで、数週間に一度、この挑戦を虚しく感じる瞬間があるらしく、今更誰にも頼まれもしないのにコンクールなんか出てどうするんだろうね、と自嘲気味に呟くのだった。満智子はその都度「高い防音ルームを買ったんだから、元は取らないとね」と励ましてきた。

それというのも、プロになれなかった無念さというのは満智子にも身に覚えがあるからだった。

満智子の父は宇宙工学の博士で、政府機関の顧問も務めており、二人の兄も研究者である。満智子も研究者を目指していたが、自分に研究者になるほどのひらめきがないことを学生時代に自覚し、思うようなところに就職もできなかったので、いわば消去法として教師になったのだ。

早くにあきらめたものの、研究者への憧れは今もどこかにくすぶっている。

だから、明石がコンクールに出たいと打ち明けた時には、やはり彼もそうだったのだ、あきらめきれなかったのだ、と共感する気持ちが強く、ぜひ頑張ってほしいと満智子が熱心に後押しするのに明石のほうが驚いていたくらいである。

ステージの隅に、出場ナンバーとアルファベットの名前を書いた白いプレートが置かれた。客席が静まりかえり、青いドレスを着た金髪の女の子が出てきて、拍手に包まれた。

プログラムを見る。ロシアからの出場者だった。西洋人は大人びて見えるが、まだ二十歳である。

流れ出す華やかな音色。

コンサートホールで生のピアノを聴くことなど、いったいいつ以来か思い出せない。明石の練習は聴いていたが、防音ルームにしたために、かえって彼のピアノの音が聴けなくなった。

上手だなあ。

演奏を聴いているうちに、満智子はまたじわじわ緊張してくるのを感じた。

当たり前だが、みんな間違えたりしないし、難しそうな曲をノリノリで弾いている。

このコンクールはレベルが高く、プロ活動をしている人も受けていると聞いていたけれど、本当にみんなプロのピアニストのようだ。明石が「一次を突破できればいいなあ」と呟くのは弱気になっているせいだと思っていたが、改めて、いかに一次予選を突破するのが難しいか思い知らされたような気がした。かつて学生時代のコンクールで本選に出たくらいなのだから、一次突破は大丈夫だろうと思っていたのだが、もう十年近く前のことなのだし、年齢的にも不利だというのは本当だったのだ。

なんと慰めればいいのだろう。

突然、そんな懸念が頭に浮かんだ。

あれだけの労力とお金を掛けてコンクールに臨んだのに、一次で落ちてしまったら。どんな言葉を掛ければよいのか。

ベストは尽くしたよね。挑戦しないで後悔するよりは、挑戦してよかったよ。あたしも面白い経験させてもらったよ。有給休暇内に終わってよかったじゃない。

幾つかの言葉が過《よ》ぎったが、明石のうなだれる様子ばかりが浮かんできて、どの言葉も慰めにならないような気がした。

たいへんでしょう、音楽家の奥さんって。

不意に、高校時代の同級生の声が蘇った。

同窓会の準備で顔を合わせた彼女は、かつて明石にお熱で、音大でのコンサートなどにも熱心に通って花束など渡していた。

楽器ができる男の子というのはもてるものだ。明石はピアノがとても上手な上に、生まれ持った陽性の優しい性格もあって、小さい頃から女の子に人気があった。

明石と満智子は幼馴染で、中学生くらいから互いに意識するようになり、高校時代からごく自然につきあい始めたのだが、根っからの理系で愛想も洒落《しやれ》っ気もない満智子が明石とつきあっているのを気に入らなかった女の子も多かったらしく、くだんの彼女もその一人だった。

明石に向かって、満智子はあなたにふさわしくないとも言ったようだ。むろん、明石は全く取り合わなかったけれど。

しかし、大学を卒業し、適齢期となる頃には、彼女たちはピアノの上手な男の子に対する興味を失っていったようだった。

明石くん、どうしてるの？

彼、まだピアノ弾いてるの？

よかったよねえ、満智子が公務員で。

明石と結婚したことを知ったかつての友人たちの目には、もはや羨望の色はなく、むしろ同情心のようなものが浮かんでいた。

明石が大手の楽器店に就職したことを話すと、決まって彼女たちが「それはよかったね」と喜んでくれるのも、「しょせん音楽では食べていけないよね」「音楽で食べていけるほどの才能はなかったんだね」という感想が省略されているような気がした。

たいへんでしょう、音楽家の奥さんって。

そう無邪気に声を掛けてきた彼女、かつて明石に迫り、私のほうがあなたにふさわしいと訴えた彼女、歳の離れた歯科医と結婚して長男が生まれたばかりだったらしい彼女の声にカチンと来たのは、そこにははっきりと哀れみが含まれていたからだった。

余計なお世話だよ。

満智子は改めて屈辱が蘇ってくるのを感じ、内心彼女に向かってそう呟いた。

韓国人の女の子、中国人の男の子、韓国人の男の子。

出てくるコンテスタントは誰も皆上手である。近年アジア勢の伸びが凄いと聞いていたけれど、さっきのロシア人の女の子よりもアジアの三人のほうが明らかにパワーも技巧も勝っていた。

ほんとに皆上手だなあ。

満智子は溜息をついた。

そして、一次予選初日、最後の演奏者。

22　TAKASHIMA　AKASHI

ネームプレートが入れ替えられ、満智子は思わず背筋を伸ばした。

動悸がいっそう激しくなった。

こんなに緊張したのはいつ以来か思い出せない。

思わず胃を押さえていた。

耳元で心臓の音がする。

あたしが出場者だったら、上がりまくっててとても演奏なんかできないよ。いや、違う、自分が出場者でも、こんなには上がらなかっただろう。

あんなところにたった一人で出てきて演奏できるだけでも、明石、あんたは偉い。

厚い回転扉が開き、サッと長身の明石が出てきた。

日本人出場者とあって、ひときわ大きな拍手が湧く。

ステージの上で見る明石は、体格のせいだけでなく、とても大きく見えた。

思わず胃痛も忘れて感心する。

やっぱり、この人には生まれながらの明るく上品な雰囲気があるなあ。

満智子は、彼を初めて見るような気がした。

にこやかにきびきびと歩いてきて、明石はピアノの前に腰掛けた。

手を伸ばし、椅子の高さを調節する。前の出場者は小柄だったので、かなり椅子を下げている。

ポケットから白いハンカチを取り出し、鍵盤を少し拭き、自分の手を拭く。

あれは儀式なんだよ、調律師さんが入ってるから、鍵盤に汗が残ってるわけじゃない。気持ちを落ち着けるために鍵盤を拭くふりをするのさ。

明石の声が聞こえた。

彼は額を軽く拭うとピアノの上にハンカチを置き、斜め上を見上げて動きを止めた。

大丈夫。落ち着いてる。集中してる。

満智子は一人で頷いた。

静かな目でしばし宙を見ていた明石は、サッと弾き出した。

あっ。

満智子は目が開かれる思いがした。

それは満智子だけでなく、他の観客も同様だったようだ。やれやれ、やっと最後だという疲れた雰囲気だったのに、皆、覚醒して背筋を伸ばしたのを感じた。

明石の音は、違う。同じピアノなのに、さっきの人とは全然違う。

明快で、穏やかで、しっとりしている。活き活きとした表情がある。

やはり、音楽というのは人間性なのだ。この音は、あたしの知っている明石の人柄がそのまんま表れている。明石という人の包容力の大きさが、音に、響きに宿っている。舞台の上の明石の周りに、広い景色が見えてくる。

平均律クラヴィーアの第一巻第二番。

どの曲にするか、ずいぶん長いこと迷っていたっけ。候補を数曲に絞ったあとも、何度も何度も弾き比べ、プログラム提出ぎりぎりまで悩んでいた。

満智子はバッハを聴くと、いつも「宗教的な」という言葉を思い浮かべる。

詳しいことは分からないけれど、しんと心が静まりかえって、「祈る」ということを理解できるような気がしてくるのだ。

明石のバッハは、ずっと聴いていたいような心地になる。こちらも心が静まってきて、謙虚な気持ちになってくる。

しかし、バッハはあっというまに終わってしまった。

次はベートーヴェンのソナタ、第三番、第一楽章。

ソナタというのはたいへん重要な形式なのだそうだ。作曲家の力量を問われる、実力の顕れる形式なのだとも。

満智子は「月光」や「熱情」は知っていたけれど、正直、他のベートーヴェンのソナタを聴いてもピンと来なかった。

曲のための曲って感じだよね。何か表現したいから作ったんじゃなくて、形式のために作ったって感じ。

素人というのは恐ろしいものだ。満智子は明石が練習しているソナタを聴きながら、素朴な印象を述べた。

そう聞こえる？

明石は苦笑した。

うん。あんまり面白くない。

そうかあ、それじゃあ、俺が悪いんだなあ。

ぱらぱらとフレーズを弾きながら、明石は天井を見上げる。

どうして？　作曲家のせいでしょ。

満智子は気軽にそう言い、洗濯物を畳んでいた。

違うよ。こうして後世に残っている曲には、それぞれに曲としてのきちんとした必然性があるんだ。それを弾きこなせない、説得力のないピアニストが悪いんだよ。

思いがけなくその声が厳しかったことが記憶にある。

満智子は、不意に涙が溢れてくるのを感じた。

明石の言った意味が分かったよ。

今、明石の指先から聞こえてくるベートーヴェンは、フレーズのひとつひとつが有機的に繋がりあい、何かを訴えかけてくる。

そう、明石のピアノには説得力があるのだ。今のあたしには、ベートーヴェンが何を言いたいのかほんの少しだけ分かるような気がする。

ひとつの音も聴き逃すまいと満智子は集中したが、二曲目もあっというまに終わってしまった。

そして、明石の一次予選最後の曲はショパンのバラード第二番だった。

本当は、バラードの第四番を弾きたかったんだけど、時間が足りないんだよなー。

そんなことを言いながら練習していたっけ。

この上なく静かに優しく始まる曲だ。誰かが囁きかけているような、シンプルで美しいメロディ。この部分を聴いていると、明石が明人に絵本を読み聞かせているところを連想してしまう。

しかし、そんな長閑《のどか》な光景は、思いがけなく激しいフレーズに破られる。ドラマティックなメロディが、怒濤のように何度も寄せては返し、更に大きな流れとなって押し寄せてくる。

現実の厳しさ、険しさ。

タキシードを着て、美しいメロディを弾くためには、生きていくための仕事に忙殺され、果てしない日常を支えていかなければならない。あそこに立つまでに、彼がどれだけ努力してきたか、観客たちは誰も知らない。

「これが最初で最後だから、頼む、挑戦させてくれ」

「パパは音楽家なんだって明人に言ってみたいなぁ」

「今更誰にも頼まれもしないのにコンクールなんか出てどうするんだろうね」

「今だから弾けるものってあると思うんだよ」

「駄目だ、全然指がついてこない。気持ちばっかり先走って、曲になってない」

「やっぱり、こんなことやめときゃよかった」

「説得力のないピアニストが悪いんだよ」

「本選に残ったら、みんな聴きに来てくれるってさ」

たくさんの明石の声、明石の表情が重なり合う。

それでもなお、ピアノは、ショパンはこんなにも美しい。

バラードの二番は、明石の優しさと厳しさをそのまま体現しているかのようだった。

曲が終わり、一瞬、真の静寂が会場を包んだ。

鍵盤の上に俯《うつむ》いていた明石がパッと顔を上げる。

その表情は晴れ晴れとしていた。

にっこりと笑って立ち上がる明石を、拍手と歓声が包む。

夢中で拍手をしながら、満智子は心の中で呟いた。

あたしは音楽家の妻だ。あたしの夫は、音楽家なんだ。

間奏曲

「最後の彼で救われたねえ」

「ホント、やっと音楽聴いたって感じ」

控え室に引き揚げる途中、緊張感と苦行から解放されて、審査員から本音が漏れ、笑い声が上がった。

本当、よかったなあ、彼。

三枝子は一日目の最終演奏者である高島明石の名を心に刻みこんだ。

演奏を聴くまで知らなかった名前だし、もちろん下馬評にも全くかすりもしなかった名前である。

最年長の二十八歳。

二十八歳といえば、つい若い子の年齢に目が行きがちなコンクールの世界ではベテランの域に入る。技術や表現力はあって当然。コンクールの数ばかりこなして器用貧乏になったり、それぞれのコンクールの傾向と対策に慣れすぎて自分を見失ってしまったりする。だが、彼はそういうベテランの弊害から逃れられていた。彼の歌い方は一見正統派のようで意外にユニーク。それでいてひとりよがりではなく、聴く者に訴えるものがあった。

こういうコンテスタントに会うと嬉しくなる。綺麗で伸びやかなピアノとの印象を受けるのに、ちょっと面白いもの聴いたぞという心地になるのは、ユニークさに違和感を覚えないほど引きこまれているからだ。

技術をチェックするためにコンテスタントたちの演奏を聴いていると、どんなに虚心で聴く努力をしていても、耳がなんとなく汚れてくる。澱《おり》が溜まってくるとでもいうのか、拭っても拭いきれない染みが耳にこびりつく。だんだん曲が音の塊と化し、音楽として聴こえなくなってくるのだ。

しかし、高島明石の演奏は、ちゃんと音楽として聴こえた。耳の汚れを一掃してくれ、耳がリニューアルオープンした、という感じである。

観客の反応を見ても、プロと同じ感想を抱いたらしいのが音楽の不思議なところだ。かと思えば、プロとアマで全く反応が分かれることもあるのだが。

「どうだった」

ナサニエルが隣に並んで声を掛けてきた。

どうやら機嫌は悪くなさそうだ。

「ああ、そうだったそうだった、コンクールってこういう感じだった、っていう感じね」

ナサニエルはくっ、と笑った。

「ミエコらしい感想だね」

「あたし、あんまり審査員やってないからね。会場に来るまでは結構楽しみにしてるんだけど、来てみて、ああ前も面倒臭くて大変だったんだってこと、いつも思い出すのよ。学習能力ゼロだわ」

「先は長いからね。最初から飛ばしていくと後がつらい」

「確か前にもあなたにそう言われたことも今思い出したわ」

そう、コンテスタントたちが「次のコンクールこそ」と期待するように、審査員のほうも「次こそスターを」と期待している。二週間近く、特に五日間も続く一次予選など、聴くほうも体力がいるので、ペース配分をしないと乗り切れない。

「そういうあなたはどう？　気に入った演奏はあった？」

「レベル高騰だね。これだけ技術が均衡してると気の毒だな。よほど抜きん出てないと目立たない」

「あなたの秘蔵っ子のほうがいいってわけね」

ナサニエルの余裕の表情から、自分の弟子に絶対的な自信があることが窺えた。

「いやいや、コンクールは時の運だから」

「またあ、自信あるくせに。最後の子なんてどう思う？」

「感じよかったね。地に足が着いてるというか」

「ああ、確かに」

「夕飯一緒にどう？」

「いいわね。何にする」

「地下のインド料理は？」

「OK、辛いの食べましょ。気合いが入るように」

採点表はもう集められている。控え室に戻るのもそこそこに、二人でホテル内のレストランに出かけた。いろいろつまめるものが用意されているとはいえ、八時間ぶっ通しで審査をしていたのだから、疲労感も相当なものだし、空腹である。地方のホテルのレストランはラストオーダーが早いので、酒も料理も頼めるだけ頼む。健啖家であるという点では二人は一致していた。

「離婚できたの？」

ビールで乾杯し、三枝子は単刀直入に尋ねた。

ナサニエルは渋い顔をする。

「できそうだ。慰謝料の額が折り合えば」

「ダイアンは元気？」

三枝子はナサニエルの娘に会ったことがある。広いようで狭い世界なので、別れたあともナサニエルとはよくニアミスをしていた。

「元気だよ。僕のほうが好かれてると思ってたんだけど、分からなくなってきた」

「どうして？」

「今度、ダイアンが歌手デビューすることになってね」

「あら、おめでとう。どのジャンルの歌手？」

「ポップスだね。中学時代からガールズ・バンドをやってたから、そういうバンドになりそうだって」

「へえー。あんたに似ず可愛くて性格のいい娘だとは思ってたけど」

「そうなんだ」

ナサニエルはあっさり認めた。

「音楽の才能はあると思う。逆に言うと世間知らずでね。となると、妻のほうが断然芸能界には強いし顔も利く。彼女なら娘のマネジメントができると言うんだ」

「ああ、なるほど」

ナサニエルは世界中を飛び回っているから、実際のところ娘のそばにはいられないだろう。妻は有名女優だが、活動範囲はイギリス国内がほとんどだから、娘の近くにいられる。

「でも、どうせ共同親権なんでしょ。別にいいじゃない」

「嫌だ」

ナサニエルは首を振った。

この男が「嫌だ」と言ったらてこでも動かないと知っているので、三枝子はあとは何も言わないことにした。が、言い方を変えてみる。

「親子だという事実は変わらないわ。うちだって、今は息子とメール友達だもん」

「そうか。そういえば、就職したんだって?」

「ええ。公務員よ」

「安心だね」

「まあね。手堅い子だからね」

「君はまだあの男と一緒にいるのか」

ナサニエルはちらっと三枝子を見た。

「どの男のこと? 息子の父親じゃないわよね」

「違う。うんと年下のスタジオミュージシャンなんだろ」

「ええ、まだ彼と住んでるわ。籍は入れてないけどね」

三枝子は現在、八歳年下の作曲家と暮らしている。編曲も演奏もこなす、優秀なミュージシャンでしっかりした男だ。ひょっとすると、精神年齢で言えば三枝子よりも年上かもしれない。互いに仕事があるので一緒に過ごせる時間は少ないが、とてもうまが合っているし、何より一緒にいて楽だし、寛《くつろ》げる。

「戻ってきてくれないか」

唐突な告白に、タンドリー・チキンにかぶりついていた三枝子は一瞬反応が遅れた。

「戻ってくるって、どこに」

「僕のところにだよ」

「ええ？」

歯の浮くような台詞と言えないこともないのだが、こういうところはストレートな男である。別れ際の優柔不断さとは対照的だ。

そうだったそうだった、こういう男だった。

三枝子は頭の中で何度も頷いていた。

「あんたの可愛い秘書はどうしたの？」

三枝子はそう軽口を叩き、ナサニエルの発言を本気と受け取っていない、というポーズをとった。確かに彼の恋愛初期のような単刀直入な口説き文句にはぐらりと来るものがあるが、そのあとの長いすったもんだと別れるまでに掛かった労力についての記憶と、今回彼が妻に莫大な慰謝料を払うはめになった原因のひとつに、五か国語に堪能で容姿端麗なポーランド娘の存在があると業界の噂で聞いていたことで、昔馴染に会って逃避を図ったのではないかと直感したからである。

「やれやれ、君までそんなことを言うのか」

ナサニエルは苦笑した。

「彼女は有能な秘書さ。それ以上でもそれ以下でもないよ」

「そうかしら」

三枝子は肩をすくめてみせた。

「いろんな噂を聞いたわよ」

ナサニエルは、苦々しげに「ハッ」と叫んだ。

「噂。どこに行っても噂ばかり。彼女が僕の子を身ごもって故郷で極秘出産したとか、気まぐれな雇い主のストレスを解消するためにいかがわしい奉仕をさせられ、巨額の口止め料を貰ってるとか。全く、見てきたような話にはいつも驚くよ。そのせいで妻が言ってくる慰謝料の額は鰻上《うなぎのぼ》り。こっちも誰かを訴えたいんだけど、どこにも訴える相手が見つからないときてる」

彼の見せる苛立ちには、三枝子も内心同情した。あけっぴろげな三枝子も、若い頃から興味半分の無責任な噂にさんざん嫌な目に遭ってきた。

「有名税ね。この世界、椅子の数は限られてるから、どうせほとんどあんたの才能に対するやっかみよ」

そう言ってのけると、少しは自尊心が慰められたのか、ナサニエルははにかんだ笑顔を見せた。

「まあ、いいよ。とにかく、僕は本気だから。君と別れてから、僕だって少しは学習した。今度はきっとうまくいく自信があるよ。コンクールのあいだ、考えてみてくれないか」

今度は三枝子が苦笑する番だった。

おやおや、あたしのほうに下駄を預けられてしまったのか。宿題は苦手だ。

「ところで」

マトンカレーをナンで拭いながら、突然ナサニエルは口調を変えた。

口調と共に表情まで変わっているので、三枝子はぎくっとする。

「蜂蜜王子だか蜜蜂王子だかの話を聞かせてもらいたいね」

三枝子は内心溜息をついた。

やはり、その話を持ってきたか。

「あたしは反対したのよ」

言い訳がましく言ってみたが、ナサニエルの探るような鋭い目つきは変わらない。

「で、実際のところどうだったんだ。君の率直な印象を聞きたい」

三枝子は、ナサニエルの焦《じ》れた様子に気付いた。

「どうなんだ？　ホフマン先生の演奏に似ていたのか？」

ぶっきらぼうだが、やや早口になっている。用心深く押し隠してはいるけれど、どこかそわそわして、怯《おび》えている。

三枝子は胸を突かれた。そこに、かつての神経質な天才少年の姿が透けて見えた気がしたからだ。

ああ、この人はやはりホフマン先生の弟子なのだ。ホフマン先生の前では、今でも心細げな、少年のようになってしまう。師と崇めた人の前では、誰でもみなそうなのだろう。

三枝子は大きく首を振った。

「ううん。似ても似つかない。あたしが感じたのは、凄まじい嫌悪だった。拒絶した、と言ってもいい。聴き終わった瞬間、ぶち切れた。ホフマン先生の音楽を全否定してるみたいに感じたから」

ふと、あの時感じた憤りが、ほんの一瞬鮮やかに蘇った。それは本当に刹那のことで、たちまち消えてしまったけれど。

ナサニエルは複雑な表情になった。

当惑と安堵。

なぜ敬愛する厳しい師がそんな生徒を教えていたのかという当惑。と同時に、敬愛する師の正統な衣鉢を継ぐ者ではなかったという安堵。

「でも、推薦状は本物だったんだろう？」

ナサニエルはおずおずと尋ねた。

「ええ、そうなのよ。嫌んなっちゃうことに、そのホコリ王子の演奏を聴いたら、あたしみたいに拒否反応を示す者もいるだろうってバッチリ予告されてたわけ」

あの時の恥ずかしさも蘇ってきた。こちらは尾を引いてなかなか消えてくれない。

「ホコリ王子？」

怪訝《けげん》そうな顔をするナサニエルに、例の「塵」の話をすると、彼はようやく緊張がほぐれた顔で笑った。

「で、正直なところ、今となってはよく分からないのよ。自分が何にそんなに腹を立てたのか。スミノフとシモンは絶賛してたし。どうしてこんなに両極端の反応を引き起こすのか。でも、結局、これだけの反応を引き出すことだけでも凄いってことで二人に押し切られたわけ」

ニューヨークの先生方を顰蹙させるため、という最大の理由は言わないでおくことにした。ナサニエルはその「先生方」には入っていないが、ご当地ジュリアードの教授なのだから。

「シモンとスミノフもそんなふうに言っていた。もの凄く興奮したのは確かなんだが、その印象だけが残っていて、演奏自体がどんなものだったのか覚えていないんだって」

なるほど、この男はパリオーディションに興味を持っていろいろ聞き回っていたわけだ。

三枝子は興味深く向かい側に座っている男を見た。

もちろん、同じコンクールに出場する愛弟子のライバル情報を集めるためもあったろう。しかし、晩年のホフマンに弟子がいたという衝撃的な事実に、さぞ動転したことは想像に難くない。

「事務局が、オーディションでの音源を聴かせてくれないんだよ。規則だからって」

ナサニエルは恨めしそうに呟いた。

オリガの差し金だな、と三枝子は直感した。

もしも風間塵が優勝するなり入賞するなりしたら、その音源が貴重な金ヅルになると踏んでいるのだろう。不発に終わったら終わったで、見込み違いの一言でお蔵入りにすればいい。その「見込み違い」は審査員だったあたしとあとの二人にもこっぴどく跳ね返ってくることになるだろうが。

「こないだヌマさんが言ってたわ。ホフマン先生が風間塵を弟子と思ってたのは間違いないって。ホフマン先生のほうからちょくちょく出かけていって指導してたとダフネが言ってたそうよ」

ナサニエルは今度こそ衝撃を露《あらわ》にしたので、三枝子は少し後悔した。もう誰かからその話を聞いていると思っていたのだ。

ことがない。

「先生のほうから？　教えに？」

無理もない、先生のほうからわざわざ出向いて教えに行ったなどという話は聞いた

「菱沼先生は、ダフネと話しているのか」

ナサニエルは考えこんだ。今にも菱沼忠明を捜し出して問い詰めかねない様子である。

「ええ」

三枝子は用心深く続けた。

「これは聞いてるわよね、風間塵が蜂蜜王子だの蜜蜂王子だのと言われてるのは彼が養蜂家の息子だからだって。父親の仕事を手伝いながら移動生活を送っているらしいわ。そういう特殊な環境の子供だからホフマン先生も出向いていくことにしたんじゃないかしら」

ナサニエルは余計に考えこんでしまった。

「まあ、先生も晩年、童心に返りたくなったのかもしれないわ」

三枝子は慰めるつもりで言ったのだが、ナサニエルはムッとしたように顔を上げた。

「本気で言ってるわけじゃないよな？」

その口調の激しさに、三枝子は一瞬たじろいだ。

ナサニエルの髪がかすかに逆立ったのが分かる。

「まさか、先生に限ってそんなことはない。最後まで誰よりも明晰で、冷静で、音楽に対して真摯《しんし》だった」

苛立ちをぶつけられ、三枝子もむかっときた。

動揺している彼を慰めようとして言った台詞に噛み付かれたこと、自分がそんな思ってもいない慰めを言ったこと、その両方がやけに腹立たしかったのだ。

「分かってるわよ、そんなこと」

三枝子は冷たく言った。

「だったら言わないでくれ。じゃあどうして先生はそんな生徒を」

ナサニエルは勝手に頭を抱える。

ああ、そうだった、そうだった。こういう男だった。

三枝子はまたしても強いデジャ・ビュを覚えた。

いろいろ悩みのタネを見つけてきては不安を訴え慰めを求めるくせに、慰めの言葉を掛けると言質《げんち》をとってまた噛み付いてくる。元々その気はあったが、最後の日々はほとんどそれの繰り返しだったっけ。

「ま、彼の出番は一次予選の最終日なんだから、その耳で聴いてみなさいよ。どうせあたしが説明したって、自分の耳で聴くまでは納得しないでしょうから」

三枝子は煙草を取り出したが、店内は禁煙だと気付き、内心口汚く世の趨勢《すうせい》を罵った。

「マサルが負けるはずはない」

ナサニエルはブツブツと口の中で呟いた。

「そうね、あなたがそこまで言う秘蔵っ子なんだから」

三枝子は皮肉をこめてチャイをぐびりと飲んだ。もう冷めかけて、薄く牛乳の膜が張っているのが唇にくっつき、顔をしかめる。

「どうしてそんなことが言えるんだ。彼の演奏を聴いたこともないくせに」

ナサニエルはまたしても噛み付いてくる。今度のテンションは、さすがにさっきほど高くはなかったが。

「あなただって風間塵の演奏を聴いたことがないんだから、おあいこよ」

三枝子は唇についた牛乳の膜を歯でそぎ取りながら鼻を鳴らす。

実際、あんたよりもあたしのほうが彼の演奏を聴きたがっていると思うわ。果たして彼が何者なのか、ホフマン先生はどんなつもりだったのか。今一度聴いて見定めたい。そうよ、あたしのほうが、あんたなんかよりもずっとずっと聴きたくてたまらないのよ。

三枝子は頭を抱える男を見ながら、胸の中でそう呟いていた。

スター誕生

「うわ、なに、これ」

亜夜は客席を埋める人の多さに一瞬気圧《けお》された。

「なんでこんなに混んでるのよ。まだ一次でしょ？」

しかも、客は圧倒的に若い女性だった。

「亜夜ちゃん、噂聞いてないの」

隣で奏が怪訝そうな顔をした。

「なんの？」

「優勝候補が出るのよ、今日。ジュリアードの王子様」

「王子様？」

今度は亜夜が怪訝そうな顔になった。

昨今、巷《ちまた》では「ナントカ王子」が溢れていて、どれがどれやらさっぱり分からない。彼女は芸能ネタに疎く、ゴシップや下馬評などにも全く無頓着である。

「亜夜ちゃん、他のコンテスタント、チェックしてないの？」

「うん。どうせ毎日聴きに来るんだからおんなじじゃん」

「そういうものでもないと思うけど」

奏はあきれ顔だ。今や日本人留学生や講師は世界中にいるので、各国のコンテスタントの噂や評判などの情報はネット上で飛び交っている。

「あたしだって聞いてるほどよ。ナサニエル・シルヴァーバーグの秘蔵っ子で、日本人の血も入ってるみたい」

「へえー、あたし好きだわ、ナサニエル・シルヴァーバーグ。最近は指揮ばっかりやってるけど、ピアノも弾いてほしいなあ」

無邪気にうっとりする亜夜を見ていると、先日衣装選びの時に頑張ると言っていたのはどこへ行ったのかと思うが、こういうところが大物なのかも、とも奏は思う。しかし、亜夜の実力を信じていたものの、これはコンクールなのだ。あまりに無欲でテンションが低いのもよくない。

一次予選二日目。

奏は父から亜夜のお目付役を言い渡されていた。亜夜の担当教授は、今回このコンクールで他にも二名コンテスタントを抱えていて、実際のところ、亜夜まで手が回らないのである。亜夜はそのことを全く気にしていないのでよかったが、並のコンテスタントだったら、さぞひがんだり不安がったりすることだろう。

いや、長い一次で亜夜の出番は最終日なのだから、今はこれくらいでちょうどいいのかもしれない。奏は考え直した。コンテスタントの多い長丁場のコンクールでいちばん大変なのは精神面のコントロールだとはよく言われることである。特に、待ち時間がつらいとこぼすコンテスタントは多い。自分の出番はたったの二十分なのに対し、一次予選は五日間もある。ただでさえ独特の空気があるコンクールで、待ち時間の長さに神経をすり減らし、本番でいい精神状態に持っていけず自滅してしまう者も少なくない。

シニアのコンクールに出るのは初めての亜夜は大丈夫だろうか。

奏は演奏に聴き入る亜夜の横顔をそっと見る。

誰にも話していないけれど、奏は亜夜が本選に残ったら、本格的にヴィオラに転向しようと思っていた。別に亜夜とは何の関係もないし、いつでも転向しようと思えばできたのだが、ただ勝手にそう決めているのである。

以前から、ゆくゆくはヴィオラを弾きたいと思っていた。あの響き。楽器としてのポジションや佇《たたず》まい。それは自分にぴったりのはずだ。たびたび弾いたことがあり、しっくりくるものを感じていた。しかし、彼女が尊敬するヴィオラ奏者が、二十歳くらいまではみっちりヴァイオリンを勉強してから転向するのがよい、と言っているのを聞き、コツコツ勉強してきたのだ。ヴィオラはヴァイオリンに比べて専用の楽曲も少ないし、最初からヴィオラに絞ると演奏の幅が狭くなるからだろう。

あたしは自分の耳を信じている。

奏はちらっと隣の亜夜を見た。

この子は必ず世に出てくると子供の頃に確信した自分の直感が証明されるのを見届けられたら、あたしは安心してヴィオラに行ける。

奏は奏で、今回の亜夜のコンクールをそう自分の転機に位置づけていたのだ。そのためにも競争心の全くない亜夜のお尻を叩いてきたのだが。

それにしても、レベル高っ。パパになんて報告しよう。

次々と壇上に登場するコンテスタントの演奏に、内心舌を巻く。

時差が少なく食事など環境の面でも近いアジア圏からのコンテスタントが多いのは当然だが、とにかく皆うまい。自分だって音楽を聴き始めて二十数年しか経っていないのだから大きなことは言えないけれど、五、六年前までは訳の分からない勘違いした曲想でうっとり弾くコンテスタントが結構いたような気がするのだが、今はそんなコンテスタントはいない。みんなちゃんと音楽になっている。明らかに、インターネットの登場であらゆる音源や情報が入手できるようになった今、世界的にレベルは底上げされているのではないだろうか。そのせいか、以前よりよくも悪くも差がなくなってきているが、やはりお国柄というのは面白い。

中国勢は大陸的というのかスコンと抜けた大きさがある。こうしてコンクールに出てこられるようなコンテスタントはまず例外なく富裕層、あるいは中産階級だが、中国の中産階級は日本で言う富裕層に当たるから、むろん恵まれた家庭の出身である。かの国では、恵まれた立場にある者は当然のごとくそのメリットを最大限に享受するから、あのパワフルな屈託のなさは魅力だが、最近は慣れてしまってどんな超絶技巧でも驚かなくなってしまった。それよりも、羨ましいのは中国のコンテスタントから受ける揺るぎない自己肯定感である。あれは日本人にはなかなか持ち得ないものだ。日本人が言う「自分らしく」というのは、他者に対するコンプレックスや自信のなさやアイデンティティの不安から逃れようとして口にするものであり、「自分らしさ」はさまざまな葛藤の末に手に入れるものであるのに、彼らは最初から当たり前のように持っているのは中華思想と一党独裁体制のせいかしらん、などと考えてしまう。もっとも彼らは国内競争がめちゃめちゃハードだから、そこで生き残った段階で、もうそんな葛藤は昇華済みなのかもしれない。それに比べ、他のアジア諸国のコンテスタントはもっとナイーヴだ。なぜ自分がここにいるのか、なぜこの舞台でピアノを弾いているのかという疑問符と葛藤が透けて見えるような気がする時がある。

今回、目を引くのは近年あらゆる分野で活躍著しい韓国勢だ。

いわゆる韓流スターを見ていても思うことだが、彼らにはまっすぐなパッションと、この言葉がふさわしいのか分からないが、奏はいつもある種の「いじらしさ」を感じるのだ。

彼らが民族的に持っている「激しさ」と「いじらしさ」はドラマティックなクラシック音楽とは相性がいいように思える。

じゃあ日本人らしさってなんだろう、日本人の売りは何なんだろう。

こういう国際コンクールの演奏を聴いていると、奏はどうしてもそんなことを考えざるを得ない。普段はみんなが考えないことにしていて、これまで綿々とプロの日本人演奏家が考えてきた、「なぜ東洋人が西洋音楽をやるのか」というところから始めなければならないような気がしてくるのだ。それはなぜ自分がヴァイオリンを、ヴィオラを弾くのかという疑問に必ず戻ってきてしまうのだが。

気が付くと演奏が終わっていて、亜夜がいっしんに拍手をしていた。興奮した表情で奏の顔を覗きこむ。

「うまいねー、凄いなぁ韓国勢」

感心してる場合じゃないと思うんだけど。

奏は苦笑する。休憩になり、またどっと客が入ってきた。いよいよ次がジュリアードの王子様だ。


ステージマネージャーの田久保寛は、そっと次のコンテスタントに目をやった。

暗がりに佇む長身の影。つい目が引き寄せられる。

可哀想なくらいに緊張しているコンテスタントたちの中で、その影はとても落ち着いていた。

普段は世界中のプロやマエストロを目にしており、これまでさまざまなスターを舞台袖から見送ってきたが、この青年には既に彼らと同じ不思議なオーラがあった。

それは他のスタッフも同じように感じていたようで、みんなが畏敬の念を持って彼に接しているのが分かる。

なんとも「特別な」印象を受けるのだ。恵まれた体格と容姿もあるけれど、見ているだけでどこか胸騒ぎのする存在感がある。

田久保は時計を見た。

「時間です」

静かに声を掛けると、青年はスッと前に進み出た。

声を掛けるタイミングには気を遣う。声の高さや大きさなど、コンテスタントにプレッシャーを掛けないようにしなければならない。なるべく穏やかに、さりげなく。

「幸運を」

田久保は回転扉を押し開けつつ言った。集中しているところを妨げたり、かえって動揺してしまう場合もあるので、相手を見て励ましの言葉を掛けるのだが、この青年にはつい声が出た。声を掛けたくなる雰囲気が彼にはある。

「ありがとうございます」

青年はニコッと笑って会釈を返した。舞台の光の中に出ていく彼の笑みに、田久保は年甲斐もなくどきっとした。爽やかな薫風が通り抜けていったかのようだった。

彼が現れた瞬間、会場には拍手と共に不思議などよめきが起きた。

その瞬間、観客にも彼が「特別な」人間だと分かったのである。

彼は観客に向かって微笑みかけながらステージの中央に進んだ。

すごっ。出てきただけでステージが華やいだ。ほんとに明るくなったよ。

亜夜は驚嘆の目でステージの上の「王子様」を見た。

映画封切当日、舞台挨拶に現れた映画スターみたいだ。

一九〇センチ近いのではないかと思われるスラッとした長身を、品のいい光沢のあるブルーグレイのスーツが包んでいる。白いシャツには、明るい紫とグリーンを合わせたおしゃれなタイ。ネクタイを締めているコンテスタントは意外に珍しい。

緩やかにカールした焦げ茶色の髪。彫りの深い、穏やかな印象を与える顔。

椅子を調節する青年を、観客が息を詰めて注視している。

亜夜は、ふと奇妙に懐かしい心地がした。

彼をずっと前から知っていたような気がしたのだ。

スターというのはね、以前から知っていたような気がするものなんだよ。

昔聞いた声が脳裡に蘇る。確か、この声は。

なんというのかな、彼らは存在そのものがスタンダードだからね。世の中には現れた瞬間にもう古典となることが決まっているものがある。スターというのは、それなんだ。ずっとずっと前から、観客たちが既に知っていたもの、求めていたものを形にしたのがスターなんだね。

ああ、これは綿貫《わたぬき》先生の声だ。亜夜は小さく頷いた。

ピアノの手ほどきをしてくれたのはお母さんだけれど、音楽を愛することを教えてくれたのは綿貫先生だった。先生はどんな音楽も分け隔てせずに愛していた。先生のレッスンは大好きだった。先生の家のドアを開けると、いつもいろんな曲が流れていた。レッスンに行くのが楽しみで楽しみで、毎日でも押しかけたいくらいだったっけ。

でも、先生は亜夜が十一歳の時に亡くなった。身体の不調を訴えて入院されてから、あっというまのことだった。

あのまま綿貫先生についていていたら、お母さんがいなくなっても演奏活動を続けていたかもしれないな、という考えが頭をかすめた。あのあとについた先生は、技術といい譜面の理解といい、プロの演奏家になるための指導という点では完璧だったけれど、音楽を愛することについては綿貫先生ほどには教えてくれなかった。

青年は椅子に腰掛け、つかのま宙を見た。

思慮深げな横顔に目が惹きつけられる。

観客の注目をいっしんに集めたことを確認したかのような瞬間、彼はサッと鍵盤を撫でるようにしていきなり弾き始めた。

なんてチャーミングなんだろう。

その瞬間、彼の音とその音を生み出す彼自身に、観客が恋したのが分かった。

一同魅了される、とはこういうことか、と亜夜は思った。

客席全体がひとつの耳になり、目になり、発情している。そして、ステージの上の彼はそれに負けたり気圧されたりすることなく自然に観客の秋波を受け止め、それに応えているのだ。

それにしても、弾く人でこうも音が違うものか。

知ってはいても、そのことを目の当たりにすると改めて不思議でたまらない。

基本中の基本とはいえ、杓子定規に弾くとＢＧＭのように聞き流せてしまう平均律クラヴィーアが、こんなにもいきいきとスリリングに聴けるなんて。

一音一音が深く、豊かで剝き出しではなく、ビロードで包んだかのよう。なのにちゃんと、シンプルでちょっとシニカルなバロックの響きがする。

うーん、装飾音符が綺麗。亜夜は舌を巻いた。

決して流れず、かといって流れも止めず、きっちりとしつつも曲の一部になってる。それに、なんて楽そうに弾くんだろう。どこにも余計な力が全く入っていない。鍵盤を撫でているかのようなのに音の粒は明快だし、隅々までピアノが鳴っている。独特のポーズやスタイルでピアノを弾く人もいるけど、見ているほうにも力が入ってしまって気を取られることもある。それに比べ、この人の弾いている姿は安心して身を委ねられるおおらかさに満ち、なおかつその音楽には周到に細心の注意が払われているのだ。

凄い、全然余力がある。音楽がおっきい。

そう思った時、また綿貫先生の声が聞こえてきた。

身体の中に大きな音楽を持ってて、その音楽が強くて明るくて、狭いところに決して押しこめられない――

そう、まさにそんな感じ。いつだったか先生はそんなことを言ったっけ。

なるほど、ナサニエルが自慢するわけだわ。

三枝子も審査員席でマサルに見入っていた。

審査員席は二階席ぜんぶを使い、十三人の審査員がゆったり間を置いて二段に座っている。三枝子とナサニエルは上の段の両端に座っていた。今、この驚嘆すべきコンテスタントの演奏を聴きながら、皆が師匠であるナサニエルを意識していることは間違いない。

スケールが大きい、という単純な表現がこうも素直に出てくるのは久しぶりだ。器用なピアニスト、堅実なピアニストは大勢いるし、皆よく勉強しているけれど、かえって破天荒な「大きさ」や余白を感じさせるピアニストはなかなか出にくくなってきている。

この子には、本来矛盾し相反するはずのものをすんなり自分のものにしてしまう、とんでもない度量の広さがある。

パーティで対面した時の印象を思い出す。

野性的なのに優美。都会的なのにナチュラル。

ピアノの音はみずみずしくも老獪《ろうかい》。未知数の部分がまだまだ多いというのに、既に風格すら感じさせる。

それは混血ゆえのことだろうか？　いや、ハーフもクォーターも別段珍しくはない。特にヨーロッパなど、古くから多くの民族が越境し、混血してきた。放っておけばどんどん混血してしまう。だからこそ、かえって純血主義や血の掟《おきて》の峻烈《しゅんれつ》さが際立つのだ。

ハイブリッド・チャイルド。あの時も思い浮かべた言葉。

この子の凄さは、ハイブリッドという特性をおのれの個性としてアドバンテージにしてしまえる靭《つよ》さだ。

時にハーフやクォーターの子が演奏家を目指す時、父と母どちらの母国でも疎外感を抱き、アイデンティティの確立に苦しみ、結果として文字通り「半分」の線の細さしか持ち得ないケースをたびたび見てきた。むろん、中には両方のよさをがっちり自分のものにし、「ダブル」にしてしまえる者もいる。

マサルの場合、ダブルどころかトリプル、それ以上だ。

甘さも華やかさもあるのに、彼の音は陰影もあり複雑だ。ヨーロッパの伝統の響き、ラテンの光と影、オリエンタルな詩情、そしてアメリカの闊達《かったつ》さ。それらがすべて無理なく同居し、統合されて彼の音楽になっている。曲を変え角度を変えるごとに、彼の持つ多面性が違った表情を見せる。それがミステリアスな魅力になり、他の曲も聴いてみたいという気持ちにさせるのだ。

容姿の華やかな若手のテクニシャンはとかく玄人からは軽く見られがちであるが、マサルは年寄りやプロにも受けるに違いない。

一階を埋める多くの女性客が目に留まる。

さすが、日本の女性客は美形やスターに目敏《めざと》い。マサルは大衆性も兼ね備えている。

二階席のほうが時に舞台に近く感じられるものだが、マサルが弾いているとまるで飛び出す絵本のように大きくぐっとこちらに迫ってくるような錯覚に陥る。

バッハもよかったが、モーツァルトもいい。弾けてしまうから、音がいいからと才能だのみにせず、よく勉強しているのだろう。むろん、ナサニエルのことだ、不勉強な弟子など許すはずもない。

ホフマン先生のように。

そう思いついてハッとする。

ナサニエルは、マサルこそが先生の衣鉢を継ぐ者だという自負があるのではないか。

思わず彼のほうに目をやりたくなったが我慢する。

考えてみれば、ホフマン先生こそがハイブリッドだった。プロイセンの貴族に嫁いだ日本人女性を祖母に持ち、父は大指揮者、母はイタリアの名プリマドンナ。幼い頃は各国の親戚に預けられて転々としていたという。複雑な多面性をゆるぎない個性に、ユウジ・フォン＝ホフマンという巨大な音楽作品に創り上げたのだ。

その音楽に傾倒したナサニエルは、マサルの中に新時代のホフマンを見出したのかもしれない。だからこそ、先生に弟子がいたということに動揺したのではないか。

確かに、それだけの期待ができる弟子には違いない。

三枝子は、二曲目を弾き終えたマサルをじっと見つめた。

次は「メフィスト・ワルツ」。亜夜と同じ曲だ。

奏は冷静に分析していた。

一次予選は演奏時間二十分。バッハの平均律クラヴィーアからフーガが三声以上のものを一曲、ハイドン、モーツァルト、ベートーヴェンのソナタから第一楽章または

第一楽章を含む複数楽章、ロマン派の作曲家のものを一曲と決められている。最初の二曲ではあまり演奏に差がつけられないためか、自然と三曲目に難曲を持ってくるコンテスタントが多い。プログラムを見るに、リストやラフマニノフの曲が大半を占める。三曲目に使える時間はだいたい十一分か十二分。この演奏時間に収まる曲、というのでリストの「メフィスト・ワルツ」を選んでいるコンテスタントが五人ほどいた。昨日もひとりいたはずだが、聴けなかった。ネットで観客たちの下馬評を見てみたが、言及されていなかったところをみると、たいした演奏ではなかったのだろう。

となると、きっと、この「ジュリアード王子」の演奏が基準になるに違いない。

奏は意識を集中させ、背筋を伸ばした。

バッハはあくまで端正に、モーツァルトはその純度を最大限に表現していた「王子」は突然ギアチェンジしたかのように「華麗」なモードに突入した。

まるで演奏者が替わったかのようだ。リストの曲の持つ、「冷たい熱情」が全身にみなぎり、ダイナミックな曲想を見せ付ける。

力量のない者がリストを弾くととかくバタバタしてうるさく聴こえるが、「王子」の指は軽々と鍵盤の上を舞う。

鳴る、鳴る。凄い。

奏は感嘆した。これだけ大きくピアノを鳴らせるからこそ、ピアニシモもより効果的だし、強弱のダイナミズムが桁違いにエモーショナルなものになるのだ。

こともなげに繰り出される完璧なグリッサンド。

甘く切ない、透き通ったトレモロ。

技巧に関しては普段から上手な人を見慣れているから驚かないと思っていたが、「王子」のテクニックは明らかに図抜けていた。

目の覚めるような、華やかなアーティキュレーション。聴衆の心をつかんだまま思うままに引きずり回すような、絶妙な歌い方である。

最後の和音が消え、余韻の後に「王子」が立ち上がると、悲鳴のような大歓声が会場を包んだ。

「王子」はにっこり笑って片手を胸に当て、深々とお辞儀をする。その美しい笑顔に、観客は更に熱狂を募らせる。

「うひゃー、こりゃ凄い。ほんとに優勝しちゃうかもねー」

亜夜が興奮して拍手しているので奏はがっくりする。

この「メフィスト・ワルツ」が基準になるなんて。この子は、自分に不利になるとは思わないのかしら。

王子はにこやかに微笑みながら引き揚げていった。回転扉の向こうに姿を消しても、華やかな余韻がステージに残っているかのようだ。

確かに、凄い。あたしが将来を予想するまでもなく、あの「王子」はホンモノだ。ううん、既に彼はスターなんだわ。

怒濤のような歓声は止まない。

イッツ・オンリー・ア・ペーパー・ムーン

高島明石は、しばらく座席から立ち上がれなかった。

嵐のような大歓声の中で、客席が一体となった熱狂が天井に向かって限りなく上昇していくのに逆らって、彼だけが重力の底にめりこんで沈んでいくように感じられた。

頭の中に浮かされたような喝采と熱狂だけが残り、同時にそれこそ漫画の効果音のように「がーん」という重い鐘の音の残響がいつまでもしつこく続いて、身体の中から消えていかない。

マサル・カルロス・レヴィ・アナトールの後に登場した女性コンテスタントは、「気の毒」の一言だった。どんなに懸命に弾いても、観客は上の空で舞台上のコンテスタントを目にしつつもまだマサルの余韻に浸り、まだマサルの姿を見ていたのだ。

驚くべきことに、その次のコンテスタントでもまだその余韻は残っていて、ようやく観客が目の前の演奏に集中できるようになったのは三人目になってからのことだった。

今日はマサル・カルロス以前、マサル・カルロス以後だな。

明石はそんなことを力なく考えていた。

マサルが登場するまでは、むろん、レベルの高さはひしひしと感じていたけれども、それぞれの演奏を冷静に楽しんだり分析したりすることができた。前日の自分の演奏に手ごたえを感じていたし、実際、客席で聴いていてくれた友人や同僚の感想も、お世辞抜きで感心してくれているのが伝わってきて、悪くない感触を得ていた。

これなら負けない。これなら俺だって。

考えないようにしていたけれど、同じコンクールのコンテスタントで、一緒にふるい落とされる相手なのだから、心の声を完全に無視するのは無理というものである。

しかし、マサルが出てきた瞬間、そんなちまちました声は吹っ飛んだ。

明石はなるべく他のコンテスタントの情報は仕入れないようにしていた。というより、そこまでの時間がなかったというのが正直なところである。

それでも、音大時代の友人や同僚の情報網から、なんとなくめぼしいコンテスタントの噂はチラチラと聞いていた。

ナサニエル・シルヴァーバーグの愛弟子で、超弩級《ちょうどきゅう》のコンテスタントが来る、という噂は耳に留めていた。耳を疑ったのは、その同僚がニューヨークで彼の演奏を聴いたことがある、というから「どうだった」と尋ねたら、なんと彼が聴いたのは、トロンボーンの演奏だったというのである。考えてみれば、その同僚はクラシックも聴くが、学生時代はジャズ研でベースを弾いていたという男で、彼がたまたま耳にしたのはニューヨークの老舗《しにせ》ジャズクラブでだったというのだから当然だ。

これがすげえんだよ、カーティス・フラーばりにブロウしまくるゴリゴリの先鋭的なソロで、まだ十五、六歳だというのにプロ顔負け。

あとから経歴を聞いて、なんとトロンボーンは趣味で、本業はジュリアードのピアノ科の学生だというので仰天したという。なんでも、ギターやドラムスもかなりの腕前だという話である。

ああ、なんでもできちゃう、苦労知らずの天才タイプね、と明石は内心高をくくっていた。才能が有り余っていて、ピアノ以外のものも一通りやってみました、みたいな。

脳裡には、早熟な神童の、ややエキセントリックなイメージが出来上がっていた。きっと大事に育てられた、世事には疎い少年なんだろうな。

音楽界には、古くから神童というカテゴリーがある。確かに彼らは幼くして常人の見えないものを見て、いきなり音楽というものの秘密にアクセスできるのだろう。

だが、彼らには常人の見ているものが見えない。遥か遠くに仰ぎ見る音楽に対する神格化された憧れ、燦然と輝く頂《いただき》をめざしゼロメートルの裾野から音楽を志す喜び、さまざまな苦しみや挫折を乗り越えて一歩ずつ音楽に近付いていく喜びを知らない。

そういう意味では、天才に対する凡人の屈折した優越感というのも存在するのだ。

だから、明石は彼らに脅威を覚えたり、嫉妬心を覚えることはなかった。

だが、舞台に登場したマサル・カルロスは、彼の貧弱な「天才」についてのイメージを粉砕してしまった。

なんという成熟、なんという音楽的スケールの大きさ、構築する音楽のなんというレベルの高さ。それらを十九歳という時点で持ちえていることが、奇跡的なのだ。それをなしえているからこそ、本当に、本当の、天才なんだ。

明石はその音楽の素晴らしさに恍惚としつつも打ちのめされていた。真摯で思慮深い音には、これだけ恵まれた条件を備えているにもかかわらず、求道者《ぐどうしゃ》のようなストイックさすら感じられた。

そうなのだ、彼は音楽というものの全体像をつかみたいがため、音楽というものの深淵を突き詰めたいがために、トロンボーンやギターなど、他のアプローチを試してみているに過ぎないのだ。片手間なんかじゃない。あくまでも、それは音楽のためなのだ。ピアノでそこに辿り着くために、手がかりを求めて他の楽器からそれを理解する可能性を探しているだけなのだ。

どうしてこんな人間が、この世には存在しているのだろう。

絶望で頭がいっぱいになる。文字通り、目の前が真っ暗になった。

どうしてこんなふうに生まれなかったのだろう。どうしてこんな人間と、同じ楽器で同じ時代に、同じコンクールで勝負しようとしているのだろう。

どうして、どうして。

そんなことを考えているうちに、「マサル・カルロス以後」のコンテスタントの演奏はするすると早送りのように目の前を流れ去っていった。彼の登場は今日の一次予選の真ん中くらいだったはずなのに、後半はあっというまに終わってしまい、気が付くと今日の一次予選が終わって、観客が三々五々引き揚げていくところだった。

どうして。

明石は心の中でそう繰り返しながら、ようやくのろのろと席を立ち上がった。二次に向けての練習をしなければならないと分かっているのに、どうにも億劫に感じられるのが、自分の受けたショックの大きさを証明していて、彼は嘆息しつつ、人気のなくなっていく観客席の傾斜した通路を、重力にあらがい老人のように歩いていった。

「そういえば、最終日、出るのよね、あのヒト」

「うん。見ものだよね、栄伝亜夜」

化粧室の個室内で、欠伸《あくび》をしていた亜夜は、ドアの外から聞こえてきた声にびくっとして思わず口を押さえてしまった。

「今回の話題のひとつ?」

「どうなんだろねえ。今更、何考えてんのかな。カーネギーホールでコンチェルトまで弾いたヒトがさあ」

若い女の子二人らしい。鏡で化粧を直しながらお喋りしているようだ。

今日の一次予選が終わって、トイレはしばらくのあいだ混んでいたが、もう波は引いていた。

どうしよう。

亜夜は逡巡した。

出るに出られなくなってしまった。今出ていったら、あたしが栄伝亜夜だと彼女たちは気付くだろうか? パンフレットに載せた写真とは髪型が違う。今はショートボブになっているし、分からないのではないか。何食わぬ顔で出ていけば、きっと。

「どのくらいのブランク？」

「結構経つよね。七、八年？」

「ああいう人たちって、どこに行っちゃうんだろ。割とよくいるよね、十歳とか十二歳くらいでオーケストラとコンチェルト弾いて天才デビュー、みたいな。そこから先、ちゃんとキャリアに繋がってるヒトってあんまりいないような気がする」

「燃え尽きちゃうんじゃないの？　ずーっとピアノ漬けなわけだしさ。それ以外の世界を知らないのって限界あるよね。名子役が大人の役者になるのが難しい、みたいになんか壁があるのかも」

　すうっと背中が冷えるような感覚があった。

二十歳過ぎたらただの人。燃え尽き症候群。さんざん言われた単語が脳裡に蘇る。

「一次で落ちちゃったりしたら笑えるよね」

　意地悪な口調だった。

「そうなったらかなり恥ずかしいよねー。怖くないのかな、こんなにあいだ空いてるのに。しかも、復活リサイタルならともかく、落ちる落ちないがはっきりしてるコンクールに出るなんて。あたしだったら、怖くて出られない」

こちらは、無謀だと言わんばかりの声である。

亜夜は、じっとりと冷や汗が滲んでくるのを感じた。

「本当に出てくるのかしら」

「見たいー」

「またドタキャンしちゃったりして」

声が遠ざかっていく。やっと出ていったようだ。

辺りは静まり返る。

それでも、亜夜はしばらくそこから出てゆけなかった。

もしかして、あの子たちはあたしがここにいると知っていてわざとそんな話をしたのでは？ ここにいるあたしに聞かせるために？

今あたしがここから出ていったら、外で待ち構えていて「ほら、いた」とくすくす笑われるのではないか。

こそこそ出ていった亜夜を見て笑う女の子たち。

そんな場面が繰り返し目に浮かんで、動けなかったのだ。

どのくらいそこにいたのだろう。そっとドアを開けて外を窺うと、誰もいなかった。

手を洗い、化粧室を恐る恐る出てみた。

誰もいない。がらんとしている。

今日は奏が一緒でなくてよかった、と胸を撫でおろす。奏は東京で用があって、マサル・カルロスを聴いたあと、いったん引き揚げたのだ。彼女に今の表情を見せたくなかった。

ロビーにはスタッフが黙々と片付けをしているだけで、お客は数名しかいなかった。その中に、さっきの声に当てはまるような若い子はいない。

亜夜は逃げるようにホールを出た。

出たくて出るんじゃない。あたしの意思じゃない。

ホテルに戻るまでのあいだ、胸の中でそう叫び続けていた。

恥ずかしいのか、悔しいのか、悲しみなのか、怒りなのか。今自分が抱えている感情がよく分からない。

だが、あれが「世間」なのだ。あれが現在の、あたしに対する「世間」が抱いているイメージであり、感想なのだ。

それまで全く気にしていなかった、「世間」が突然、亜夜の中にどっと悪意を持って冷たくなだれこんできたように感じた。無数の悪意、ホールの外に広がる茫漠とした世界が、音を立てて亜夜に向かってくる。

「世間」は忘れてくれてなどいなかった。あたしがコンサートをキャンセルした、気まぐれで哀れな元天才少女だということを、忘れてはいなかった。

さっき聞いた声がぐるぐると執拗に脳裡に蘇ってくる。

見ものだよね、栄伝亜夜。

今更、何考えてんのかな。

ああいう人たちって、どこに行っちゃうんだろ。

一次で落ちちゃったりしたら笑えるよね。

怖くないのかな。あたしだったら、怖くて出られない。

今になってみると、意地悪な口調よりも、あきれた様子だったもう一人の女の子の口調のほうがこたえた。

確かに、無謀であきれた行為なのだ、今更のこのことコンクールに参加するだなんて。聴衆の面前で、天才少女の惨めな成れの果てを披露するなんて。あんな、綺羅《きら》星のごとく次々と現れる世界の天才たちに交ざって。

マサル・カルロスの姿が目に浮かんだ。

あの素晴らしいメフィスト・ワルツ。

ホテルの部屋に飛びこみ、ドアを閉め、亜夜はカードキーを手にしたままドアに背を付けて呆然と立ち尽くしていた。

だから、コンクールなんか出たくなかったのに。

浜崎先生、なんであたしにこんな恥さらしなことをさせようと思ったんです？　自分の面子のため？　特例であたしを入れたから？

とんだ言いがかりであることは、心の底ではじゅうぶん承知していた。しかし、この瞬間、亜夜は浜崎を、奏を、コンクールに出ることを決めた自分を、激しく罵り、責め、呪っていた。

出るのをやめてしまおうか。

ふとそんな考えが頭をかすめた。

このまま誰にも聴かせさえしなければ、消えた天才少女のままでいられる。今のあたしなど、誰にも見せずに東京に帰ってしまおうか。棄権してしまえばいい。体調が思わしくなく、高熱が出たと言って。

が、さっき聞いた声が再び押し寄せてきた。

本当に出てくるのかしら。

またドタキャンしちゃったりして。

全身にどっと冷や汗が噴き出してきた。

ステージの上に、「88 EIDEN AYA」と書かれた白いプレートがある。

しかし、ステージには誰も出てこない。やがて、会場がざわめき始める。

スタッフがこそこそと囁きあう。背広姿のスタッフが出てきて、亜夜の名を書いたプレートを引き揚げる。会場がますますざわめく。

笑い声が聞こえてくる。客席のそこここで囁く声が。

えー？ なに？ 棄権しちゃったの？

うっそー、楽しみにしてきたのに。栄伝亜夜。

また逃げちゃったんだよ。やっぱり怖くなっちゃったんじゃない？

こないだまで会場で一次予選聴いてたのにねえ。

だからだよ、他のコンテスタントのレベルが高いのに恐れをなして、出ないほうがいいって思ったんじゃないの。

他の場面も目に浮かぶ。

亜夜のプレートが引き揚げられたのを見て、客席にいた奏が真っ青になって会場を飛び出す。ホテルの亜夜の部屋を訪ねてきて、ベルを押す。しかし、応答はない。奏は慌ててエレベーターに飛び乗り、フロントに駆け寄る。そこで、もう部屋がキャンセルされ、亜夜がホテルを引き払ったことを知る。奏は慌てて父に電話を掛ける。

亜夜ちゃんがいないの。コンクールに出ないで、帰っちゃったみたいなの。

電話の向こう側で、浜崎が「えっ」と息を呑む。

栄伝亜夜がコンクールをドタキャンしたことが、たちまち学校関係者に広まる。浜崎の面目は丸潰れとなる。教授たちの声。

浜崎先生も、気の毒にねえ。旧友の娘だからってんで、せっかく目をかけてずっと面倒見てきたのに。

亜夜は絶望した。

駄目だ、あたしは帰れない。棄権することもできない。

気が付くと、部屋の中は、真っ暗だった。

亜夜はのろのろと手を上げ、カードキーを主電源に差し込んだ。

パッと部屋の中の明かりが点く。

その瞬間、目に入ったのは、ベッドの上に広げてあった、一次予選で着る、奏と選んだ鮮やかなブルーのドレスだった。

ハレルヤ

第一次予選最終日。

仁科雅美は、朝いちから取材しているコンテスタントたちのホームステイ先を回っていて、今ホールに着いたところだった。一次予選が終わったらすぐに二次に進むコンテスタントが発表になるので、その瞬間のコンテスタントの表情を押さえたいのだが、取材しているのは雅美一人なので、ちゃっかりホームステイ先の人にホームビデオで撮影してもらうことにした。もっとも、ホームステイの受け入れに慣れている人ばかりだし、元々「国に帰った時に両親に見せられるよう」日本での様子を撮影している人もいて、皆快く引き受けてくれた。雅美の本命はなんといっても高島明石なのだし、発表の時は彼に付いていていたい。

その明石、先日は優勝候補のコンテスタントに圧倒されてしょんぼりしていたが、翌日はもう元気を取り戻していた。今日は一緒に演奏を聴き、そのまま発表まで一緒にいる予定である。奥さんは授業があるので今日は来ていない。意識しているわけではないが、なんとなく奥さんがいるのは落ち着かないし気を遣うので、明石と二人で結果を聞けるのは特別な感じがして、雅美は密かに嬉しかった。

すっかり通い慣れたホールにやってきた雅美は、会場の観客の多さに驚いた。しかも、明らかに前日までと違う緊張感がある。いや、抑えた興奮と言うべきか。

「なんだか、凄くない？　今日は人がいっぱい」

入口で待ち合わせた明石に挨拶代わりに声を掛けると、明石は頷いた。

「一次の最終日だしね。このあと発表があるからさ。最初の見せ場だよ」

出ているほうは運命の瞬間だが、観客からすればこんなに面白い見世物はない。

明石は何気ないふりを装って答えているものの、実は、朝起きた瞬間からずっとどきどきしているのだ。

俺は二次に進めるのだろうか。俺はどの程度の演奏だったのだろうか。今から七時間後に、俺は笑っているのだろうか、それともがっくり肩を落として満智子に「駄目だったよ」と報告しているのだろうか。

ふと、自分が落胆を押し隠して妻に電話を掛けているところ、しかも必死に気にしていないふりをしている自分の声までリアルに思い浮かべてしまい、明石は慌ててそのイメージを振り払った。

「しかも、まだ今日も続々注目の演奏者が出てくるしね」

プログラムにちらっと目をやると、雅美も「ああ」と頷いた。

「蜜蜂王子だっけ？　あとロシアの子で、前回三位だった人が出るんだよね」

「蜜蜂だか蜂蜜だかは忘れたけど、パリのオーディションで評判になったらしいよ」

「前回の優勝者がそのパターンだったんでしょう？」

雅美はパラパラとプログラムをめくり、そのページを開いた。明石も覗きこむ。

風間塵。

経歴のところは真っ白。十六歳という年齢からいっても、これまで全く誰にも知られていなかった可能性が高い。

「うーん、可愛いわねー。わっかいわあ、十六歳かあ」

「そのオバサン口調、よしなさいって」

明石は苦笑した。が、目はやはり指導教授のところにいってしまう。このページを見たら誰もがそうだろう。ホフマンに師事したと言えること自体信じがたい。果たしてそのことが、このコンテスタントにとって吉と出るか凶と出るか。

明石はそっとページをめくった。

彼が注目しているコンテスタントは別にいたからだ。

その写真は、記憶の中のものの面影を宿していた。飾り気のない、まっすぐにこちらを射《い》貫《ぬ》く大きな黒い瞳。


栄伝亜夜。二十歳。


もう二十歳なのか、という思いとまだ二十歳なのか、という思いが交錯する。

蜜蜂王子やジュリアード王子ほどには騒がれていないが、彼女の復帰も今回のコンクールの話題のひとつだった。

どんな演奏をするのだろう。どうして戻ってきたのだろう。

明石は彼女のファンだった。ＣＤも持っているし、コンサートにも行った。

密かに彼が「ちびっこのど自慢」と呼んでいた、どこか異形感を湛えた神童たちとは異なり、彼女はとても自然だった。彼女の演奏を聴いた時、明石は「神童」ではなく「天才」だと思ったことをよく覚えている。

すんなりと、ごく当たり前に、彼女は音楽と共に居る。

そのことに強い感銘を受けたのだ。だから、母親が亡くなっていきなりステージをキャンセルして演奏活動を止めた、と聞いた時には驚いたし、ある意味裏切られたような気がした。あんなに音楽に愛されていた、あれだけの「ギフト」を与えられていた少女が、音楽を止めてしまえるということがショックだった。

しかし、しばらく経つと、天才だからこそきっぱり止められたのかもしれない、と思うようになった。ああいう去り方は、むしろ彼女らしいのかもしれない。

そんなふうに彼の中では半ば「伝説化」していただけに、今回の復帰は複雑だった。「普通の生活がしたい」と言っていたアイドルが芸能活動を再開した、というような幻滅。

むろん、その一方で「もう一度聴けるのだ」という期待もある。かつて受けた感銘が本物だったのかどうか確かめたい、あるいはあの感銘を再び体験したい、という期待。

がっかりしたらどうしよう、という恐れもあった。しかし、同じコンクールに出るコンテスタントとしては、「なんだこの程度だったのか」とがっかりしたい、かつてのアイドルを貶《おとし》めたいという願望があることも否定できないのである。

複雑な表情で、明石はその写真を見つめ続けていた。

「ありがとうございますぅ」

「頑張ってください」

マサルがニッコリ笑ってサインしたプログラムを返すと、顔を見合わせて「きゃーっ」と叫びながら少女たちは足早に去っていった。

演奏が終わって休憩時間になるたびにこの状態が繰り返されるので、ありがたいと思いつつも、プログラムの分析を中断されるのには面喰らっている。

プログラムには、全コンテスタントの一次から本選までの演奏曲が全部載っている。これをじっくり読むのが面白い。プログラムは雄弁で、おのおのの選曲にコンテスタントの技量や好み、コンクールに対する戦略が顕れている。ありったけのレパートリーをかき集めてきたなと思うものや、テクニックを見せつけたいんだなと思うもの、なんでこんな選曲と順番なんだろう、と理解に苦しむものなどさまざまだ。一次と二次は規定があるのである程度選ぶ曲は限られてくるが、三次は一時間のリサイタルで自由に選曲してよいので、そこに個性が出る。オールショパンやオールラフマニノフ、現代曲寄りや学究肌であろう選曲など、本人の弾きたい曲や得意なレパートリーが並ぶからだ。

それにしても、この一次の選曲は、正直言って、とんでもない天才かとんでもない阿呆かのどちらかだな。

マサルが開いているのは、これから登場する風間塵のページである。彼の一次の三曲はこうなっていた。

バッハ「平均律クラヴィーア第一巻第一番ハ長調」

モーツァルト「ピアノ・ソナタ第十二番へ長調K.332　第一楽章」
バラキレフ「イスラメイ」

むしろ、「イスラメイ」はまだ分かる。バッハとモーツァルトは技術的にはそんなにむつかしくないので、ピアノ曲の中でも一、二を争う難曲である「イスラメイ」を持ってくるのは技術を見せるという点で戦略的に正しい。

近年、テクニックの底上げが進んでいるので、かつてはめったに演奏されることのなかった「イスラメイ」を一次の選曲に選んでいるコンテスタントは他にも数人いた。

しかし、平均律クラヴィーアの第一巻第一番とは。

クラシックに馴染みのない者でも必ず聞いたことのある、超有名曲である。これくらいの超有名曲になると、過去のさまざまな名演が頭に浮かぶし、なかなか弾くのには勇気がいるものだ。しかも、コンクールで弾くとなればなおさらである。

次のモーツァルトも、「臆面もなく」という言葉が頭に浮かぶほどだ。これまた有名曲で名曲であるが、それゆえに正面切っては弾きにくい。なのにこの二曲を堂々と持ってくるというのは、無邪気な天然なのか、確信犯なのか。

マサルは考えこむ。

いや、待てよ。必ずしもこれは風間塵自身が選んだ曲とは限らない。むしろ、コンクール初参加の少年の大事な一次予選の選曲なのだから、師匠が選ぶほうが自然だ。もしこれが生前のユウジ・フォン＝ホフマンの指示によるものだとすれば、確信犯のほうに違いない。ならば、相当にこの選曲に自信があるということになる。

マサルは思わず口笛を吹きそうになった。

そいつは凄い。楽しみだ。

と、突然周囲に拍手が巻き起こり、舞台の上で黄色いドレスを着たコンテスタントが立ち上がってお辞儀をしているのでマサルは驚いた。いつのまにか演奏が終わっていて、聴き逃してしまったことに気付いたのだ。

舞台の袖の深いところで、調律師の浅野耕太郎は落ち着かない様子でもぞもぞしていた。

脳裡には、あの少年の姿が浮かんでいる。

もうすぐ、彼の出番だ。そして、僕の出番でもある。

浅野はピアノメーカーから派遣されてきた三人の調律師の中ではいちばんの若手である。コンクールでの調律は大変ハードな仕事であるが、調律師としては名誉なことでもある。ずっと担当を希望していたが、今回、初めて参加させてもらえたのだ。張り切ってやってきたものの、想像以上にきつく緊張する現場で、みんなが眠れないと言っていた理由がよく分かった。肉体的なこともあるが、初対面の、言葉の通じない複数のコンテスタントの求める音に合わせるのはとても神経をすり減らす仕事である。詳細なメモを取っても不安で、それぞれのイメージするところを再現しようと無意識のうちに考えているらしく、いろいろな音やイメージが頭の中で常に再現されていて、全く気の休まることがない。中にはひどく神経質なコンテスタントもいて、それがこちらにまで乗り移ったかのように、一緒に動揺してしまう瞬間もあった。

プロの演奏家ならば、事前にどんな性格かどんな調律が好みか情報を仕入れることもできるが、全く事前情報がないので、対面してピアノを弾いてもらって打ち合わせをしていかなければならない。

フランスから来た気難しい女の子に「これは私の音ではない」とさんざん繰り返さ

れて消耗していたところに、彼がやってきた。日本人の、あどけない男の子。言葉が通じるというだけでもありがたい。

風間です。よろしくお願いします。

少年はぴょこんと頭を下げた。

浅野です、こちらこそよろしくお願いします。君が気持ちよく弾けるように僕もベストを尽くします。

浅野は、コンテスタントには必ず言っている言葉を掛け、頭を下げた。

あ、なんでもいいです、僕。いいピアノだってことは分かってますから。

少年はあっさりとそう言った。「じゃ」とこのまま立ち去りかねない様子である。

浅野は耳を疑った。

なんでもいいって、その。

浅野は頭を掻いた。十六歳の、コンクール初参加の子だと聞いている。調律の重要性を知らないわけはないだろうが、ここは説明しておいたほうがいいだろうか。

みんな全くタッチが異なるし、音の好みもあるから、君が考えている以上にピアノの音は変化しているんですよ。君の弾く曲に合う調律というのもあるし。まずは何か弾いてみてください。

うーん。

今度は少年が頭を掻いた。

つかのまためらっていたが、トコトコとピアノに近付き、椅子を調整して腰掛け、サッと鮮やかなスケールを弾き出した。

浅野は思わず背筋を伸ばした。

さっきの女の子と同じピアノとは思えない。これがうちのピアノの音なのか？

おもむろに、少年が歌い始めたのでぎょっとする。会場や袖にいるスタッフも目を丸くしている。

ラブ・ミー・テンダー。

浅野はあっけに取られた。

たぶん、即興演奏なのだろう。コードに合わせたスケールのみを伴奏に、楽しそうに歌っている。訓練された声ではないが、伸びやかないい声だ。

しかし、調律の打ち合わせに来て弾き語りをするコンテスタントなんて聞いたことがない。普通、コンクールで弾く曲のさわりか、響きを確かめたい箇所を弾くのがほとんどだ。

が、突然少年は弾くのをやめた。「ん」と宙を見上げ、辺りをきょろきょろ見回す。

どうかしたかい?

浅野は思わず声を掛けた。が、少年は「んー」と呟いたまま、立ち上がると突然ぺたりと床の上に膝をつき、床に耳を押し当てた。

どうしたの?

慌てて近寄ろうとすると、少年は手を上げてそれを制した。少年はしばらくじっとしていたが、やがて、「そうか」と立ち上がり、つかつかとステージの奥に向かった。

浅野さん、このピアノ動かしていいですか?

少年は右端にあるグランドピアノを指差した。

ステージの奥には、コンクールで使うメーカーの異なるピアノが三台置いてある。コンテスタントはピアノを選ぶことができるのだ。

浅野は言われるままに少年と一緒にピアノを三十センチほど動かした。

少年は再び椅子に座ってスケールを弾く。

うん、これでいい。

頷いて、浅野を振り向いた。

浅野さん、僕が弾く時、あのピアノ、なるべくあのへんにしといてもらえますか？

いいけど、他のピアノは？　あとのピアノもみんな、審査中に動かすよ。

少年はきっぱりと首を振った。

ううん、あそこのピアノだけでいいんです。こっち側は大丈夫。

少年は用は済んだ、とばかりに立ち上がった。

あ、そうそう、ここところの音がちょっとヘンです。スケール弾いてると、この二か所でデコボコするみたい。

思い出したように、二か所の鍵盤を指差すと、少年はさっさと引き揚げていった。

浅野は、少年が指摘したところを調べてみた。すると、確かに、まずほとんどの人間は気付かないだろうが、ピッチがほんの少しだけ、片方は高く片方は低かった。デコボコする、とはまさしく言い得て妙である。

なんて耳のいい子なんだ。

浅野は冷や汗を掻いた。「私の音」と言い張っていた少女も浅野も、全く気が付いていなかったのだ。慌ててポケットからテープを取り出し、さっき彼と一緒に動かしたピアノのところに行った。テープで床にマークをし、テープに油性のサインペンで彼の番号を書き入れながら、あとでこのピアノメーカー担当に説明しに行かなきゃな、と考えていた。

ステージの隅にあるネームプレートが取り替えられた。客席がざわざわと異様な興奮にどよめく。

81 KAZAMA JIN

最近は、それぞれの国の名前の書き方に合わせ、日本人の名前はファミリーネームを先に書くようになってきている。

三枝子は自分が柄にもなく緊張していることに気が付いた。が、この緊張はシモンやスミノフ、そしてナサニエルも感じているに違いない。もちろん、オリガをはじめ他の審査員も興味津々というところだろう。「問題児」たちがパリで発掘してきた少年が、いったいどの程度のものか、斜に構えて見ている者もいるはずだ。

断罪か。嘲笑か。

いや、自分たちへの評価はともかく、何より三枝子自身、風間塵なる少年の音楽がどんなものなのか、心の底から熱烈に知りたがっているのだ。

あの時のあたしの第一印象は間違っていたのか？

それをしっかりと確かめたい。

三枝子は、無表情を装いつつも、じりじりとその瞬間を待ちわびていた。


ステージマネージャーの田久保寛は、客席の異様な雰囲気にハラハラしていた。

そっと覗いてみると、休憩時間も半分を過ぎたというのに、まだ続々と客が入ってくる。なんと、後ろのほうには立ち見までいる。

大丈夫だろうか。

思わず、袖に控えている少年を振り向いてしまった。その行為がコンテスタントを動揺させたのではないかとすぐに後悔したが、その少年は全く気に掛けている様子はない。

噛みつかんばかりに大きな口を開けて待ち構えている観客のお目当ての主は、至ってのんびりした様子で、小指で耳をほじくっている。

大物なのか、天然なのか。

田久保はあぜんとする。

そこにいるのかどうか分からないほど、少年は目立たなかった。スタッフよりも寛いでいる。格好も、白いシャツに、ややサイズが大きいのではないかと思われる黒のスラックス。ひょっとして学生服のズボンかもしれない。

それはさておき、問題は、これだけ客席が埋まっていると、音の響きがずいぶん違ってくることだ。観客の身体というのは、かなり音を吸う。しかも、後ろの壁ぎわや脇の通路まで人が立っているとなると、更に響きが異なる。そのことを少年に伝えるべきだろうか。

余計なことを言ってプレッシャーを掛けるのはどうかとも思ったが、田久保は少年の「天然」に賭けた。それに、もの凄く耳のいい子だという話を聞いている。自分の言うことを的確に理解してくれるだろう。

「あのね、風間君」

さりげなく声を掛け、手招きをする。

「お客様の入りが多くって、立ち見もいっぱいなんだ。たぶん、壁の前に立っているお客さんが相当音を吸うと思う。だから普段よりもパッキリ弾いたほうがいい」

「ああ、はい」

少年はハッとした。

「そうか、お客さんかあ。なるほど」

少年は田久保と一緒に覗き窓から客席を見ると、つかのま考えこんだ。ステージでは、浅野が念入りに調律をしている。

少年は、つと顔を上げて田久保に言った。

「すみません、浅野さんに伝えてもらえますか。こないだお願いしたピアノの位置を元に戻して、今度は逆の方向に三十センチずらしてください、と」

「え？」

田久保は慌てて胸ポケットからメモとボールペンを取り出し、少年の指示を聞き返した。

少年はメモに図を描いて浅野宛ての伝言を書きこむ。

田久保は急いでステージに出ると、浅野にメモを渡し、少年の指示を伝えた。

「本当に、いいんですか?」

浅野はメモを見ながら怪訝そうに聞き返したが、客が多いことを説明すると、納得したらしく足早にピアノをずらしに行った。客席がザワザワする。それはそうだろう。調律中の調律師が、弾かないよそのピアノを動かしているのだから。

時間がない。

浅野はもう一度中央のピアノに戻り、ピアノの響きを確かめると急いで袖に戻った。ぎりぎりの時間だ。毎度のことながら、時間を遅らせることになりはしまいかとひやひやする。

「すみません、急なお願いして」

少年がぺこりと頭を下げる。

「あそこで大丈夫?」

浅野はステージを振り向いた。

少年は覗き窓からピアノを見て、「はい、大丈夫だと思います」と頷いた。

田久保は腕時計に目をやった。

やれやれ、なんとか間に合ってよかった。

「それでは、風間君、時間です」

回転扉が開き、少年は光の中にふらりと出ていった。まるで、近所のコンビニにお茶でも買いに行くかのような気軽な様子で。


少年が出てきたとたん、凄まじい拍手が襲い掛かったので、彼はびっくりして反射的に足を止め、その場でぴょこんとお辞儀をしたのでワッと客席から笑い声が上がった。

子供だな。

ナサニエルは、まさに「自然児」としか言いようのない飾り気のない少年の様子に、一瞬毒気を抜かれた。

観客の期待に押し潰されなければいいのだが。

そう心配したのは一瞬のことで、お辞儀から顔を上げピアノに目を向けた少年の顔を見て、ギョッとした。

なんだ、この顔は。この目の色は。出てきた時と全然違う。

イヴィル・アイ（邪眼）という言葉が浮かんだのを慌てて打ち消す。だが、周囲など目に入らぬ様子でピアノに引き寄せられていく（ように感じた）少年の顔には、出てきた時のあどけなさは微塵《みじん》もない。

少年はぺたんと椅子に座ると、椅子を調整するのももどかしい様子ですぐに弾き始めた。

えっ。

ナサニエル以外の審査員も、似たように感じてぴくっとするのが分かった。

たぶん、下で聴いている観客もそうだろう。会場全体が、何が起きているのか分からず戸惑っているのだ。

なんだ、この音は。どうやって出しているんだ？

まるで、雨のしずくがおのれの重みに耐えかねて一粒一粒垂れているような――

特別な調律？　そういえば、さっき調律師は後ろにあるピアノを動かしていた。あれが何か関係しているのだろうか。

が、ナサニエルは内心首を振っていた。

調律だけでこんなに音が変わるはずがない。この子の前のコンテスタントも同じピアノを弾いていた。

どうしてこんな、天から音が降ってくるような印象を受けるんだ？

遠くからも近くからも、まるで勝手にピアノが鳴っているかのように、主旋律が次次と浮き上がってきて、本当に、複数の奏者が弾いているのをステレオサウンドで聴いているように思えてくる。

そう、音が尋常でなく立体的なのだ。なぜこんなことができるのだ？

ナサニエルは、自分が激しいショックを受けていることに気付いて、そのことにもショックを受けた。

なんて無垢な、それでいて神々しい、天上の音楽のような平均律クラヴィーアだろう。これまでに聴いたことのない演奏だ。

高島明石も混乱していた。

こんなにひとつひとつの音の残響が長く感じられるのはどういうことだろう？　調律のせいとか？

そう考えて、ハッとした。思わず振り返りそうになったのを我慢する。

いや、そんなはずはない。こんなにお客さんがいて、壁ぎわにもぎっしり立っている。なのに、音が残って聴こえるなんて。

明石は不意にゾッとした。

未知の、思いもよらぬ方向性の天才。マサル・カルロスとはまた全然違う。

あっというまに曲はバッハからモーツァルトになり、またいちだんと曲の色彩が明るく、輝かしくなった。文字通り、ステージが発する光が強くなったように感じられた。

すべての観客が固唾《かたず》を呑み、ただただ圧倒されていた。明石もその聴衆の一部分になりきっていた。

胸がざわざわする。どきどきして、身体の奥が熱くなってくる。

まさに、モーツァルトの、すこんと突き抜けた至上のメロディ。泥の中から純白の蕾《つぼみ》を開いた大輪の蓮の花のごとく、なんのためらいも、疑いもない。降り注ぐ光を当然のごとく両手いっぱいに受け止めるのみ。

　この子、座った瞬間からずっと笑っている。

　明石はそう気付いた。全く鍵盤など見ていない。ピアノを弾いているというよりは、ピアノに弾かされているという感じがする。彼がピアノに声を掛けると、ピアノのほうから喜んで彼にじゃれついていく、というような。

　うわっ。

　明石は、他の観客と共に、ピアノ・ソナタ第十二番第一楽章の、最もモーツァルトの天才を感じるフレーズに痺れた。この箇所を聴くたび、数百年も前に描かれた奇跡的な旋律に身震いするのだが、その部分に差し掛かったとたん、まるで電気が走ったかのようにその感激が会場全体に共鳴し、明石は鳥肌が立った。

　このモーツァルト。いったいどこまで走りぬけようというのか。

　が、気が付くと、またがらりと曲想が変わり、不穏なトレモロが響き渡ってハッとする。

　曲は、三曲目の「イスラメイ」に入っていた。

いったいどうやってピアノを鳴らしているんだ。

マサルも、プレイヤー・ピアノのごとく、少年が手を触れる前からピアノが鳴っているような錯覚に舌を巻いていた。

平均律クラヴィーア。これはもう、彼の、風間塵の演奏としか言いようがない。これはこれでスタンダードになりうるのではないか。

訥々《とつとつ》と、それでいてなんとも言えぬ歓びに溢れた音。誰の演奏にも似ていない。素朴なのに官能的で、一種煽情的ですらある――

譜面を感じない。

モーツァルトを聴いていて、そう気が付いた。

まるで、今思いついて即興で演奏しているみたいだ。あの有名なフレーズも、彼がたった今生み出したフレーズがそのまま感動を呼んでいるかのよう。

そしてこのイスラメイ。

ひょっとして、彼はこの曲が難曲だとは知らないのではないだろうか。

マサルはそう直感した。

通常、難曲を弾くコンテスタントは「これから難しいのやります」と身構える。プロでさえそうだ。それはますます曲を難しくするし、聴いている側にも「難しい曲」になってしまうのである。

しかし、目の前の少年はそんなことなど全く知らないように見えた。面白い曲だと思い、面白く弾いているだけ。

実際、これがこんなに面白い曲だというのは初めて感じたような気がする。

イスラメイは、こういう曲だったのだ。すべての音符を押さえて、ちゃんと弾いているのを聴くのは、ひょっとしてこれが初めてなのではないか？

マサルは肌が粟立つような気がした。

こんなにこの曲を鳴らせるとは。

押さえるべき音が増え、しかもスピードを増すのであれば、必然的に音は薄くなり、小さくなる。だが、少年の弾く和音は全く濁りもなくすべてがクリアに聞こえ、こんなに大きく鳴っているのに決して割れない。むしろ、後半に向かってますます力強さを増しているように思えた。

更に、マサルは驚くべきことに気付いた。

マサルは以前この曲をちらっとさらってみたことがある。イスラメイは、メロディの形とリズムのせいで、インテンポで弾いても、どうしても間延びして遅くなって聞こえる箇所があるのだ。「あれっ、ちょっと遅くなったな」といつも同じ箇所で思うのだが、実際は正しいテンポで弾いている。錯覚なのだ。それを、この子の演奏では感じない。つまり、彼は脳内で正しいテンポに聞こえる速さで——つまり、ただでさえ速くて難しいこの曲を、くだんの箇所で更に加速して弾いているのだった。

なんという迫力。

曲は後半のクライマックスに向かって突き進んでいた。きらびやかなメロディ、凄まじい和音の連打と加速。ピアノから、いや、ステージ上の大きな直方体の空間全体から、音の壁が飛び出してくるかのようだ。

観客は、その音圧に、飛び出してくる音楽に吹き飛ばされまいと、席で踏ん張って必死に耐えている。むろん、耐えているのは、驚異的な演奏を聴いている衝撃に対してであり、それは形容しがたい無類の快楽でもあるのだ。地響きにも似た分厚いトレモロが、正面から剛速球で顔を、眼を、耳を、全身を打ってくる。

マサルも他の観客と同様、そのうねりに耐え、快楽を貪った。

体験。これはまさに体験だ。彼の音楽は、「体験」なのだ。

最後の音が潔く打ち鳴らされ、少年はその反動に弾《はじ》かれたように席を立つと、ぺこりとお辞儀をし、さっさと引き揚げていった。

観客たちは、それまで身を委ね衝撃に耐えていた演奏が終わったことに気付くのが遅れ、演奏者が立ち去ったことに気付くのも遅れ、ぎこちない沈黙が一瞬会場を覆った。

が、次の瞬間、我に返った観客たちの、暴動ではないかと思われるような拍手と歓声が同時に湧き上がり、かえって何も聞こえなくなった。

悲鳴と怒号、熱狂。あらゆる声がホールを揺らしている。無意識のうちに立ち上がっている者も大勢いた。

一次予選にアンコールはない。だが、観客は納得しなかった。

凄まじい歓声、足を踏み鳴らす音と手拍子。

しかし、ステージの白い回転扉は、とうとう次の演奏のためにスタッフがネームプレートを取り替えに現れるまで、決して開かれることはなかった。

ユード・ビー・ソー・ナイス・トゥ・カム・ホーム・トゥ

風間塵の演奏は、審査員に恐慌をもたらした。

そう、これはパニックだ。

三枝子は周囲の様子を窺いながらそう思った。

風間塵が舞台から姿を消すやいなや、みんなが一斉に口を開いた。審査員どうし、互いの表情を探り、それぞれの反応に驚いている。

ナサニエルを見ると、彼は青ざめた顔で沈思黙考している。とても集中していることは確かで、風間塵の演奏について分析をしているのだろう。周りの様子など全く目に入っていないようだ。なんらかの衝撃を受けたことは間違いない。

案の定、反応はまっぷたつに割れているようだった。

アンビリーバブル、ファンタスティック、奇跡的だ、

下品だ、いたずらに煽情的だ、サーカスだ、

なんとも不思議な反応である。

マサル・カルロスの時は、一体感のある賞賛と祝福に包まれていたというのに、何が異なるというのだろう。

三枝子は静かに深呼吸をして、気持ちを整える。

二度目に聴いて、少し分かってきた。

彼の演奏を聴くと、良かれ悪《あ》しかれ、感情的にならずにはいられない。彼の音は、聴く者の意識下にある、普段は押し殺している感情の、どこか生々しい部分に触れてくるのだ。

しばらく忘れていた、心の奥の柔らかい部分。

それは、誰もが持っている、胸の奥の小部屋だ。

プロになると、その小部屋の存在は、なかなかに微妙なものとなる。子供の頃から抱いていた、「本当に」好きな音楽のイメージ。音楽に対する青臭い憧憬が、小さな子供の顔をしてそこにいるのだから。

いっぽう、音楽家として立つと、好きな音楽と素晴らしい音楽は違う、という業界

内の常識が身体にしみこんでくる。仕事としての音楽、商品としての音楽を提供することに慣れるにつれ、自分が本当はどんな音楽が好きなのかは公言しにくくなる。自分で自分に満足できる演奏、自分の理想とする演奏など、決してできないことが痛いほど分かってくる。プロとしてのキャリアが長くなればなるほど、ハードルは上がる一方で理想は遠くなり、胸の小部屋はますます神聖な場所となる。下手をすると、自分でもその小部屋を開けること自体、めったになくなるし、普段はその存在をあえて忘れているようになる。

しかし、風間塵の演奏は、本人も忘れていたその小部屋を突然訪れ、いきなり乱暴に扉を開け放つ。それが、扉を開け放ってくれたことに感謝する熱狂か、いきなりプライベートルームの戸を開けやがって失礼なという拒絶かという、極端な反応になって顕れるのだ。

ホフマン先生はそのことに気付いていたのだろう。

ましてや、柔らかい部分を閉じずに無防備に聴いている観客が、感情を鷲づかみにされて、ほとんど狂乱と言っていいくらいの熱狂を見せるのも当然なのである。

こう分析してみたものの、それでもまだ彼の音楽をどうとらえるべきなのか、きちんと整理できず三枝子の戸惑いは大きかった。

もうひとつ、不思議なことがある。

二度目に聴いた風間塵に嫌悪感はなかった。素直に引きこまれ、驚嘆したのである。

これはどうしたことだろう、と三枝子は思った。

ホフマン先生のメッセージを読んだあとだから？　新たなバイアスが掛かってしまっているのだろうか？

しかし、風間塵の演奏にとてつもなくエモーショナルなものがあることは間違いなかった。

いったいどうやってあんなヴィヴィッドな音楽を生み出しているのだろう？

完璧なテクニックで譜面を再現しているのに、初々しくみずみずしい。譜面を何度もさらい、気の遠くなるような練習を繰り返したとは思えない。

この、いわば苦労や勉強のあとが全く見えないことも、審査員の拒絶を招いているのではないだろうか。

近年、演奏家は作曲者の思いをいかに正確に伝えるかということが最重要課題になった感があり、いかに譜面を読みこみ作曲当時の時代や個人的背景をイメージするか、ということに重きが置かれるようになっている。演奏家の自由な解釈、自由な演奏はあまり歓迎されない風潮があるのだ。

だが、風間塵の演奏はそんな解釈からは自由なところにある。もしかすると、作曲者の名前すら知らないのではないかと思わせる、真の自由とオリジナリティに溢れているのだ。曲そのものと、一対一で生々しく対峙《たいじ》しているような印象を受ける。それなのに、演奏は完璧——確かにこれは、今の音楽教育に携わる者にとっては受け入れがたいに違いない。

「ユウジはどういうつもりだったのかしら」

ふと、オリガがそう呟いたのが聞こえた。

さすがに審査委員長ともなると、その泰然とした物腰からは、彼女が賞賛側なのか拒絶側なのかは分からなかった。

が、やはりオリガも深く考えこんでいる。

三枝子が見ているのに気付くと、オリガは彼女のほうを向いて奇妙な表情を浮かべた。

「興味深い。とても興味深いわね、彼は」

独り言のように低くそう呟く。

三枝子に同意を求めるわけでもなく、オリガは小さく首を振ると、ゆっくりと審査員の控え室に向かって歩いていった。


「亜夜ちゃん？　亜夜ちゃん、そろそろ行かないと」

奏に肩を叩かれて、ハッとした。

「あれ？　ホントだ」

舞台の上を見ると、いつのまにか「84」の番号がある。そろそろ練習室に行って、着替えて待機していなければならない。

「亜夜ちゃん、大丈夫？　一緒に行こうか」

心配そうな奏の顔を、亜夜はぼんやりと見返し、首を振った。

「ううん、大丈夫。ここにいて」

ドレスケースを手に、亜夜は立ち上がった。

なんだか足がふわふわして、自分がどこにいるのか分からなかった。

そうだった、コンクールなんだ。あたしも出るんだっけ。

亜夜はペチペチと自分の顔を叩いた。

熱に浮かされたように通路を歩いてホールに出た時も、亜夜の頭の中には風間塵のピアノが鳴り響いていた。

周りの景色など目に入らない。なんとなく身体が覚えているのでエレベーターに乗り、練習室のある階に向かう。

しかし、風間塵の音楽は消えない。バッハが、モーツァルトが、イスラメイが、流れ続けている。

衝撃だった。

あの、極彩色の音楽。

生命の歓びに満ちた音楽。

ステージから溢れ出してくるかのような、圧倒的な神々しい音楽。

この子は、音楽の神様に愛されてるんだ。

大学で会った時、あの子の顔を見てそう直感したのは間違いではなかった。

舞台に出てきた瞬間、あの時の子だと気付き、彼がピアノを弾き始めた瞬間、その確信がはっきりと亜夜の中に蘇った。

一次予選最終日となるこの日の朝を、亜夜はどんよりとした絶望の中で迎えていた。

数日前の、化粧室で聞いた会話はなかなか消えてくれず、練習をしても全く乗れず、亜夜は吐き気を覚えつつも、逃げ出すわけにもいかないその瞬間を、叫びだしたくなるような恐怖と共にじりじりと待ちわびていたのだ。

奏はそんな亜夜の様子を緊張のためだと解釈していたようである。いつものようにさりげなく亜夜に接し、「蜜蜂王子」の演奏を聴こう、と亜夜を連れ出した。

他のコンテスタントの演奏は、全く耳に入ってこなかった。舞台の上で繰り広げられている熱戦が、自分とは関係のない、よその惑星の出来事のようにしか感じられなかった。

あたしは、一次で落ちる。あたしは今日で終わるのだ。かつての天才少女のエピソードは、このステージでひっそりと幕を下ろすのだ。やはり復活はなかった、やっぱり二十歳を過ぎてただの人になってしまったという、ごくありふれた、つまらない結末で。

そんな冷たい予感を、亜夜は身体の芯に抱いていた。

ごめんなさい、奏ちゃん。ごめんなさい、浜崎先生。

浜崎親子には詫びても詫びきれない。ずっと寄り添ってくれていた奏をがっかりさせるのが申し訳なくてたまらない。親子は、この先もあたしとつきあってくれるのだろうか。むしろ、つらいのは向こうのほうだろう。亜夜に気を遣う二人を想像すると、余計にいたたまれなくなる。

「凄い人ねえ。さすが、蜜蜂王子」

ふと顔を上げると、奏が周囲を見回していた。確かに、なんだか周りが騒がしいとは感じていた。見ると、壁ぎわの通路までぎっしりと立ち見の客が埋めている。

「すごっ。満員じゃない？」

その異様な風景に、亜夜も目を見張った。パリのオーディションで出てきた、話題の日本人だということは知っていたが、客の白熱ぶりに空恐ろしさを覚える。他人事ながら、こんな注目を浴びているのが気の毒になった。

そして、彼が出てきた。

出てきた瞬間、あの少年だと気付いた。

彼が演奏を始めた。

亜夜は、受付を済ませて、練習室に案内された。

廊下を歩いていると、他の練習室から、必死に曲をさらっているコンテスタントの音が流れてくる。

それでも、亜夜の頭の中にあるのは風間塵のピアノの音だった。

練習室に入り、グランドピアノの前に座る。

亜夜は目を閉じ、そのピアノを聴いていた。

音楽の神様。神様は、あそこにいた。

この時の、不思議な感覚を、亜夜は後から何度も思い返すことになる。

パアッと頭の中に浮かんできたのは、幼い頃の光景だった。屋根に落ちる雨の音を聞きながら、指でリズムを刻んでいる少女。

お母さん。綿貫先生。ト音記号の刺繡のあるカバン。

これまでピアノと過ごしてきた時間と風景が、恐ろしいほど鮮明に、次々と蘇ってくる。

あちこちのホール、あちこちのピアノ、指揮者やオーケストラの楽団員たち。

これまで弾いた曲が、ピアノの響きが、頭の中に流れてくる。

そうだ、あの頃はいつもピアノの中に誰かがいた。ステージでピアノに向かって歩いていくと、ピアノの中から誰かが呼んでいた。誰かがいつもあたしを待っていてくれた。

風間塵。彼はとても楽しそうだった。かつてのあたしのように。

神様は、彼を待っていた。かつてのあたしのように。

彼は神様と遊んでいた。かつてのあたしのように。

それがどんなに楽しいことか、あたしはすっかり忘れていたのだ。

いや、違う、あたしは逃げたのだ。

亜夜は激しく首を振った。

忘れたんじゃない。あたしは逃げた。

胸が鈍く痛んだ。これまで目を背けてきたこと。

神様と遊ぶには、すべてを捧げなければならない。すべてをさらけだし、全身全霊を懸けて遊ばなければならないのを億劫に思ったのだ。他の遊びもしたいな、とちらっとどこかで考えたのだ。

あたしは音楽を愛している、と言い訳をしていた。愛しているのだから許されると思っていた。

泣きたいような衝動が込み上げてきた。

どくどくとこめかみが熱く波打つのを感じる。

弾きたい。風間塵のように。

弾きたい。かつてのあたしのように。

かつてのあの歓びを、もう一度弾きたい。

亜夜は、結局ずっと目を閉じたまま、練習室で一度もピアノに触れなかった。

スタッフが亜夜のいる部屋を覗きこみ、怪訝そうに通り過ぎたのにも、亜夜は全く気付かなかった。

ドレスに着替えなければならないとようやく我に返ったのは、あと一人で出番です、と呼びに来たスタッフのノックを受けた時だった。

またしても、次々と客が入ってきて立ち見が増え始めた。

風間塵の演奏のあとごっそり人が捌《は》けていたのだが、それに勝るとも劣らない客の数である。が、雰囲気は対照的だった。さっきはお祭り騒ぎの期待に満ちていたが、今はどことなく息を潜めて興奮を抑えているような、不穏な期待に満ちている。

奏は、その不穏な興奮を痛いくらいに感じていた。

自分が、かつてないほど緊張しているのに気付く。

自分の演奏の時だって、こんなに緊張はしないだろう。これまでに自分が練習し努力してきたことを知っているし、それ以上のことはできないと承知しているから、舞台に立つ時には潔くすべてを受け入れる気持ちになっている。

けれど、人の演奏はどうすることもできない。

天才少女の復活、あるいはその成れの果てを目撃しようと待ち構えている、この悪意と意地悪な期待に満ちた観客の視線。

奏は、一瞬息苦しくなった。この視線の集中砲火を浴びて演奏する亜夜に、痛いほどの同情を覚えたのだ。

が、奏はきっぱりとそんな気持ちを振り払った。

大丈夫。あたしは信じている。亜夜を。自分の耳を。

奏は音を立てずに深呼吸をした。

まだザワザワと客が通路を歩いてくる。


「お帰りなさい」

田久保寛は、そう一言だけ声を掛けた。

その一言に、深い感慨を込めたつもりだった。

袖にいた少女は、ハッとしたように田久保を見て、ちょっと考える目をしたが、やがて腑《ふ》に落ちた顔になり、ニッコリ笑って頷いた。

思わず田久保も笑顔で頷き返す。

そう、田久保はかつて彼女をやはりこうして舞台の袖から送り出したことがあったのだ——曲も覚えている。ラヴェルのコンチェルトだった。

袖で聴いていて、心が震えたのをつい昨日のことのように思い出す。

ああ、彼女はホンモノだと思ったことを。袖の暗がりに戻ってきた少女の神々しい横顔を。

風間塵とは別の種類の異様な雰囲気が客席を覆っていることは田久保も気付いている。

が、暗がりに静かに佇む少女を見ると、その自然な落ち着きぶりに、かえってこちらまで落ち着いてくるように思えた。

「それでは、栄伝さん、時間です」

田久保は腕時計を見て声を掛けた。

少女は静かに進み出た。光の中に歩み出る彼女の横顔は、もはや少女ではなく、やはりかつて見た時のように、女神のような威厳を湛えていた。

またしても満杯になった客席で、マサルは、なぜ次のコンテスタントが注目されているのか、ジッと耳を澄まして周囲でボソボソと交わされる噂を聞いていた。

かつては天才少女と言われ、早くから演奏活動をしていたこと。教師でもあり、マネージャーでもあった母親の死を境に、ピアノを止めてしまったこと。以来、公の場でピアノを弾くのは今日が初めてであることなど、周りの席の女性たちの会話から、いつのまにか予備知識が蓄えられてしまっていた。

なるほど、この好奇心と悪意の入り混じった期待はそういうことか。

マサルは辺りに漂う空気を感じ取る。

明らかに複雑な、ちょっと居心地の悪い雰囲気だった。

気の毒に。これじゃあ、生半可な演奏はできないな。

同情を感じた時、回転扉がサッと開いた。

小柄な少女が現れる。

彼女が舞台に出てきた瞬間、マサルはハッとした。

なぜかは分からないが、その顔に惹きつけられたのだ。

あれっ。

少女の登場と共に、清々《すがすが》しい風が吹きこんできたような気がした。

さまざまなニュアンスのこもった大きな拍手とどよめきの中、少女は平然とピアノに向かって歩いてくる。

シンプルな、明るいブルーのドレス。鋭角にカットされたショートボブ。

強い印象を与えるまなざし。まるで顔の内側から光を放っているかのような――

ふと、かつて、これと同じ感想を抱いたことがあると気付いた。

ずっと幼い頃――この日本で。

慌ててもう一度名前を見る。


エイデン・アヤ。アヤ――


胸がどきんとした。

まさか。まさかね。そう自分に言い聞かせるのだが、脳裡にはホテルの部屋のスーツケースの隅っこにある古ぼけた布のバッグが浮かんでいる。

そんな偶然、あるはずがない。

そう呟いてみるが、胸の動悸は治まらない。むしろ、ますます大きくなってくる。

少女が椅子に腰を下ろすと、会場は痛いくらいに静まり返った。客席すべての目が彼女に集中している。

マサルも、彼女から目を離すことができない。その横顔を、まなざしを、一瞬として見逃すまいと目を凝らしてしまう。

しかし、そんなことなど意に介していないかのように、少女は宙を見上げていた。

ちょっと眩《まぶ》しそうに目を細め、微苦笑のようなほのかな笑みを浮かべる。

が、次の瞬間、ぎゅっと何かが凝縮したかのような荘厳な表情が顕れ、少女は鍵盤に指を下ろした。


彼女が弾き始めたとたん、会場全体が覚醒し、同時に居住まいを正したところが見えたような気がした。

モノが違う。

高島明石の頭に浮かんだのはそんな言葉だった。

ああ、そうか、これはコンクールだったんだ、これまでうまいだの下手だの言っていたのは、しょせんアマチュアの集まりでの評価に過ぎなかったんだ。

そんな感想が浮かんできてしまう。

見よ。今、舞台の上にいるのは、音楽を生業とすることを生まれながらに定められた、プロフェッショナルなのだ。

明石は、自分が滑稽なほどに安堵し、脱力しているのに気付いてあきれ、それからおかしくなった。

やはり彼女はアイドルだった。昔も、今も。


ナサニエル・シルヴァーバーグは栄伝亜夜の水際立った演奏に聴き入りながら、苦笑混じりに首を振っていた浜崎の声を思い出していた。

そろそろいい加減に目を覚まさせたい子がいるんだよ。

古くからの友人であり、私立音大の学長も務めている浜崎に日本から出場するコンテスタントについて意見を聞いた時、そう言っていたのを思い出す。

誰とは言わなかったが、この少女の演奏を聴いてピンときた。

もう覚醒しているじゃないか。

もしかしてハマザキは謙遜で言っていたのかもしれない。こんなコンテスタント、伏兵もいいところだ。全く知らなかった。

腹立たしいような、苦笑いしたいような心地になる。

際立って成熟している。無邪気な子供たちのあいだに、老成した大人が紛れこんでいるかのような、「本格的な」音楽。高い技術がすっかり音楽の一部になっているので、もはや技巧は耳につかず、思わず引きこまれ一鑑賞者として聴いてしまう。

深い。独創的だ。ベートーヴェンのソナタには、ところどころ興味深い解釈もある。

彼女はもう確固とした自分の音楽を持っている。音楽に、侵しがたい気高さがある。

まるでこの子だけ、一人リサイタルを開いているかのようだ。

聴いているうちに、じわりと冷や汗が浮かんできた。

マサルの強敵になるのは、カザマ・ジンではなくこの子のほうだ。


三曲目のメフィスト・ワルツは、さりげなく、静かに始まった。

もはや、悪意も好奇心もなく、観客はいっしんに、純粋に音楽に聴き入っている。

栄伝亜夜の音楽に。

奏は胸がいっぱいで、ともすると洟《はな》をすすりそうになるのに困っていた。

もう十年も前に、初めて亜夜の演奏を聴いた時の興奮が鮮やかに蘇ってきて身体が熱くなる。

マサル・カルロスとは全く違う演奏だ。

密やかなのにドラマティック。ノーブルで切ない。じわじわと興奮がさざなみのように寄せてくる。どうしようもなく、心が震えてくる、亜夜のメフィスト・ワルツ。

自在にピアノを操る舞台の上の少女は、本当に「飛んで」いるようだった。天翔《あまが》ける女神。やっと、信じていた女神が舞台に戻ってきたのだ。

奏は思わず心の中で呟いていた。

お帰り、亜夜ちゃん。やっと、やっとステージに帰ってきてくれたね。

会場のいちばん後ろ。

壁際の通路の隅っこに、よれよれの帽子をかぶった少年の姿がある。

熱心に聴き入る他の客のあいだから、少年はまじまじと目を見開き、顔を上気させて、舞台の上の少女をじっと見つめている。

演奏が終わり、亜夜が立ち上がって深々とお辞儀をすると、拍手だけが会場を埋めた。

顔を上げた少女はニッコリ笑って、足早にステージを後にした。

誰も、声を出さない。静かな感動だけが客席を満たし、もはや言葉にならないのだ。歓声も、足踏みもなく、ただただ盛大な拍手だけがいつまでも続いた。

「うーん」

「なんか、凄かったねー」

「やっぱり、ねえ。栄伝亜夜、凄いなあ」

「やっぱ、全然違うよ」

感極まった様子の、周囲の感嘆の声を聞きながら、マサルは弾かれたように席を立ち上がっていた。自分が急いで会場を出ようとしていることにも気付かないくらい、興奮している。通路は感激して今の演奏に対する感想をまくしたてる観客で埋まっており、なかなか進まない。

早く。早く出してくれ。

もどかしく思いながら、じりじりと前の客が進むのを待つ。

間違いない。彼女だ。彼女が、僕のアーちゃんだ。

マサルは泣きたいような気持ちになった。

会えた。本当に会えたんだ。信じられない、こんなところで。

誰に向かって叫んでいるのか分からなかったけれど、マサルは頭の中で繰り返し叫び続けた。やがて動かない通路の客の列に待ちきれなくなり、「スミマセン」「パルドン」と前の客に声を掛け、人の波を掻き分けて脱兎のごとくロビーに飛び出していった。

ロマンス

亜夜は、普段着のセーターとジーンズに着替えると、素に返った心地になった。

視界が晴れたような、憑《つ》き物が落ちたような、やけにサッパリした心境なのが自分でも不思議である。今朝まで、いや、風間塵の演奏を聴くまでは、あんなにどんよりした絶望的な気分だったのに。

やっぱり、ドレスは緊張するし疲れるなあ。もっと楽な格好で演奏できればいいのに。

亜夜は、うんと伸びをし、清々しい気分でひとつ欠伸をすると、控え室から出た。

既に、舞台に出ていたのが夢のような気がした。

あまりに集中していたので、客席の反応も気にならなかった。今は完全にスイッチがオフになった状態なので、さっきの自分はまるで別人のように感じられる。

亜夜のあとのコンテスタントは、あと二人。それからすぐに一次予選の発表がある。

腕時計を見ながらそんなことを考えたが、それも他人事のようだった。

あたしはなんのために弾いたのだろう。

ようやくそう自問する冷静さが戻ってきた。

いや、演奏している時も冷静なのだ。常にどこかに冷静に音楽を聴いている自分がいる。それはピアノを始めてからこのかたゆるぎない。幼い頃から、いつも高みから見下ろしている、自分ではない自分がいるのだ。

しかし、さっきのあの衝動は。

思い出そうとした瞬間だけ、胸の奥がざわっとした。

風間塵のように、音楽の神に愛されている彼のように弾きたい、と思ったあの衝動は何だったのだろう。

もう何年も、いや、子供の頃ですら感じたことのない衝動だった。あんな感情が自分の中にあったことも知らなかった。

あの子が。あの子の音楽が、あの衝動を引き出してくれたのだ。

亜夜はじっと考えこんだ。

風間塵。彼に感謝すべきなのだろうか。それとも。

のろのろとエレベーターに乗り、ホール階のボタンを押した。トイレに行ったり、のんびり着替えたりしていたから、もう次の演奏が始まっている。

ともあれ、この充実感とカタルシスは、舞台で演奏したからこそ得られたことは間違いない。普段の練習やセッションでは決して味わえないものだ。

これをまた味わいたいだろうか?

冷静な自分が、淡々と尋ねてくる。

あんたはまた、舞台に戻りたいの？　前線に完全復帰する気はあるの？　いえ、既にあの舞台に立ったことで、あんたは前線に復帰したと世間はみなしている。彼らと向き合う覚悟はできているの？

化粧室で女の子たちが話しているのを聞いて、悪意を持った世間がワッと自分の中に流れこんでくる恐怖に襲われたのはほんの数日前のことだ。こうして公の場に立った以上、なだれこんでくる世間はあんなものでは済まないに違いない。

そうよ、きっともっと嫌なことがいっぱいあるわ。あんたに耐えられるの？　お気楽に、ぬくぬく好きにやってきたあんたに？

どうなんだろう。分からない。

亜夜は小さく首を振った。

だけど――楽しかった。これは本当だ。

人気のない中ホールの廊下の隅に、練習室のある階とのエレベーターがある。

出てみると、案の定、その廊下には誰もいなかった——と思いきや、一人、ぬっと大きな影がある。

緩やかにカールした焦げ茶色の髪。仕立てのいいブルーのシャツにスラックス。

あれ、ジュリアードの王子様だ。

亜夜はそう気付いた。

うわあ、大きいなあ、近くから見ると。やっぱり上等なオーラがある。ほんとに王子様だ。花しょってそう、ピッカピカ。おんなじ生き物とは思えないよ。

内心、驚嘆する。

こんなところに立っているということは、誰かを待っているのかしら？

思わず、後ろを見て、周囲を見た。

エレベーターには亜夜しか乗っていなかったし、周りには誰もいない。

が、王子様はじっとこっちを見ている。その目は心なしか潤んでいるような気がするが、初対面の自分にそんな目をするはずもないし。

パッと閃《ひらめ》いた。

そうか、これから誰かが降りてくるのだ。その人は、あたしと同じエレベーターに乗れなかったのだ。

そう気付いてホッとした。

よかった、勘違いして、勝手にどぎまぎして馬鹿みたい。

内心、胸を撫でおろしつつ、亜夜はそっと彼の脇を通り過ぎようとした。と、彼がもじもじと身体を動かすのが分かった。

肩越しに、ためらいがちな声が追いかけてきた。


「――アーちゃん？」


本当に、全くもって人間の記憶の仕組みがどうなっているのかは分からない。

いったいどこがどう繋がって、遠い日のひとコマを引っ張り出してくるのだろう。

声を掛けられた瞬間、アッというまに歳月は巻き戻され、亜夜の脳味噌の開けたことのない引き出しがパッと開くのを感じた。

この声、この話し方、こんなふうにあたしに話しかけるのは――

亜夜は振り向いた瞬間、そこに、ひょろっとしてやせっぽちの、色の浅黒い、髪がくるくるにカールした、ラテン顔の少年を見た。

アーちゃん。僕、フランスに帰ることになっちゃった。

当惑した声で話した少年。

大泣きする亜夜に、じっとうなだれ、ごめんね、ごめんね、と声を掛け続けた少年。

いつも控えめで、なかなか動こうとしない、ちょっと淋しそうで、そのくせ晴れた日の海のような広々とした音を出す少年。

「ま」

亜夜は目を大きく見開き、あんぐりと口を開け、口ごもった。

「マーくん？　マーくんなの？　本当に？」

まじまじと目の前の少年を見る。

少年は――もとい、今や身長一八八センチの堂々たる体軀《たいく》の青年は、パッと顔を輝かせ、大きく頷いた。

「そうだよ、マサルだよ、アーちゃん。アーちゃんに貰ったト音記号のカバン、今も持ってるよ」

「うそっ」

実は、亜夜は日頃馬鹿にしていた。

何かといえば「うそーっ」「信じらんないっ」「マジッ」「ヤバイよ、これ」と叫ぶだけの語彙しかない、ぶんぶん飛び回るピンク色の蠅《はえ》みたいな同世代の女の子たちを。

しかし、今、自分の口からは情けないほど同じ言葉しか出てこない。

第一、今この状況で、十数年ぶりの再会を果たしたのに、きゃーっと叫んで飛びつく以外どんな反応が示せるというのか。

が、飛びついてみると、マサルの顎は亜夜の頭上にあり、亜夜の両腕の外側にマサルの両腕がある。完全に亜夜よりも一回り大きい。

「マーくん――こんなに大きくなっちゃって」

亜夜は改めてしみじみとマサルの顔を見上げずにはいられなかった。子供の頃は見るからにラテン系だったのに、今や肌も髪の色も薄くなって完全に無国籍。彫りの深い顔は一見哲学者か僧侶みたいで、なんだか近寄りがたい。

が、マサルは大笑いした。

「やだな、アーちゃん、うちのおばあちゃんみたいなこと言って。僕、アーちゃんがステージに出てきた時、アーちゃんだって一目で分かったよ。全然変わってないんだもん」

それってどうよ、と亜夜は内心毒づいた。こっちは全然分からなかったのに。

あのひょろひょろとした気弱なラテン系の少年（気弱でラテンというのもなんだか矛盾している気がするけれど）が、こんなにでっかいピカピカの王子様になるとは全く想像もできなかった。

と、マサルがぎゅっと亜夜の手を握ったのでどぎまぎする。

「そうだ、ね、アーちゃん、先生は元気？　僕、先生とアーちゃんとの約束守ったよ。フランスに帰って、すぐにピアノ習ったんだよ」

マサルは勢いこんで言った。

「最初に習った音大生に紹介されて、コンセルヴァトワールの先生に習ったよ。コンセルヴァトワールにも入って、二年で卒業したよ」

亜夜は愕然とした。

「マーくんって、ほんとに天才だったんだねえ」

「そう？」

マサルはそっけなく首を振る。

「僕、思うんだけど、天才なのは、アーちゃんと先生だよ」

そう言われた瞬間、亜夜は自分が激しく動揺するのを感じた。

そうだ。天才だったのは、綿貫先生なのだ。マサルを連れていってもニコニコしながら一緒にピアノを教えてくれた先生。マサルの才能を見抜き、驚嘆していた先生。そして、今やその少年が立派に成長し、将来を嘱望された大スターとして現れたのだ。ここに先生がいたら、どんなに目を細めて喜んだことか。

「マーくん」

亜夜は、痛いような悲しみが生々しく込み上げてくるのに耐えた。

「綿貫先生は亡くなったんだよ。マー君がフランス行って、二年も経たなかった。膵《すい》臓《ぞう》ガンで、発見が遅れて、入院してひと月持たなかったの。先生は、マーくんのこと、ずっと懐かしがってたよ」

マサルの顔に衝撃が浮かんだ。見る見るうちに笑みが消え、青ざめていく。

「先生」

ごくっと唾を呑む。

「死んじゃったの？」

その声はとても弱々しく、かつてのあの少年のようだった。

亜夜はゆっくりと頷く。

「うん。雑司《ぞうし》が谷《や》にお墓があるよ」

「僕、お墓参りしたい」

「うん、一緒に行こう。先生も喜ぶよ」

「うん、うん」

こうして、しょんぼりして亜夜の手を握っているマサルの手を撫でていると、あの頃に戻ったみたいだった。今のマサルが見上げるほどの大男で、その手が、亜夜より一回り大きいことを除けば。

ああ、そういえば、マサルの手はあの頃から大きかったっけ。手や足の大きい人は、背も伸びるという。こんなに大きな手があれば、ラフマニノフでもなんでも、がっちりすべての鍵盤を押さえられる。ラフマニノフの連弾をしようって言ったっけ。今なら余裕でできるに違いない。

次の演奏が終わったらしい。休憩になり、観客がザワザワと出てくる気配がした。

ということはやはり、マサルは亜夜が控え室から帰ってくるところを待っていたのだ。

「マーくん、今でも『舟唄』歌える？」

亜夜が悪戯っぽい目でマサルの顔を覗きこむと、マサルは胸を張った。

「もちろん。東京のカラオケで歌ったら、日本人がみんなびっくりしてた」

「そりゃそうだわ」

マサルがこの顔で「舟唄」を熱唱するところを想像すると、笑いが込み上げてくる。

「でも、僕の先生はもっとすごいよ。前川清歌ってた。『東京砂漠』」

「ええっ、ナサニエル・シルヴァーバーグが？」

これまた、日本人と結婚していたといえど、歌謡曲までマスターしていたとは。あのライオンのような頭で、直立不動で「東京砂漠」を歌っているところを思い浮かべてしまう。

こらえきれずにくすくす笑っていると、マサルが亜夜の手を引っ張った。

「アーちゃん、笑いすぎ。あと一人、聴きに行こう。そうしたら、審査発表でしょ」

亜夜はハッとした。

あたしたちは、同じコンクールに出ているコンテスタントなんだ。

突然、目が覚めたような心地になった。

コンクール。あたしたちは、ライバルなんだ。二次予選に残るのは二十四人。三次では十二人。

マサルも同じことを考えていたようだった。

頷いて微笑みかけてくるマサルに、もう気弱な少年の面影はなかった。自信に満ちた声で言う。

「僕とアーちゃんは大丈夫。二次予選も頑張ろう」

亜夜は中途半端に相槌《あいづち》を打った。

確かに、マサルの一次予選突破は間違いないだろう。あの素晴らしくチャーミングな演奏。優勝候補と言われているのだ。実際、審査員の評判も上々だという噂も聞く。

だけど、あたしは？　あたしはどうだったんだろう？

ふと、不安が忍びこむ。あまりに客席の反応を意識しなすぎた。感触は悪くなかったと思うのだけれど。

「栄伝さん」

不意に、後ろから声を掛けられた。

振り向くと、腕章を着けたプレスらしき男女が立っている。

「一次予選、お疲れ様でした。素晴らしかったです」

「クラシック・ストリームの者ですが、お話聞かせていただけますか？」

二人の上気した顔を見るからに、亜夜の出来は悪くなかったらしい。しかし、突然のことでしばらく取材など受けたことがなかったので、頭の中が真っ白になってしまった。

「久しぶりに舞台に立たれた感想は？」

「手ごたえはありましたか？」

「あ、あの」

「すみませんが次の演奏を聴きたいので、ここで失礼します」

そう言って、プレスの二人に、にこやかだがきっぱりと頭を下げて遮ったのはマサルだった。

「すみません」

慌てて頭を下げる亜夜の手を取ってずんずんホールに入っていくマサル。

これじゃあ、全く昔と立場が逆転している。

亜夜は苦笑した。

後ろで、「あれ、一緒にいた彼、ジュリアードの」「あ、ほんとだ」という声がした。一緒にいたのがマサルだと気付いたようだ。

何か言われるかな、とチラッと不安になる。

マサルは左後方の目立たない席にサッと座った。

奏のところに戻るつもりだったが、マサルが手を取ったまま一緒に腰を下ろしたので、言い出せなくなる。

もうじき一次予選も終わりだし、そうしたら奏のところに行けばいいか。

「ごめんね、ありがとう、マーくん」

マサルに囁くと、横顔で微笑んだ。

「ああいうのは、受ける気がない時はきっぱり断ったほうがいい」

「マーくんも、いろいろ取材申込があるんじゃない？」

「僕は、一次予選中は受けないことにしてる。一次予選の結果が出たら受ける。二次もそうするつもり」

「ああ、なるほど」

さすが、未来の巨匠だ。メディア管理もしっかりしているのだろう。もしかして、もうどこかのマネジメント事務所に入っているのかもしれない。

プログラムを開き、改めてマサルのページに見入った。

「マーくんて、ほんとはこんなに長い名前だったんだねー」

「アーちゃんの名前、難しいよ」

「マーくん、アメリカで出てるんだね。だから余計に気付かなかった。マーくんの国籍って、フランスじゃないの？」

「今はまだどっちでもいいんだ。ジュリアードが、アメリカで出てくれって。そのうち選ばなきゃならないかもしれないけど」

そうか、マーくんはまだ未成年なんだっけ。うん？　国際的には十八歳で成人だったかな？　二重国籍っていうのとは意味が違うのかしら。

一年年下。「19歳」と書かれた数字にあぜんとする。

こんなに大人っぽいのに、まだティーンエイジャーだとは。

プログラムをめくろうとして、マサルががっちり右手を握ったままなのに気付く。

さっき握った瞬間から、全く手を放そうとしないのである。

「ねえ、マーくん」

亜夜は恐る恐る声を掛けた。

「ちょっと手を放してもらってもいい？」

「ダメ」

「えっ？」

あまりに明快に拒絶されたので面喰らう。

「どうして？　プログラムめくりたいんだけど」

「だって、手を放したら、アーちゃん、またどこかに行っちゃいそうなんだもの」

亜夜はあきれ顔になる。

アーちゃん。僕、フランスに帰ることになっちゃった。

遠い日のショックが蘇る。思い出すと、あのショックがじわじわと怒りに変換される。

「何言ってるの、フランスに行っちゃったのはマーくんのほうじゃない。しかも、今はアメリカだなんて」

ぷんぷんしながら左手でページをめくろうとしている亜夜を、マサルはちらっと見た。

そうかな、アーちゃん。どこかに行っちゃうのは、僕じゃなくてアーちゃんじゃないのかな。だって、アーちゃんは、しばらくピアノから離れていたんだろう？　あれだけ弾けたのに、あれほどの高みにいたのに、あっさりと、ある日突然。

懐かしいすべすべした手の感触。今ではすっぽりと包みこめる。

なんとも言えぬ安心感。

幼い日の、うっとりした気分を思い出す。

やっと見つけた。

マサルが亜夜の手を放さないのは、長い別離の後に再会できたという感慨のせいでもあったし、懐かしさでもあったけれど、どこかで無意識のうちに、鋭く嗅《か》ぎ取っていたのだった――

じっとこうしてここに繋ぎ留めていなければ、彼女はまたふっとピアノから離れていってしまうのではないか。このミューズは、地上に未練など残さず、マサルをピアノのところに置き去りにして、どこかもっと美しい、遠い世界に一人で行ったまま、戻らないのではないか。

そんなかすかな不安と危惧を、心のどこかで感じていたのだ。

歓喜の歌

緊張した面持ちの明石に、画面の中心を合わせてみる。

ファインダー越しに見る彼は、どこか心許無げだ。

「どんな心境ですか？」

雅美が尋ねると、明石が苦笑しつつちらっとこちらを見る。

「いやー、緊張するね。こんなに緊張するの、いつ以来か思い出せないよ。息子が生まれた時以来のような気がする」

おどけて胸をさすってみせる。

ロビーにはどんどん人が集まってきた。プレス関係者も多く、腕章を着けカメラを構えた者が何人も目に入る。

間もなく、一次予選通過者の発表が始まるのだ。周囲には、コンテスタントとその関係者が多数待っている。その表情に緊張と興奮、期待と不安を滲ませているので、コンテスタントはすぐに分かる。じっとしていられず歩き回ったり、気持ちを抑えてそこここでお喋りをしたりしている。

百名近いコンテスタントのうち、約四分の三が落とされるのだ。

そう考えると、改めてコンクールの厳しさと、彼らの緊張がひしひしと伝わってくる。

もちろん、興奮もある。スリルもある。ただの音楽ファンから見れば、こんなに面白い見世物もないだろう。

明石はぼんやりと周囲の人々を眺めている。が、その目は皆を見ているようで見ていない。自分は通っているのか、落ちているのか。運命の行方で頭がいっぱいなのだろう。彼の心境を思うと、こちらまでどんどん緊張してきてしまう。

雅美は、ファインダーに目を合わせたまま、ゆっくりとロビーを舐めるようにパンしていく。映像マンなら誰でもそうだろうが、ファインダー越しであれば、たちまち冷静になれる。世界を切り取っているという感覚。これには一種の万能感があって、カメラマンがどんどん危険な場所に入っていってしまうのはこのせいだ。時として命を落とすこともあるので、この感覚には気を付けるよう先輩に何度も念を押されたものだ。その一方で、いかに微々たるものしか世界を切り取ることができないかという無力感も同じくらい感じているのだけれど。

俄《にわ》かにどよめきが起こり、歓声が上がった。

二階から、審査員たちがゆっくりと広い階段を下りてくる。

うわあ、いっぱいいるなあ。

雅美は内心そんな声を上げていた。

国籍豊かな、十数人もの審査員がぞろぞろとやってくる様子は圧巻である。

照明が向けられ、カメラの列が審査員に焦点を合わせると、そこがステージのようになった。ざわざわしていたロビーが少しずつ静まっていく。

最前列の真ん中に立っているのは、審査委員長のオリガ・スルツカヤだ。にこやかな笑みを浮かべているものの、眼光は鋭く、オレンジ色のスーツに身を包んでいるからではなかろうが、じりじりと内側で炎が燃えているかのような迫力と存在感がある。赤毛というのは小説の中ではよく見かける単語であるが、ライトに照らされた彼女の髪を見て本当に朱色なのだ、と改めて不思議に思う。

オリガがワイヤレスマイクを手に取る。

「参加者及び関係者の皆様、一次予選お疲れ様でした」

流暢《りゅうちょう》な、ゆったりした日本語で話し始めると、辺りがしんと静まり返った。

「無事一次予選が終了したことを、皆様に感謝申し上げたいと思います」

皆の視線は、オリガの手元に集まっていた——彼女が手にしている白い紙。一次予選通過者のリストだろう。

年々レベルが上がっていること、今回は以前にも増してコンテスタントのレベルが高く、激戦であったこと、この審査に落ちてもコンテスタントの音楽性を否定したわけではないので、気を落とさずまた挑戦してほしい、といった主旨の講評が続いているが、ロビーを埋める人々は次第に上の空になり、じりじりと焦がれているのが分かる。

いったい誰が残り、誰が落ちたのか？

オリガがふっと苦笑した。

「それでは、皆さん待ち切れないようですから、二次予選に残ったコンテスタントを発表いたします」

笑い声が上がり、辺りが再びざわざわし始めた。

オリガがおもむろに手に持った紙を開き、読み上げる。

「一番、アレクセイ・ザカーエフ」

ワッ、と歓声が上がった。

みんなの視線が後ろに向いた。ロビーの片隅で、友人らと抱き合って喜んでいる白人青年の姿がある。

「珍しい。一番が残るなんて」

明石が呟いた。

「そうなの？」

「トップバッターは概して不利なんだよ」

雅美が尋ねると、明石は早口で答えた。

「八番、ハン・ヒョンジョン」

淡々としたアナウンス。別のところで歓声が上がる。こちらは韓国人の女の子らしい。

「十二番、ジェニファ・チャン」

ひときわ大きな歓声。

大柄なアジア系の女の子の周りでフラッシュが焚かれている。優勝候補と言われているアメリカのコンテスタントだ。

次々と名前が呼ばれ、その都度あちこちから声が上がるので、とてもじゃないが全員をカメラで追い切れない上に、みんなが一斉に話し出したので辺りは騒然となった。

その中で、オリガは淡々とよく通る声で名前を読み上げていく。

明石はいよいよ青ざめている。彼の番号が近付いているのだ。

雅美は、明石の顔にカメラを合わせる。

大きく見開かれた目。

その目を見ていると、こちらまで、息を止めてしまう。

「二十二番、高島明石」

その声を、そう読み上げたオリガの顔を、一生忘れることはないだろう。

明石は一瞬、間の抜けた無表情になった。

が、みるみるうちに顔が紅潮してゆく。

それから「よしっ」と小さくガッツポーズをし、雅美を見て照れたように心からの安堵の表情を浮かべた。

「あー、よかった。ほんと、よかった。やったやった。ありがとう、ありがとう」

大きく溜息をつき、ぶつぶつ呟きながら、誰に言っているのか分からないが、カメラに向かって何度もお辞儀する。

近くにいた人たちが、明石のガッツポーズに気付いて笑みを浮かべ、「おめでとう」と拍手し声を掛けてくれる。

「おめでとう」

雅美も、全身に熱いものが込み上げてくる。カメラを構えたまま、明石とがっちり握手をする。

よかった。本当によかった。これで番組も続く。

日本人コンテスタントで最初に名前を呼ばれたとあって、よそのプレスが明石のところに近付いてきた。

上気した顔でインタビューに答える明石を見ていると、雅美まで誇らしい気持ちになる。

「あ、家に電話しなくちゃ」

喜びに顔を輝かせた明石が、雅美にそう言って足早に廊下の隅に向かった。

雅美は後を追う。

家族に喜びの報告。これはぜひ撮らなくっちゃ。

頭では冷静にそう判断しているのだが、興奮した声で妻と携帯電話で話す明石の姿に、雅美は拭い切れない淋しさを感じていることを自覚せずにはいられなかった。


「三十番、マサル・カルロス・レヴィ・アナトール」

ワアッと大歓声が上がった。

ロビーにいる誰もが拍手をしている。もはや、お客さんのみならずライバルやスタッフまでファンにしてしまっているのだ。

まるでスポットライトを浴びているかのように、みんなににこやかに会釈を返すマサルの姿を遠目に見ながら、亜夜は改めて彼のスター性に舌を巻いた。

「凄い人気ね」

奏が亜夜の耳に囁く。

「カッコいいもんねえ」

そう返事をするが、実はまだ、亜夜は奏にさっきまでマサルと一緒にいたこと、彼が幼馴染だったことを話していない。なんとなく言いづらかったのと、亜夜を見るなり奏が涙を流さんばかりに亜夜の演奏の感動を語るので、それどころではなかったのだ。

「凄いわねえ、元々アジアのコンテスタントの数が多いせいもあるけど、アジアが過半数超えるんじゃないかしら」

次々と呼ばれるのは、韓国系と旧ソビエト系の国々のコンテスタントの名前が明らかに多い。やはり、日本人がどのくらい残っているか気になるが、番号が半分近くになって、日本人で呼ばれたのは最年長の男性、十代の女の子、二十歳の音大生の三人だった。

いつのまにか、呼ばれた一次予選通過者は二十名を超えていた。

残席僅《わず》か。そんな言葉が頭に浮かぶ。

呼ばれるならば、最後かその前だろう。

亜夜はそう予想していた。こうしてみると、順番が最後のほうというのは、ぎりぎりまでハラハラさせられるので心臓によくない。

オリガが心なしか、すうっと息を吸いこんだように見えた。

つかのま逡巡したように思ったのは気のせいだろうか。

「八十一番、風間塵」

おおっ、とこれまた興奮したどよめきが上がる。

亜夜はハッとする。

あの子だ。神様に愛された子。今、オリガ・スルツカヤはためらったのでは？

が、割れんばかりの拍手に思考を遮られる。

みんなが拍手をしつつ周囲をきょろきょろして風間塵を捜しているのだが、「あれー」「いないのー？」などと、怪訝そうな声が上がった。どうやら、あの少年はこの発表の場には来ていないらしい。もちろん、通過者の番号は会場に貼り出されるし、ネットでも見られるのでこの場に来ていない者も多い。

「そして、八十八番。栄伝亜夜。以上、二十四名です」

一瞬、風間塵の行方に気を取られていて、耳から入ってきた情報を受け入れるのが遅れた。

が、次の瞬間、奏が歓声を上げて抱きついてきたのと、周りの人たちが亜夜を振り向いて笑顔で拍手をしてくれたので、自分が一次予選を通過したのだと気付く。

「おめでとう。おめでとう、亜夜ちゃん」

奏は今度こそ涙を流している。

「ありがと」

二人で抱き合って喜ぶが、亜夜の心は至って静かで、果たしてこれがおめでたいことなのだろうか、と自問していることに気付く。

視線を感じたので、ふと目を上げると、離れたところからマサルが親指を立てているのに気付き、手を振って頷き返した。

マサルの目が、こう言っているのが分かった。

ね、僕とアーちゃんは大丈夫だったろ？　次も頑張ろう。

まだ舞台は続く――マサルとの勝負も。

そう考えると、心の中をスッと冷たいものが過《よ》ぎる。が、同時に紛れもない喜びがあるのも確かだった。
まだ舞台は続く——またあそこで弾くことができる。

スタッフからの業務連絡のアナウンスが響く中、客とコンテスタントがぞろぞろとほどけて引き揚げ始めた。まだインタビューに答えているコンテスタントの姿がちらほら見える。

ロビーの一角の掲示板に、一次予選通過者の名前が貼り出されたので、その前に人だかりがある。明日からすぐに三日間の二次予選だ。

興奮した笑みを浮かべながらも、そそくさと帰っていくのは二次予選に残ったコンテスタント。彼らは二次予選の準備があるのだ。

いっぽう、疲れた笑みでお喋りをしながら、ぐずぐずと会場周辺に残っているのは落選したコンテスタントである。彼らのコンクールはもう終わった。もはや、彼らがあのステージで演奏することはないのだが、この場を立ち去るのが名残り惜しいのだ。

ホールのロビーを出た通路に、コンテスタント全員の顔写真が貼ってある。

スタッフが、二次予選に残ったコンテスタントの写真にリボンで作った花を付けている。予選を突破するたびに、ひとつずつ花が増えていく仕組みである。

「——危ないところだったな」

喫煙ルームの中から硝子《ガラス》越しに、花を付けられていく写真を見つつ、シモンがぼんやり呟いた。

「何が？　ニコチン切れが？」

同じく煙草をふかしながら、三枝子がシモンを軽く睨む。

「確かにそっちも危なかったけど、もちろん風間塵のことさ」

「見事に割れたわね」

「まあね。予想通りだが」

審査は○、△、×を点数化して合計点で上位から選ぶ。

風間塵の採点は、○と×にはっきり分かれた。そうなると、○が少なくても、×も少なく、まんべんなく点数を集めたコンテスタントが残りやすくなる。そのため、風間塵は一次通過ぎりぎりのラインのところになってしまい、シモンとスミノフを慌てさせたのだ。

「ミエコが宗旨替えしてくれたんで助かったけどね」

シモンは多少の嫌味をこめて三枝子にちらっと目をやった。

「別に宗旨替えしたわけじゃないわ。ようやく理解してきただけよ」

三枝子は肩をすくめた。今回、彼女は風間塵に○を付けたのだ。

「ともあれ、一次通過にはじゅうぶんな技術レベルなのは確かでしょう。それでも×を付けさせちゃうのが逆に言うと凄いわね」

「いったいどういうレッスンを受けてきたんだろうなあ。今は誰が指導してるんだ？　これからどうするつもりなんだ？　コンサートピアニストになるつもりがあるんだろうか」

シモンは歌うように首を回しながら自問自答する。

「そうね。それは気になるわね」

三枝子も宙に向かって煙を吐き出す。

「なぜだか、あの子がコンサートピアニストになっているところは想像できないわ」

「だろ？　でも、これまでにないタイプのどえらい音楽家になりそうな気もするんだよな」

「うん。それはある」

三枝子の脳裡に、畦道《あぜみち》を走る軽トラックの上で、アップライトピアノを弾いている少年の姿が唐突に浮かんだ。

「労働者としてのピアニストとか?」

「なんだそりゃ。今さら『インターナショナル』でもないだろうが」

「日本には晴耕雨読って言葉があるのよ。蜂蜜採りながらピアニスト。エコな世界で受けるかもしれないわ」

冗談めかして言いながらも、三枝子は風間塵ならばそんな生活を自然に両立させてしまうのではないか、そしてそういう音楽スタイルが受け入れられていくのではないかというかすかな予感を覚えた。何より、山の中を歩きながら歌を歌っている少年の姿が生々しく浮かぶのである。

「興味深いわね、彼は」

三枝子は、いつのまにかオリガが呟いていた台詞を自分でも繰り返していることに気付いた。

「とても興味深い」

自分の写真に付けられたピンクの花を、明石は感慨深げにじっと見つめていた。

雅美は今他のところを撮影に行っている。一緒に夕食がてら軽く祝杯を挙げることにしているが、明日の二次予選の準備をする前に、一人で一次予選突破の喜びをゆっくり嚙みしめたかったのだ。

この、リボンの花ひとつが、これまでの準備の成果なのだ。

胸がいっぱいになる。

家族や友人に応援してもらって、この花ひとつを獲得できたのだ。やってきた甲斐があった。ただのリボンの花だけど、何よりも嬉しい花だった。

もうひとつ、花を増やせますように。

明石は花に向かって祈り、携帯電話でその写真を撮った。

待てよ、俺と一緒にこの写真、写らないかな。

彼は手を伸ばして携帯電話のカメラを自分に向け、さまざまな角度を試し始めた。

なかなか距離がつかめず、一緒の画面に収まらない。

結構難しいな。

夢中になって試行錯誤していると、後ろから笑い声が聞こえてきた。

振り向くと、いつのまにか戻ってきた雅美が腹を抱えて笑っている。

「やだ、もう。一人で何やってるのよ。あたしが撮ってあげるってば」

明石は真っ赤になったが、自分がさんざん滑稽なポーズを取っていたことに気付き、噴き出した。

「あっはっは」

雅美と顔を見合わせ、二人で大声で笑う。

こんなに晴ればれとした気持ちで笑うのは、いったいいつ以来だろう。審査発表の時の緊張感といい、普段いかに飼い慣らした感情の中で暮らしているのか、いかに何も感じていないのかを、思い知らされたような気がした。

「さっ、メシ食おうメシ」

「うん。軽くお祝いしよう」

ようやく笑い止んだ二人は呼吸を整え、連れ立って回転扉を押すと、外に向かって歩き出した。

第二次予選

魔法使いの弟子

翌日の午前中から三日間に亘る第二次予選が始まった。

一次予選は五日間ものあいだに百名近くのコンテスタントが演奏することもあって、それぞれのコンテスタント目当ての観客の数にはバラつきがあったが、二次予選になると、コンテスタントの近親者だけでなく全部聴くという一般客も増え、観客の数は安定してくる。傍目《はため》にも、ステージのみならず客席の集中力がぐっと濃くなってくるのが分かるのだ。

二次予選の演奏時間は一次予選の倍の四十分以内。課題は次のようになっている。
一、ショパン、リスト、ドビュッシー、スクリャービン、ラフマニノフ、バルトーク、ストラヴィンスキーの練習曲から異なる作曲家のもので二曲。

二、シューベルト、メンデルスゾーン、ショパン、シューマン、リスト、ブラームス、フランク、フォーレ、ドビュッシー、ラヴェル、ストラヴィンスキーの曲から一曲ないし数曲。
三、芳ヶ江国際ピアノコンクールのための委嘱作品、菱沼忠明の「春と修羅」。

　ここでコンテスタントが悩むのは、唯一の新曲で現代曲である「春と修羅」を演奏プログラムのどこに組みこむかだ。

「春と修羅」はタイトルからも分かる通り、宮澤賢治の詩をモチーフにしたものであり、ほぼ無調の曲。長さは約九分で、演奏時間の四分の一近くを占めるのだから、どの順番で演奏するかは大きな問題である。

しかし、どうみてもこの曲のみが他の課題曲と印象が異なるため、プログラムの中に組みこむのは難しいと感じるのか、いちばん多いのは、プログラムの最初か最後に入れるというコンテスタントである。

「確かに安易といえば安易なんだよね。最初か最後っていうのは、プログラムとしては」

「だけど、曲の組み立てとしては、そうするしかないって思うのも仕方ないよね。他の曲との兼ね合いもあるし、ロマン派の曲と並べるとどうしてもこの曲だけ浮いちゃう」

「まあ、実際、僕も最初に持ってきたわけだけど」

客席の後ろの隅で、プログラムを片手にボソボソ語り合っているのは、マサルと亜夜である。マサルの二次予選は明日、亜夜は三日目。他人の演奏を聴くのが大好きという二人は、こうして揃って一人目から聴いているのである。前日、既にメールアドレスは交換していたので、ホールで待ち合わせたのだ。

実に約九十人ぶりにステージに戻ってきた一番のアレクセイ・ザカーエフは、リラックスした表情でのびのびと演奏しており、気持ちのいい拍手を浴びて退場していったところだった。

奏は今日も東京に戻っており、明日の晩こちらにまたやってくる予定だ。

出場してるあたしよりも、行ったり来たりの奏ちゃんのほうが大変かも。きっと、浜崎先生への報告もあるのだろう。まずは一次予選を通ったということで、嬉しい報告ができてよかった。

亜夜はマサルのプログラムをじっと見つめた。

「でも、マーくんの場合、プログラムが静から動の流れになってるから、最初が『春と修羅』でいいんじゃないの」

「さすがアーちゃん。分かってくれてるね」

マサルは嬉しそうな顔をした。

「それより、マーくん、これ時間結構キツくない？　変奏曲ってたまに時間が読めない時がある」

マサルの二次予選のプログラムには、最後に長尺のブラームスの変奏曲が入っている。漫然と弾いたらたちまち二十五分近くになってしまう曲だ。四十分以内に他の三曲と共に収めるのはぎりぎりに近い。

「大丈夫、早くなることはあっても遅くなることはないから。それでも、僕、ほとんどずれたことないよ。アーちゃんは、『春と修羅』、真ん中に入れたんだね。勇気あるな。『鬼火』のあとか」

「まあ宇宙つながりというか気象つながりというか。そんなつもりで並べてみたの」

「ふうん。あ、メンデルスゾーンのヴァリエーション、僕も好き」

こうしてマサルとプログラムの話をし、互いのプログラムを見ていると、亜夜は改めて綿貫先生の凄さをひしひしと感じる。先生がかつて何気なく言ったことや表情が、不意に蘇るのだ。

驚いたねえ、君たちにはどこか似たところがある。

確かに、マサルとは曲に対するイメージやプログラムの組み立てに似たところがある。他人の演奏を聴くのが好きで、自分が出ているコンクールでもある程度楽しめてしまうというスタンスも似ている。何より、うまく言えないが、近しい音楽観を感じるのだ。

「マーくんのコンチェルトはプロコフィエフの三番かあ」

本選で演奏するコンチェルトは、コンクールの総仕上げだ。できる曲かやりたい曲、ということになるが、コンテスタントの思い入れがある曲を選ぶことが多い。

「アーちゃんは二番。コンクールで二番弾くのって珍しいね」

「そう？」

なんとなくどきっとした。

亜夜がかつて本番をすっぽかし、表舞台から姿を消すことになった時に弾く予定だったのがプロコフィエフの二番だったことを不意に思い出したのだ。

無意識に選んでいたのかしら？

亜夜は慌ててその考えを打ち消した。

「あたし、プロコフィエフのコンチェルトって全部好き。プロコフィエフって踊れるよね」

「踊れる？」

「うん。あたしがダンサーだったら、踊りたい。バレエ音楽じゃなくても、プロコフィエフの音楽って、聴いてると踊ってるところが見える。二番って初演の時、評判最悪だったらしいけど、あれを聴いてすぐにバレエの曲を頼んだディアギレフは偉い」

「確かに。僕、三番聴いてると、『スター・ウォーズ』みたいなスペース・オペラを想像するんだよね」

「分かる、宇宙ものだよね、あれは。二番はノワール系」

「そうそう、暗黒街の抗争みたいな」

二人は顔を見合わせて笑った。

亜夜は新鮮な驚きを感じる。本当に、こんなに音楽のイメージが共有し合える人はめったにいない。

「マーくんだったら、ラフマニノフの三番って感じもする」

「うーん。一、二番はともかく、三番て僕、あんまり趣味じゃないなあ。後半のほうなんか、ピアニストの自意識ダダ漏れって感じで。二番が受けたもんだから、ラフマニノフが、じゃあもっとって、自分が弾いてうっとりできるのを優先して書いた曲だよ。一、二ではかろうじて自意識過剰になるのをぎりぎり抑えられたけど、三番では抑え切れてない」

亜夜は面喰らった。

「マーくん――ダダ漏れなんて日本語、どこで覚えたの?」

「ジュリアードに留学してる日本人。日本の漫画も彼にいっぱい借りて、日本語忘れないように勉強したよ」

そのおかげでこうしてお喋りができるわけではあるが、しばしばマサルの語彙には驚かされる。

「どれどれ、蜜蜂王子はバルトークの三番か。なるほど、バルトーク、彼にぴったりだね」

蜜蜂王子。風間塵。マサルもやはり注目していたのだ。

「あの子、凄いよね」

一次予選の興奮が胸に蘇る。マサルも大きく頷いた。

「うん。あんなヴィヴィッドな音、聴いたことがない」

「音楽の神様に愛されてるんだなって思った」

「ほんとに。でも、噂によると、彼、審査員にはあんまり評判がよくないみたいなんだ」

「えっ、どうして？」

亜夜はびっくりした。信じられない。あの観客の熱狂ぶりも生々しく残っているのに。

「きっとあのヴィヴィッドなところが気に入らない人もいるんだろうな。バッハなのに煽情的すぎるとか言いそうだ。コンクールは、概して減点法だから」

マサルは冷静だ。

「ああ、そういうことなの」

また漠然とした不安が込み上げてくる。「世間」が押し寄せてくるコンクール。あれだけ素晴らしい、独創的な演奏が認められないのなら、才能とはいったい何なのだろう。

「僕も、バルトークのコンチェルト、考えたんだけど、オケがね」

亜夜はマサルが呟くのを聞き咎めた。

「オケ？」

マサルは鼻を掻く。

「コンチェルトで演奏してくれるオーケストラの最近のCDを何枚か取り寄せて聴いてみたけど、今いち金管が弱いんだよね――日本のオーケストラは、全体的にその傾向がある」

「ブラスバンド人口は増えてるのに不思議ね」

「バルトークは、金管のいいオケとやらなきゃ効果がない。どんなにエキストラを入れても、金管て、長いこと一緒に音を合わせないと響かないし」

本選で合わせるオーケストラのことまで調べてるなんて。

亜夜はマサルの周到さにヒヤリとした。決して人柄がいいだけでなく、戦略家でもあるのだ。大多数のコンテスタントは、本選に残れれば御の字と思っていて、オーケストラのことまで気が回らないというのが本音だろう。

「そういえば、マーくんて、トロンボーンも上手なんだって？」

マサルが驚いた顔で振り向いた。

「誰に聞いたの？」

「音大の誰かが言ってたよ」

音大の情報網はハンパではない。

「鍵盤楽器じゃないのもやってみようと思って。腕が長いからスライドの扱いも楽だろうって言われてトロンボーンやってみたんだけど、面白いよ。今も時々吹いてる。アーちゃんは、ピアノやめてた時何やってたの？」

お返しとばかりに、マサルも亜夜の事情を知っているのに驚いた。まあ、音楽業界ではそれなりに有名な話だから耳に入っていても仕方がない。亜夜は肩をすくめた。

「コンサートをやめただけで、ピアノをやめたわけじゃないよ。フュージョン・バンドやったり、ジャズ・バンドやったり。ギターは好きで、いっときはまってた。最近は全然弾いてないけど」

「クラシックギター？」

「ううん、ジャズギターのほう。ミーハーだけど、パット・メセニーとか、ジョー・パスとかコピーしてた」

そういえば、そんな時代もあったっけ。音大に入るまでは、むしろそちらに没頭していたのだ。

「へえー。聴きたいな、アーちゃんのギター」

「下手だけどね。それに、やっぱりギターって男の人の楽器だよね。特に、ロックとかジャズなんかは」

「そうかなあ」

「そうだよ。下世話な話だけど、あたし、ギターを弾いてて、初めて男の人が『いく』っていう感覚が分かった気がする」

マサルはあっはは、と愉快そうに笑った。

「じゃあ、アーちゃんがニューヨークに来れば、そっちのほうのセッションもできるね」

「あはは、そうね」

ふと、マサルが真顔でじっと亜夜を見た。

「おいでよ、アーちゃん。コンクールが終わったら」

「ジュリアードに？」

「ジュリアードだけじゃなくて」

「だけじゃなくて?」

「なんでもない」

マサルは、ついと前を向いた。

ジュリアードだけじゃなくて。

亜夜は、深く考えないほうがいい、と自分に言い聞かせて話題を変えた。

「次はマーくんの友達だね」

「誰が?」

「ジェニファ・チャン。彼女も優勝候補なんでしょう? 一次予選、聴きたかったのに、聴き逃しちゃった」

マサルは「ああ」と頷いた。

「彼女は上手だよ。強靭なパワーとテクニックだ。まさに、コンクール向きなんじゃないかな」

なんとなく、マサルの言葉には含みがあるような気がした。

「彼女の演奏をどう思うか、アーちゃんの感想を聞いてみたいな」

回転扉が開いて、鮮やかな赤のドレスを着た、長身のジェニファ・チャンが出てきた。ワッと歓声が上がり、盛大な拍手が送られる。

「わあ、また赤いドレスだ。似合うなあ」

「なんでも、彼女、コンクール中、全部違う赤のドレスで通すらしいよ」

「へえー。きっと勝負色なんだね」

拍手の中、堂々とした足取りで客席を睨みつけるようにして、チャンがピアノに向かって歩いてくる。


チャンのプログラムも「春と修羅」から始まっていた。

マサルと同じようにプログラムの先頭に「春と修羅」を入れていても、彼女の場合、「面倒臭いものは先にサッサと片付ける」という印象を受けるのが面白い。やはりプログラムは人柄を表すのだ。

みんなが注目しているのは、世界初演である「春と修羅」をチャンがどう弾くかという点だろう。新曲はお手本がないから、人が弾いているのを聴くのは参考になる。

コンテスタントとしては、なるべく多くのサンプルを聴いておきたいところだ。

さすが、譜読みは完璧。なるほど、こういう解釈もありかもね。

亜夜はチャンの明晰な解釈に感心した。

日本人作曲家の曲を演奏する時、日本人は曖昧《あいまい》なものは曖昧なままに受け入れて「なんとなく」演奏してしまいがちである。逆に、西欧人であれば、やおら「禅」のイメージのようなものを表現しようと力んでしまう。

しかし、チャンは冷静に譜面と向き合い、恣意的な雰囲気に流されることなく、極めて具体的に曲を再現することに徹していた。宮澤賢治の宇宙観、あるいは森羅万象というテーマを表現する一音一音に、これはこういう意味だという彼女の説明が聞こえてくるかのようだ。そこにも、あらゆる局面に合理的なチャンの思想と人柄が表れている。

これはこの曲の、ひとつのお手本だわね。

亜夜はかっちりと一曲目を弾き終えたチャンを見つめた。

このあとは、彼女が得意であろう、ショパンとリストの練習曲から、とりわけ難曲と呼ばれるものが続く。

想像通り、ダイナミックで見事な演奏が繰り広げられ、観客から声にならない感嘆のどよめきが上がっている。

が、感心しつつも亜夜はなんとなく醒めていた。

ダイナミックなのに単調、ということもあるんだなあ。技術は申し分ないのに。ご馳走を目一杯食べてもうこれ以上食べられない、お腹いっぱい、という感じ。

亜夜は、マサルが言いたがっていたことが理解できるような気がした。

そもそも、亜夜は誰かの演奏を聴いていて、こんなふうに分析することはあまりない。ひとりの観客になって無心に聴くほうである。マサルに「アーちゃんの感想を聞いてみたいな」と言われていたせいかなとも思ったが、どうやらそれだけではないらしい。

亜夜は、自分の脳裡にさっきから奇妙なイメージが湧くのに気付いていた。

それは、大柄な男性たちがバレーボールをしているところだ。それも、なぜかチームのエースが見事なバックアタックを打ちこんでいるのに、ことごとくコースが読まれてブロックで阻まれているシーンである。

実は、亜夜はスポーツ観戦も好きだ。一流のアスリートの動きには、美しい音楽と共通するものがあるし、音楽が聞こえるように感じる時もある。

チャンの何がそのようなイメージを喚起させるのか不明だが、イメージの中では、強力なバックアタックなのに、攻撃パターンが単調なため、ブロックのタイミングもすっかり合ってしまい、スパイクを決めることができないのだった。

そういうことかあ。

亜夜は内心こっくりと頷いていた。

凡人にはなしえないような最高到達点まで跳んでスパイクを打っているのに決まらない。凄い身体能力だと感心はしても、スパイクが届かない。すなわち、感動はしないのだ。

こんなにダイナミックで、ドラマティックな熱演なのに、どうしてだろう。

亜夜は首をかしげた。

ふと、最近のハリウッド映画はエンターテインメントではなく、アトラクションである、と言った映画監督の言葉を思い出す。チャンの演奏は、なんとなくそれに近いような気がする。

二十世紀初頭から二つの大戦を挟み――あるいはその前後に、ヨーロッパのクラシック音楽界から数多くの人材がアメリカに亡命、あるいは移住した。才能は、当然のことながら富と権力が集まるところに引き寄せられる。豊かなアメリカが巨大な音楽市場となってから、良くも悪くもクラシック音楽は大衆化されていった。より分かり易くショーアップされたものが求められるようになったのだ。

それは、例えばオーケストラならピッタリと揃った曲の入りであるとか、ピアノならばかっちりと粒の揃った明快な超絶技巧であるとか、かつて特権的な観客の前で演奏されたサロンとは異なり、より多くの観客を収容するため桁違いに大きくなったホールの隅々まで聞こえるような、大きくて華やかな音を出すことを意味していた。当然、音楽家もマーケットの期待に応えるべく、そういう需要を満たす方向に演奏を発展させるようになる。

もはや演奏家に即興性は求められず、観客は自分が知っている有名な曲を聴きに行く。難解な曲や新曲には興味を持たず、癖のある演奏も敬遠する。

CDが普及したこともそうした傾向に拍車を掛けた。

CDが、レコードならばまだ再現できていた、人間の耳に聞こえるか聞こえないかという領域の高音域と低音域を切り捨てていることはよく知られているが、それと同時に演奏家が持っていたある種の土着性や、連綿と受け継がれてきたヨーロッパのニュアンスのようなものが、よりすっぱりと削ぎ落とされていったのだ。

チャンはそういった、マーケットリサーチの行き届いたアメリカ音楽市場での、観客が望む姿を具現化したようなピアニストなのだ。良い悪いという問題ではなく、時代と大衆の要求で生まれた存在と言える。

チャンは、四十分を見事に弾きこなし、二次予選を終えた。

観客は熱狂し、盛大な歓声を上げている。

二次予選からはアンコールも許される。チャンはいったん引っこんだ袖から再び現れ、余裕に満ちた笑みを浮かべて観客の拍手に応える。長身で赤いドレスの彼女が腰を折ってお辞儀をするさまは、この上なく華やかである。

「どうだった？」

鳴り止まぬ拍手の中、マサルが亜夜の耳元に囁いた。

「なんでも弾けちゃうんだねえ。凄いパワー」

「でしょ」

「ディズニーランドに行ったみたい。ビッグサンダー・マウンテンに乗ってた気分。

アトラクションだね」

マサルは一瞬黙りこみ、それから青ざめた顔で亜夜を見た。

「アーちゃん、恐ろしいことを言うね」

「え、そう？」

マサルは考えこむ表情になる。

「うん、でもその通りだ——彼女は、アトラクションなんだ。そうか、ずっと彼女の演奏にぴったりする言葉を探してたんだけど、アトラクションか。それなら納得できる」

「お客さんは大喜びだし、ポピュラリティがあるよ」

「だけど、彼女に言ったらカンカンになるだろうな。音楽家にとっては、とっても屈辱的な言葉だよ。でも、当たってる」

亜夜は不安になった。

「あたしがそう言ってたなんて、彼女に言わないでね」

「もちろん、言うもんか」

マサルが一蹴したのでホッとする。

「彼女の『春と修羅』はよかったよね。あたし、初めてあの曲の構造が分かったような気がする」

「うん。僕もそう思った。曲を立体的に解釈できるのは彼女の美点だな」

「カデンツァ部分もよかったね。彼女のオリジナルかしら」

「いや、あれはきっと、彼女の師匠のブーリンが作ったんだと思う。彼女は即興が苦手だから。たぶん、かなりのコンテスタントがそうしてるよ」

「春と修羅」には、「自由に、宇宙を感じて」と指示された即興の箇所がある。

自由に、宇宙を感じて、か。常に空気の底にいて、成層圏を意識することもない我々が宇宙を感じるにはどうすればいいのだろう。

「春と修羅」の解釈には、亜夜もさまざまなアプローチを試していたが、まだどの解釈で弾くか迷っていた。

あの子なら――風間塵なら、宇宙も当たり前に感じられるような気がする。

不意にあの少年の姿が浮かんだ。ステージ上の姿ではなく、大学で会った時の、帽子をかぶった普段着姿のほうだった。

「マーくんのカデンツァは、マーくんのオリジナルだよね？」

マサルは何を今さらそんなことを聞くんだ、という顔をした。

「当然だよ。アーちゃんもそうでしょ」

「うん。譜面、起こした？」

「一応ね。いろんな人に聴いてもらって、研究したから」

「そうかあ。やっぱり普通、そうするよね」

マサルはギョッとしたように亜夜を見た。

「アーちゃんは、譜面に起こしてないの？」

「うん。幾つか考えてはいるんだけど、まだ迷ってて決められないから、本番の感触で決めようと思って」

亜夜がこっくりと頷くと、マサルは悲鳴のような声を上げた。

「一発勝負？　本当に即興で弾くつもりなの？」

「うん。だって、楽譜にそう指示してあるし」

マサルはあきれ顔になった。

「コンクールだっていうのに――本当に、おっそろしいことを言うね、アーちゃんは。先生は何も言わなかった？」

「言われたよ」

亜夜はその時のことを思い浮かべた。

即興と指示があっても、クラシックの楽譜の場合、ほとんどの演奏家は過去の誰かが作ったものを弾く。

「春と修羅」のカデンツァをどうするかという話になった時、亜夜に作曲のセンスもあることをよく知っていた担当教授は、亜夜のオリジナルにすることに全く異論はなかった。しかし、本番のその場の気分で弾くと亜夜が言ったら、とんでもないと強く反対した。そんな博打《ばくち》のような演奏は、コンクールでは考えられないと言うのだ。

でもね、先生。

亜夜は言った。

雨の日もあれば風の日もあるし、自由に宇宙を感じて、というのに、今ここで感じた宇宙を何度も繰り返し練習するなんて、楽譜の指示に反してません？

そう言って、亜夜は「例えばですね」と、「雨の日」「秋晴れ」「嵐の日」「これは獅子座流星群の夜」など、五つばかりさまざまなバージョンのカデンツァを弾いてみせたのだ。

「そうしたら、先生、黙っちゃって、好きにしていいって」

亜夜の説明を聞きながら、マサルはしげしげと亜夜の顔を見つめていた。

「アーちゃんて、やっぱり」

「やっぱり、何？」

亜夜が聞き返すと、マサルは絶句した。怪訝そうな亜夜の顔をしばらく見ていたが、やがてぷっと噴き出し、愉快そうな表情になった。

「さすがだね。それでこそ、アーちゃんだ」

そう笑いつつも、ほんの少し、苦しそうな顔をする。

「全く。同じコンクールに出てるんでなけりゃ、よかったのに」

亜夜はハッとした。

二人で黙りこむ。

一人一人の音楽は違っているのに、数日後にはまた誰かが落とされる。選ばれる者とそうでない者に分かれる。比べようのないものを比べられ、順位がつけられる。

「コンクールって、ほんと、不条理だよね」

亜夜が溜息混じりに呟くと、マサルがハハッ、と笑った。

なんとなく同時に二人とも前を向き、ステージに目をやる。

「それは言いっこなしだよ。それを承知で参加してるんだから」

マサルが乾いた声で言った。

「そうね」

亜夜も短く応える。

二人は、前を向いたまま、休憩時間の終わりを告げるベルが鳴るまで黙りこんでいた。

黒鍵のエチュード

一次予選の時よりはずっと落ち着いていると思う。もちろん緊張しているけれど、これはよい緊張だ。

明石は指先を動かし、両手を握り合わせた。

一次予選の時の緊張は凄まじかった。あんなに恐ろしかったことは近年記憶にない。

しかし、久しぶりのステージ、たった一度のステージの体験が、彼を大きく変えていた。

俺は音楽家になったのだ。音楽家だったのだ。

ふつふつと、そんな実感が湧いてくる。

なんというリアル。なんという充実。普段の生活が、どこか遠い出来事のよう。ステージの上のあの感じ、光に照らされたグランドピアノの佇まい、そこに歩いていく感じ、心地好く集中できるあの場所、観客の視線を集めて弾きだす瞬間、親密な、同時に崇高なものが濃縮された時間。そしてあの満足感、興奮に溢れた喝采。観客と何かを共有し、やり遂げた感じ。

ステージを去る時に包まれていた感激と高揚感を繰り返し反芻する。

ああ、やはり、ここが俺の場所だったのだ、この瞬間を求めていたのだ、家族を愛し、日々の生活を送りながらも、心はやはりこの場所を求めていたのだ。

そんな確信をしみじみと今、舞台の袖で感じている。今この瞬間、このリアルを味わえることを、明石は心から、遥かな高みにいる誰かに感謝した。

ありがとうございます、僕をここに立たせてくれて、本当にありがとう。

それでもやはり、また出番が近付いてくると胃のあたりがずっしりと重くなってきた。どきどきしている、熱に浮かされたようなもう一人の自分の意識が、こうして立っている肉体の上にほんの少しずれて浮かんでいる感じ。

二次予選の四十分。それはかなりの長さだ。これだけの長さを、集中力を途切れさせずに弾き続けるのは大変である。ましてや、聴衆を飽きさせずステージに惹き付けているのはもっと難しい。

プログラムを作るのは、楽しくも困難な作業だった。

技術があることを証明し、どんな作曲家の曲でも弾けることをアピールする。加えて、自分の良さと音楽性をきらりと感じさせるような選曲。それらを規定内の曲と新曲一曲とで審査員に伝えなければならない。

まずは、市販のアルバムから集めたお手本の演奏でプログラム曲の候補を選び、四十分にまとめ、順番を変えたり曲を入れ替えたりして何度も聴いてみた。ざっと自分でもさらってみて、技術的にも、自分との相性としてもいけそうかどうか感触を確かめる。かつての恩師にも相談し、かなりの時間を掛けてやっとプログラムを決めた。

いよいよ練習に入る。

レパートリー。それは演奏家にとって永遠の課題だ。

レパートリーの広い音楽家と呼ばれるか、シューベルト弾き、モーツァルト弾きなど、特定の作曲家で定評のある専門家を目指すか。どのようなタイプの演奏家を目指すにせよ、レパートリーの充実は最優先の課題である。

何か月も掛けて曲を仕上げても、少しあいだを空ければ人間は忘れてしまう。さらうのに最初の時ほどは時間が掛からなくなったとしても、弾きこんでいないと説得力のある演奏はできない。

コンクールで弾く曲は、全部で十数曲。多い人では十七、八曲にもなる。長い曲は三十分近くになるし、技術レベルも曲によって異なるので仕上げる時間もそれぞれ違う。全部の曲を同じくらいの完成度に保ち続けるのは至難の業だ。

自分が天才だったら、と何度思ったことか。ピアニストには、一度聴いただけの曲をぜんぶ再現できたり、譜面を読んだだけで練習もせずに弾けてしまうという信じられないような天才がごろごろいる。誰だっけ、演奏旅行中のピアニストが、自分の演奏予定のプログラムに弾いたことがない曲があったので、移動中に列車の中で譜面を読んで覚えてしまい、その日の本番でちゃんと演奏したという話があった。譜面さえきちんと覚えれば、あとはその通り指に伝えるだけなので、なぜ練習しなければならないのか分からない、と言ったピアニストもいる。

明石は暗譜には強いほうだと思うけれど、むろんそこまでのレベルにはない。たくさん練習しないと不安でたまらない。

だから、練習時間がただでさえ少ない社会人の彼は、とにかく睡眠時間を削るしかなかった。コンクールの準備をしているここ一年は、常に睡眠不足と戦っていたような気がする。眠りたいと思っていても、すぐに目が覚めてしまい、苦手なフレーズが指に残っていて、無意識のうちに指を動かしていたりした。

一次予選の三曲のセット、二次予選の五曲のセット、三次予選の四曲のセット。曲は比較的早く暗譜したものの、納得できるまで弾きこむ時間が取れない。これでいいのか、これで仕上がったのかと自問自答する日が続く。

曲を覚えてある程度まで弾けるようになったとしても、寝かせる時間が必要なことは、学生時代のコンクールで学習していた。曲と距離を置いて、理解を深める時間がいるのだ。

練習にはいろいろなやり方があるが、明石は考えたあげく、三か月ずつ区切ることにした。全演奏曲——明石の場合、十二曲——を三か月でいったん演奏順通りに仕上げる。次の三か月は、もう一度一曲目から精度を上げて練習する。それを更にもう一度繰り返す。そうすることで、あいだを置いて同じ曲をさらえるようにしたのだ。これなら長いあいだ弾きこんできたという自信を付けられるし、曲の解釈を深められる。

そうはいっても、現実にはなかなか予定した通りには進まない。二次予選の最後に持ってきた技術的難度の高いストラヴィンスキーの「ペトルーシュカからの三楽章」や、プログラム中いちばんの大曲、三次予選に予定しているシューマンの「クライスレリアーナ」には想像以上に時間が掛かり、どうしても曲ごとの掛けられる時間に差がついてしまう。

一方で、学生時代に難しいと思っていた曲が、当時の印象よりもずっと楽に弾けることに驚いた。経験を経ないと分からないものも確かにあるのだ。少なくとも、技術は決して衰えていないし、若いコンテスタントと戦えるという自信を持った。

自分の演奏を毎回録音して聴いてみるのだが、連日ずっと聴いているとだんだん自分でも、曲が仕上がっているのか、進歩しているのかが分からなくなってくる。

よし、これならいけるんじゃないか、と自信を持つ時もあれば、全然駄目だ、どの曲もちっとも出来ていないと絶望する時もある。一次予選で落ちてしまったら、このストラヴィンスキーもシューマンも、練習時間がすべて無駄になるのだ、と弱気になることもあった。

ましてや、本選のコンチェルトの練習まではなかなか辿り着けなかった。

本選に行けるのはおまけみたいなものだと思っているからついつい後回しになる上に、オーケストラ部分を弾いてくれる相手を見つけるのにも苦労したからである。やっと相手を見つけても、もっと大変なのは、ピアノが二台ある場所を確保することだった。結局、禁じ手だとは思ったものの、職場のピアノ部門に頼みこみ、閉店後に数回演奏させてもらったのが合奏での練習のすべてだった。

そんなこんなの、長いような短いような練習の日々も遠いことのように思える。こうして本番を迎えているのが夢のようだったが、同時に一秒一秒があまりにもリアルなのが不思議である。一次予選は無我夢中だったが、二回目のステージを前に、コンクールに出ているという実感が湧いてきた。

本当に、ここまで来たんだ。長い準備の成果を、披露する日が「今」来ているんだ。

不意に、空恐ろしくなった。

このあとは？　この先は？　この張り詰めた日々が終わってしまったら、何が待っているのだろう？

喝采が聞こえ、ハッと我に返る。

前のコンテスタントの演奏が終わったのだ。

思わずふうっと大きく息をつく。これから休憩。そして、いよいよ出番だ。

これが最後の演奏になるかもしれない。俺にできることはみんなやった。とにかく、現時点でのベストを尽くそう。

目を閉じて本番のイメージを浮かべる。

一曲目。一曲目の「春と修羅」が肝だ。これさえ納得できる演奏ができれば、あとは耳慣れた、昔から何度も弾いていた曲ばかり。

現役音大生でない明石が現役でないことにいちばん困ったのは、実はコンチェルトよりもこの新曲だった。

音大生であれば、指導教官と曲の構造や解釈について検討できるし、他の教師もいる。コンテスタントどうしで情報も交換できる。カデンツァも、ほとんどのコンテスタントが演奏するのは教官の手が入ったものだろう。

かつての恩師に相談もしたが、やはり学生時代とは違い、無条件に頼るわけにはいかなかった。恩師は恩師で現役のコンテスタントを抱えていたし、既に巣立ってしまった者としての遠慮もあった。結局、一人で曲と向き合わざるを得なかったのだ。

だが、これこそは年長のコンテスタントのアドバンテージだ、と明石は考え直した。

元々日本文学は好きだったし、宮澤賢治もいっときよく読んでいた。文学作品の解釈こそ、歳を経た者のほうが深いはずだ。

改めて通勤時間などに賢治の詩や小説を読み直し、彼に関する評論も読み、賢治の世界観、宇宙観をイメージしようと努力した。ほぼ日帰りという強行軍だったが岩手にも行き、作品の舞台になったと言われる場所を見て回った。

硬質で、異質で、浮世離れしていて、ファンタジックで――それでいてみっともなかったり、哀れだったり、情けなかったりする一面もあり――リアリストの部分と、夢想家の部分を併せ持つ――

電車に揺られながら、曲のイメージに文学作品のイメージを乗せてゆく。

ここはイギリス海岸の雰囲気で――たぶんこのあたりは銀河鉄道の夜――夜空を翔《かけ》るイメージ――この部分は永訣の朝かな。

うん、そうだ、カデンツァはあの台詞をメロディに乗せよう。

パッとそう閃いた。

あめゆじゅとてちてけんじゃ。

あめゆじゅとてちてけんじゃ。


賢治が死にゆく妹を詠《うた》った、「永訣の朝」の中の、ひときわ印象的な妹の言葉。高熱に苦しむトシが、雪を取ってきて食べさせてくれと賢治に頼んだ台詞。あまりにも痛切だが、同時にとてもリズミカルで音楽的な言葉だ。

明石も決して即興が得意だとは言えないが、幼い頃から「明石君には歌心がある」と言われてきた。作曲のクラスも取っていたので、メロディを作ることに苦手意識はない。

よし、右手でトシの台詞をメロディに乗せ、天に召された彼女の声が繰り返し降ってくるところを表現し、左手で水晶を拾いながら世界や宇宙に思いを馳《は》せる賢治の日々を描こう。

そう決めると、次々にメロディが浮かんできて、夢中になった。あれもこれもと入れていたら、五分近くのカデンツァになってしまい、削らなければならなくなった。他の曲の時間も考えると、どんなに長くても三分が限界である。

しかし、自分が作ったメロディはどれも可愛いもので、なかなか捨てることができない。悩みに悩んで、ある日妻に聴かせてみた。

すると、「ごちゃごちゃしていて重たい」という返事。一般聴衆の代表のような妻の感想は、先入観がなく率直なだけにハッとさせられることが多い。

ついに、迷ったところは思い切ってすべて捨てた。そちらをもう一度聴かせたら、「いいね」と頷き、「あめゆじゅとてちてけんじゃ」を乗せたメロディを、彼女が家事をしつつ無意識に口ずさんでいるのを目にして、これは観客の耳にも残るはずだと確信した。

そして、このカデンツァが完成した時点で、やっと「俺の『春と修羅』が出来た」と思うことができたのだった。

苦労して仕上げた「春と修羅」だが、妻以外で誰かに聴いてもらうのは、この本番が最初で最後になるだろう。

そう思うと、もったいないような気がして、演奏するのが楽しみでもあり、恐ろしくもあった。もちろん審査員席では、作曲者本人が聴いていて、二次予選で「春と修羅」を演奏したすべてのコンテスタントの中から、いちばん優れた演奏をした者を選ぶ菱沼賞というのがあるのだ。

どうだろう？　俺の「春と修羅」は、俺のカデンツァは、観客に、作曲者に、どう聴かれるのだろうか？

そんなことを取りとめもなく考えていると、開演五分前のベルが響いてきた。

出番だ。

明石は反射的に背筋を伸ばしていた。


舞台の袖に来たら、落ち着いた。

控え室や、外で待っている時——四、五時間前のほうがずっと緊張していた。

一次予選の、気の遠くなるような（自分の出番までも、そのあとも）長い待ち時間に比べれば、ずっと気分的には楽である。

何より、もう待たなくていい、という安堵の気持ちがある。

早く弾きたい。観客とあの時間を共有したい。わくわくして、待ち遠しい。

明石はそう感じていることを嬉しく思った。いっぽうで、この気持ちは本物だろうか、と疑っている自分もいる。

過去の経験からいって、演奏前に気持ちが高揚することは多々ある。興奮していて、やる気満々で、全能感が身体に満ちている。

そして、そのままステージに出ていく。

演奏を始めた瞬間、それが本物の高揚だったのかどうかが分かるのだ。単に浮き足立っていたり、演奏のプレッシャーから逃れようと演技していたのだと気付くこともある。ひどい時には、演奏を終わった時にもまだ「高揚しているつもり」のこともある。

どうなのだろう。これは本物の高揚だろうか。

明石は自問自答する。

あのコンクールの時はどうだったろう。過去最高位の成績を取った、あのコンクールは。

思い出そうとするのだが、もう遠い記憶だ。

どうだったろう、どちらかといえば淡々としていたような気がする。高揚するというよりは、平常心だったような。

本物だと思いたい。

明石は、両手の指を握り合わせた。

この手で、この指で弾いてきた音楽を信じたい。

この舞台袖の暗がりを、こうして指を握り合わせた感触を、自分の中に焼き付けたかった。

ふと、風を感じたような気がしてステージのほうを見たが、扉は閉まったままだし、スタッフもじっとしている。

気のせいか。

明石はまた自分の手を見下ろした。

が、何か違和感を覚えてもう一度ステージのほうに目をやった。

回転扉の隙間と細長い覗き窓から光が漏れている。

明石は、奇妙な錯覚に陥った。

あの向こうに、おばあちゃんの桑畑がある。

不意にそんな予感を覚えたのだ。

今、その扉を開けたら、その向こうには、広い桑畑が広がっている。季節は初夏の、雨上がりだ。

明石には、その光景がはっきりと目に浮かんだ。

鈍い陽射しが夏の色を帯び、熱っぽく辺りに降り注いでいる。

桑の葉はびっしりと地面を埋めていて、そこここに雨のしずくが丸く溜まっていて、もう少しで零《こぼ》れ落ちそうだ。

遠くには、青い山なみが見える。まだ雲は空の隅で墨色を残して動き続けている。

時折、空気を混ぜっかえすように風が吹く。

明石は、バスを降りて、祖母の桑畑の前に降り立ったところだ。帽子が風にさらわれそうになるが、顎の下のゴムがかろうじてそれを支えている。

明石は、桑畑の向こうに祖母の家を認める。

もう、嬉しくて、楽しくて、明石は笑い始めている。

あそこに、おばあちゃんの家がある。あそこには大好きなおばあちゃんがいる。そして、なんといっても、大好きな明石のグランドピアノがあるのだ。

明石は駆け出す。

桑の葉の匂いと、夏の匂い、風と光の気配を全身に感じながら、桑畑のあいだの畦道を一目散に駆けてゆく。

おばあちゃーん。

明石はそう叫ぶ自分の声を聞いたような気がした。

なんだろう、これ。白昼夢というのか、幻覚というのか――

気が付くと、万雷の拍手が聞こえ、回転扉の向こうからドレスを着た韓国のコンテスタントが戻ってくるところだった。

回転扉が開いた瞬間、ステージの眩《まばゆ》い光がサッと射し込んできたが、そこはただのステージである。

明石はあっけに取られた。

休憩時間に入っても、明石のその奇妙な感覚は続いていた。

そして、ついに出番が来て、ステージに出た時も、その感覚に全身が包まれていた。

もしかして、俺は上がっているのだろうか。上がっているあまり、勝手に幻覚を作り出してしまったのだろうか。つらい目に遭った子供がもう一人の別の人格を作り出すかのように。

しかし、明石は自分がにこやかにステージに進み、極めて落ち着いた様子で椅子を調整するのを自覚していた。客席もよく見える。

パッと、向かって左の五列目の通路ぎわの席に、満智子が座っているのを見つけた。一発で見つけるなんて。

我ながら凄い。

それでも、何も感じなかった。嬉しいとも、頑張るぞとも思わなかったし、緊張もしなかった。

一曲目、「春と修羅」。

何年も前から知っていたかのように、曲に入れた。

おお、そうか。

弾きながら、明石は納得した。

さっきの桑畑は、ここに繋がっていたんだ――宮澤賢治のイギリス海岸、彼の花巻、彼の宇宙に。

だから、あんな風景を感じたんだな。

弾きながら、明石は、車で回った岩手の風景が客席の暗がりに続いているのを感じた。夜の川のせせらぎ。頭上に輝く星。

歩いている。明石は川べりを歩いている。

賢治も歩いている。少し離れたところ、数歩前を、写真で見た、俯き加減のあのポーズで。

森羅万象。それは、賢治の森羅万象でもあり、我々の森羅万象でもある――すべては巡り、すべては還っていく。我々がここに存在するのは、ほんのひととき。宇宙の瞬きですらない、とても短い時間。

いつのまにか、カデンツァに入っていた。

トシの声が、天界から降り注ぎ、何度も繰り返される。

あめゆじゅとてちてけんじゃ。

あめゆじゅとてちてけんじゃ。

賢治は川べりを歩き続ける。トシの声など聞こえないかのように、俯いて、黙々と暗い岸辺を歩き続ける。

トシの声は、澄み切って美しい。遠いこだまのように、修験者が握っている錫杖《しゃくじょう》の音のように、繰り返し繰り返し、空の彼方《かなた》から響いてくる。

あめゆじゅとてちてけんじゃ――

あめゆじゅとてちてけんじゃ――

やがて、声は消えてゆく。

曲は最後に向かって、厳かに進む。すべては移りゆき、時のしじまに消えた。循環は繰り返される。輪は閉じて、また懐かしい昔へ、新しい過去へと還っていく。

最後の和音。

明石は指を離し、音の名残りが去るのを見届ける。

しんと静まり返る場内。

さあ、次はショパンのエチュードだ。通称、黒鍵のエチュード。もはや、手に馴染んだ、手が音の形に自然になってしまうほどの曲。

指が、滑るように動く。

大丈夫か、俺。

弾きながら、明石は訝しんだ。

なんだか、まるで他人事みたいだ。自分が弾いているのを、もう一人の自分が見下ろしている。

軽やかな、みずみずしい黒鍵のエチュード。簡単そうに弾いてるな、俺。茶目っ気もあって、なかなかいいじゃないか。楽しそうに弾いている。

続いて、リストの練習曲。

パガニーニのテーマを使った、パガニーニの大練習曲の第六曲、主題と変奏だ。あの有名なテーマ曲を縦横に展開した、めりはりのある華やかな曲。

よし、ダイナミックに弾けてる。指の移動もいい感じだ。このパガニーニのテーマは、いつ聞いてもドラマティックだ。いくらでももったいつけることができるけれど、ほどほどにしておこう。

そう考えた通りに指が動いているのが不思議だ。本当に、自分が弾いているとは思えない。まるで誰かに弾かされているような、奇妙な感じ。それでも、思った通りに音が聞こえてくるのだから、俺が弾いていることは間違いない。

調子はいいような気がする。

ゆったりと、それでいてきちんと締めるところは締め、序破急とでもいうのか、曲の作りに無駄がなくバランスがいい。

序破急に当たる西洋の言葉はなんというのだろう。芸能に関する日本語は、かなりいろいろなジャンルの本質的な部分を言い表しているような気がする。

観客が、集中して聴いてくれている。

みんながひとつの耳になったかのよう。そして、その耳と、俺の耳も一体化したように感じる。不思議だ。俺と観客がひとつの生命体になって、一緒に呼吸しているような気がする。

曲が終わった。粋な幕切れになったと思う。

次はシューマンのアラベスク。派手なパガニーニの大練習曲のあとに、一休みだ。けれど、アラベスクはとても難しい曲だ。シンプルなだけに、ごまかしがきかない。大好きな曲だけれど、いつも弾くたびに発見があるし、弾けば弾くほど難しい曲だと思う。

シューマンは大好きだ。いつか幻想曲をきちんと仕上げて弾いてみたいな。

アラベスクを弾くと、なぜか必ず子供の頃のことを思い出す。ピアノを始めた頃のこと、それこそ祖母の家に行ったこと、蚕が桑の葉を食べる音が怖かったこと。そして、不思議と泣きたいような心地になるのだ。

ああ、もうアラベスクが終わってしまった。短い曲だけれど、終わるといつも淋しい。もう四曲が終わった。あっというまだった。

いよいよ最後の曲。

ストラヴィンスキー、ペトルーシュカからの三楽章。

ここは思い切り華やかな導入だ。ぱっきりと鐘の音のように、硬質な音を響かせよう。

グリッサンドは、鋭くそれでいてなめらかに。

色彩豊かでトリッキーに。

明石はますます奇妙な感覚に陥っていた。

凄い、なんだか周りに色が見える。これはペトルーシュカの色。明るく、モダンな、エスプリに満ちた、しゃれた色彩だ。

弾いているのか、弾かされているのか。

俺が見ているのは何なのか。桑畑からイギリス海岸、そしてヨーロッパへと旅をしているみたいだ。

きらびやかな音が響き渡る。

明石と観客は、一緒に明るい色彩を体験している。トレモロを、和音を、共に呼吸する。

そして、クライマックス。

息を詰めて、明石と聴衆は、ラストまで一直線に天へ駆け上っていく。激しい和音が加速し、宴は怒濤のような幕切れへとなだれこむ。

終わった。

立ち上がった時も、まだ明石はそれが自分なのかどうか実感が湧かなかった。

しかし、万雷の拍手の中に、泣き顔の満智子を見て、そうか、本当に、今二次予選が終わったのだと、ようやく腑に落ちたのだった。

ロンド・カプリチオーソ

会場の隅っこで、帽子をかぶった少年がかすかに身体を揺らしながら演奏に聴き入っている。軽装の少年は席に身体を沈めていると全く目立たず、たまたまホールの前を通り掛かって、なんとなく入ってみた近所の子という風情で、コンテスタントの一人、風間塵だとは誰も気付かないようである。

二次予選に残ったと知って、彼がまず感じたのは安堵だった。

これで、ピアノを買ってもらえる可能性に近付いてよかった。

それが率直な感想だったのだ。

自信があったわけではない。そもそも、コンクールに参加するどころかロクに人前で弾いたことのない自分が、どの程度の演奏をしているのか皆目見当もつかなかった。

しかし、生前のユウジ・フォン＝ホフマンに、「塵はそのままでいい、そのままの塵に価値があるんだ、誰になんと言われても気にすることはない、好きに弾いておいで」と言われたので、先生に言われた通りにすればいい、という意味で迷いはなかったのだ。

初めて聴くコンテスタントたちの演奏は、あまりにみんなきちんとして上手なのに驚いた。とても技術レベルが高いのだろう。それでも、自分の演奏に引け目を感じたり、疑問を持つことはなかった。ユウジ先生に対する圧倒的な信頼感があったので、先生が肯定してくれたのだからそれでいいのだろうと思っていたのだ。

それに、いくら技術的に上手でも、ちょっと油断すると何の引っ掛かりもなく耳を通過してしまうだけの演奏も多かった。

恐らく、風間塵という少年は、本質的なところで「音楽」に反応するように身体が出来ているらしく、そんな演奏を聴いた時は反射的に眠ってしまうのだった。

彼がかすかに身体を揺らしているのは、うつらうつらしているからでもあり、演奏に「乗って」いるためでもあったが、見た目はどちらもほとんど変わらなかった。だから、見る人によってはずっとうつらうつらしていると思うかもしれないし、逆にどの演奏も熱心に聴いているように見えたかもしれない。

聴きなさい、と先生は言った。

世界は音楽に溢れている。

聴きなさい、塵。耳を澄ませなさい。世界に溢れている音楽を聴ける者だけが、自らの音楽をも生み出せるのだから。

ジェニファ・チャンの演奏も、最初は目を見開いて興味深そうに聴いていたのだが、いつのまにか眠ってしまっていた。

確かに世界に音楽は溢れているけれど、耳に届かずに過ぎてしまうものもあるようだ。

気持ちいいんだけどなあ、と少年は目をこすった。

それにしても、ピアノという楽器は、ひとつひとつ全く音が違うものだ。幼い頃から特定の楽器というものを持っていなかった少年は、いろいろな場所で、ありとあらゆる楽器を弾いてきた。必要に迫られて覚えたのである程度は調律もできたが、彼はどんな楽器からでも自分の音を引っ張り出すことができたのである。

いいピアノは、一目見ただけで分かる。

少年は、舞台にあったピアノのうっとりするような感触を思い出す。

思わず撫でてさすりたくなるような、それこそむしゃぶりつきたくなるような、独特の輝きを放っているからだ。

あるいは、遠くにいても、いいピアノの声はすぐに分かる。少年には、「ここにいるわ」と呼んでいるように聞こえるのだ。

あの音大に忍びこんだ時も、ピアノの呼ぶ声がしたのだった。まさか、あのおねえさんに見つかるとは思わなかったし、しかもコンクールで一緒になるなんて、夢にも思わなかった。

　少年はゆらゆらと身体を揺らしながら、音に浸っている。

　コンクールって、奇妙な行事だけど面白い。こんなにたくさんの音に浸れるなんて、夢のようだ。

　音に浸る――身体に染み渡っていく――音楽を呼吸する――吐き出す――何かを加えて、身体から押し出す――こうして過ごしていると、時間の感覚がなくなり、心はいつもどこかに飛んでいる。

　二次予選の一日目は、演奏のレベルも高くて、一次予選の時よりもずっと心地好く音を呼吸することができた。時々、息苦しかったり、呼吸できないこともあるけれど、概《おおむ》ね気持ちよく過ごせた。

　先生の声が聞こえてくる。

　確かに、曲の仕組みや当時の背景を知ることは重要だ。どんな音で演奏され、どんなふうに聞こえたか、知ることは大事だ。けれど、当時の響きが、作曲家が聴きたかった響きだったのかどうかは誰にも分からない。理想とする音で聴けたのかどうかも分からない。

楽器の音色も、使いこまれたら変わる。時代が変わればまた変わる。演奏するほうの意識もかつてと同じではないだろう。

音楽は、常に「現在」でなければならない。博物館に収められているものではなく、「現在」を共に「生きる」ものでなければ意味がないのだ。綺麗な化石を掘り出して満足しているだけでは、ただの標本だからだ。

頰に当たる風を感じる。

そういえば、さっきの高島明石という人の演奏は面白かった。川面のさざなみ、吹き渡る風、漆黒の宇宙まで見えた。あの人もまた、あの人の音楽を生きていたのだろう。

緑色の畑みたいなものを見たような気がしたけど、あれは何の畑だったのだろう。一面の広い畑が、風に生き物のように揺れていた。

アメユジュトテチテケンジャ——

驚くべきことに、少年は高島明石が宮澤賢治の詩を取り入れたフレーズの発音まで聞き取っていたのだった。

こうして目を閉じていると、先生と一緒にトラックの荷台に揺られて、電子ピアノを弾いたことを思い出す。

耳に聴こえてきたメロディを鍵盤の上に交互に移していく果てしない即興。二人とも飽きることなく、何時間もえんえんと繰り返していたっけ。

ゴトゴトと揺れる荷台。刻々と移り変わる風景。森や丘陵地の斜面を吹きぬけていく風が、二人の髪を、帽子を柔らかく、時に意地悪に撫でていった。

本当は、あれと同じことがこの場所でできればいいのに。あのステージで、あの素晴らしいピアノで再現できればいいのに。

少年はそれが残念だった。

最初は、反響の素晴らしいホールに感激した。なんてよくピアノの音が聞こえるのだろう。ここのピアノの音は、素敵な化粧箱に入れて、美しいリボンを掛けて、そっと差し出されるプレゼントのようだ。

しかし、数日も経つと、なんだか息苦しい、と感じるようになった。

確かに素晴らしいし集中して聴けるのだけれど、だんだん音楽が可哀想になってきたように感じた。この暗い温室、厚い壁に守られた監獄で、ぬくぬくと庇護されている音楽を解放してやりたいような心地になってきたのだ。

この音符の群れを、広いところに連れ出してやりたい。

少年は、自分がハーメルンの笛吹きのように音符を連れて屋外に出ていくところを想像する。

むろん、音は吸収され、拡散し、いろいろな音に遮られ、集中して聴くことは難しくなるだろうが、それでも自然の中の音楽と一緒に戯れることができる。

ところが、更に数日経つと、またしても少年の認識は変化した。

もしかして、ここにも自然はあるのかもしれない、と。

演奏者たちの中に、その自然はあった。彼らの故郷の風景や心象風景は、脳内に、視線の先に、十本の指先に、唇に、内臓に蓄積されている。演奏しながら無意識のうちになぞっている記憶の中に、彼らの豊かな自然は存在していた。

なるほど、あそこと我々は繋がっている。

イメージの中では、宇宙までも呼吸することができるのだ。高島明石の演奏で、それが実感できたので少年は驚いた。

けれど、さすがに弾く曲は決まっているので、先生とやったような心弾む即興演奏ができない。それだけが少年は不満だった。

素晴らしい曲、何度聴いても飽きることのない名曲。それは確かに素晴らしいけれども、時にそれは窮屈だった。もちろん、譜面に収められているからこそ、その中での自由というのもあるのだろうし、無限の解釈があるのだろうけれども。

そうだな、今の世の中は、少し窮屈だな。

また、先生の声がした。

少年は、うつらうつらと音の海に漂いながら記憶を探る。

そういえば、以前先生と似たような話をしたことがあったっけ――

パリの国立高等音楽院に初めて行ったあとのことだった。

立派な建物の中で、堅苦しい衣装をつけてポーズを取らされ、照明を当てられた音楽を、連れ出したいなあと塵が呟いた時、先生は小さく笑った。

そして、ふと、何か思いついたように顔を上げると、塵を振り返ったのだ。

よし、塵、おまえが連れ出してやれ。

少年はきょとんとした。

先生は、底の見えない淵のような、恐ろしい目で少年を見た。

ただし、とても難しいぞ。本当の意味で、音楽を外へ連れ出すのはとても難しい。私が言っていることは分かるな？　音楽を閉じこめているのは、ホールや教会じゃない。人々の意識だ。綺麗な景色の屋外に連れ出した程度では、「本当に」音を連れ出したことにはならない。解放したことにはならない。

正直に言えば、少年には先生が何を言いたいのかよく分からなかった。

しかし、先生が本気だというのは分かった。

先生はあの時、少年にとてつもなく重い何かを課そうとしていたのだ——

コンクールの話が少年に持ちこまれたのは、それからしばらくしてからのことだった。

それと前後して、先生は体調を崩し、家で臥《ふ》せることが多くなった。

先生の体調不良を聞いて、世界中から先生を慕う音楽家たちがやってきたが、先生はあまり会わなかったようだ。弱ったところを見せたくなかったのだろう。

少年は、不安でたまらなかった。たった一人の師であり、師は少年の世界の大部分を占める偉大な音楽でもあった。

それでなくとも、父親と一緒にあちこちを回っているので、なかなか先生を見舞うことができない。前に見舞いに来てから二週間も経っていた。ようやく久しぶりに先生の家に辿り着いた時には、何度呼び鈴を押しても家は留守だった。真っ暗な家の中。だんだん全身が震えてくる。

奥さんまでいないなんて！

少年は、不吉な予感に胸が潰れそうだった。どうやって二人の行き先を探せばよいのか分からず、少年は先生の家の玄関口で子犬のように座りこんでぽつんと待っていた。

塵！

先生と奥さんが戻ってきたのが翌日だったのは、運がよかった。二人は玄関口にいる少年を見て、幽霊を見たかのように悲鳴を上げ、こんなところで待つなんて、風邪でも引いたらどうする、とさんざん絞られた。

だって、だって、ダフネさんもいないし、まさかって。

少年は、幼い子供のように泣きべそを掻いた。

ココアを淹れるわ、とダフネがキッチンに向かう。

やれやれ、短期の検査入院でよかった、と先生は溜息をついた。

私は怖くないよ、塵。

先生は、あの茶目っ気のあるキラキラした目で、めそめそ泣いている塵の肩を叩いた。

一足先に、音符たちを「外へ」連れ出してるさ。

そう言って、天井を指差す。

塵は私の置き土産だ。世にも美しい、ギフトなんだ。

嫌だ、先生、置いてかないで。

塵がそう言って大泣きすると、先生は「まだ殺すなよ」と苦笑し、やがてぷっと噴き出し、愉快そうに笑い出した。

あの時の先生は、本当に楽しそうだった。何か悪戯を思いついて、ほくそえんでいる得意げな顔。

その笑顔が、音の海の中に溶けた。

先生、どうすればいい？　どうすれば、この音楽を広いところに連れ出せるでしょうか？

少年は、いつしかうっすらと涙を浮かべていた。

うつらうつらしながら、彼はそっと先生に囁きかける。

でも僕は、いつかきっと先生との約束通り、音楽を連れ出してみせます。

音の絵

「本当にうまいもんだな、今の学生は」

菱沼忠明は、ナンをちぎって口に放りこみつつ、感心したように呟いた。

「お気に入りの演奏はありましたか、先生の作品で」

ナサニエルが澄まし顔でさりげなく尋ねる。

菱沼はにやっと笑って「まあね」と受け流す。

「目の前で何人もの演奏家が自分の曲を演奏しているのを聴くっていうのは面白いでしょうね。作った本人、たった一人だけ。他の人には絶対にできない、凄い贅沢《ぜいたく》な体験だわ」

三枝子が素朴な意見を述べると、菱沼は小さく首を振った。

「面白いけど、ストレスでもあるね。こちとら楽譜にすべてを書いたつもりでも、なかなか意図を汲み取ってもらえないことも多いからな。馬鹿野郎そこ違うぞ、やめろとも言えないし」

「確かに、気になりますね」

ナサニエルは相槌を打った。彼は映画や舞台の仕事もしているし、作曲や編曲もする。三枝子は何度かリハーサルを見たことがあるが、実に細かく、執拗なダメ出しをする。自分の作った曲は、一音一音、ニュアンスや音色がひどく気になるらしい。

「演奏家の自由な解釈っていうのはどの程度まで許されるのかしら」

「自由な解釈って言葉をどう解釈するかによるな」

菱沼は肩をすくめる。

ナサニエルは不快そうに眉をひそめた。

「ひとりよがりを指す場合はノーだね。だけど、ほとんどの『自由な解釈』はひとりよがりだ」

そうバッサリと断定してみせる。きっと、これまでに自分の曲を「自由に解釈」されたことが何度もあったのだろう。

「だがねえ、おにいさん」

菱沼はずいっとナサニエルに向かって身を乗り出した。

「実際のところ、本当に作曲者は自分の作った曲を分かってると思うかい？」

笑みを浮かべているものの菱沼の眼光は鋭く、ナサニエルは一瞬黙りこんだ。

「もちろん、分かってるつもりではある。この音の意味、フレーズの意味、伝えたいことは分かってる。なにしろ作曲者なんだからな。天地創造をしているのはこの俺、つうわけだ」

菱沼はもぐもぐとナンを食べた。菱沼も年齢を考えれば相当な健啖家なので、テーブルを囲む三人の前には種類の異なる四枚のナンが並んでおり、しかも各自がどんどんちぎっては口に放りこんでいるので、瞬く間に減りつつある。

「そりゃ、全能感に浸ってる奴もいるよ。この私の書いた音符はひとつたりともおろそかにすべからず、作曲者である私が誰よりもこの曲を知っておるぞよ、私の意図は絶対であるぞよってね」

ナサニエルは、少し居心地の悪そうな顔になった。まさに彼はそういうタイプの作曲者に違いない。

「だがねえ、結局、我々はみんな媒介者に過ぎねえんじゃないかって年々思うようになったね」

「媒介者？」

「作曲家も、演奏家も、みんなさ。元々音楽はそこらじゅうにあって、それをどこかで聴きとって譜面にしてる。更には、それを演奏する。創りだしたんじゃなく、伝えてるだけさ」

「預言者、ですね」

ナサニエルが呟いた。

「そう。神様の声を預かって、伝える。偉大な作曲家もアマチュア演奏家も、音楽の前では等しく──預言者である。そう思うようになったねえ。う─ん、このチーズナン、うめぇな。もう一枚追加していいか？」

「ガーリックナンも追加しましょう」

ナサニエルは店員を呼んだ。

「そういや、再現芸術だからこそ、いつも新しくなければならない、てえのがユウジ・フォン＝ホフマンの口癖だったけどね」

その名前が出たところで、ナサニエルと三枝子はつかのま顔を見合わせた。

二次予選の第一日が終わり、菱沼をつかまえるチャンスを狙っていたナサニエルが彼を夕食に誘うことに成功した。前回の二人での会食が物別れに終わったものの、ナサニエルは三枝子も一緒に、と巻きこんできたのだ。三枝子も風間塵とホフマン先生との関わりを知りたかったので、やや渋々ではあるが誘いに乗り、再びこうしてカレーとナンを囲むことになったのである。

「あの坊やの話を聞きてえんだろ？」

菱沼は、二人の一瞬の目配せを見逃さなかった。恐らく、ナサニエルに食事に誘われた時点で、二人が何を聞きたがっているかピンと来たのだろう。

ナサニエルと三枝子はもう一度顔を見合わせ、「はい」と頷いた。

「ホフマン先生が、風間塵のところに教えに行っていたというのは本当なんですか？」

ナサニエルはテーブルの上で指を組んだ。

「本当だよ」

菱沼はそっけなく肩をすくめた。

「一次予選のあの子の演奏、聴いたよ。ぶっとんだな。その勢いでまたダフネに電話しちまった。あんなんどっから見つけてきたんだって」

「そうしたら？」

三枝子は、ナサニエルと自分が同時に身を乗り出したのに気付き、なんとなくおかしくなった。ことホフマン先生の関わることになると、二人とも小さな子供のようになってしまう。

「なんでも、あの子はユウジの遠い親戚だという話なんだ」

「ええっ」

今度こそ、二人は声を合わせて叫んでしまった。

菱沼はひらひらと手を振る。

「本当に、遠い親戚さ。限りなく他人に近い。ユウジのばあさんが日本人なのは知ってるだろ。そのばあさんの家の分家筋の末裔《まつえい》に当たるんだとさ」

「へえー」

「確かに、限りなく他人に近いな」

ナサニエルはどこかホッとしたような表情を見せた。三枝子は、自分も同じような顔をしているのだろうか、と思う。

「どこで知り合ったのかはダフネも知らないと言っている。奇縁だ、としかユウジは話さなかったらしい」

奇縁。

その言葉は異質でもあり、腑に落ちるような気もした。ホフマン先生とあの少年が一緒にいるところが、想像できるようでもあり、できないようでもあるのと同じである。

「あの子の親が養蜂家だってのは、とうにあまねく知れ渡ってるだろうから、常に移動生活なのは知ってるな？　一応、パリにアパルトマンはあるらしいが、ほとんど住んでないらしい」

「学校はどうしてるのかしら」

「行ったり行かなかったり。父親が教師の資格を持ってるんで、だいたいは父親が教えてたみたいだ」

「ふうん」

あの子の持つ自由な感じ、何物にも束縛されない感じはその辺りからも来ているのかもしれない。

「で、面白いのはな」

菱沼は、急に内緒話でもするように声を低めた。おのずと、他の二人も顔を寄せてしまう。

「あの子は、ピアノを持ってないそうなんだ」

「なんですって？」

またしても、三枝子とナサニエルはユニゾンで叫び声を上げる。

「持ってない？　どういうことですか？　自宅にない？」

ナサニエルが詰問口調になった。菱沼は動じることなくこっくりと頷く。

「その通り。自宅にはピアノがない。でも、行く先々でピアノのあるところを知っていて、そこで弾かせてもらうんだってさ。ユウジに会うまで、ずっとそうやって自己流で弾いてきたんだと」

「信じられない」

三枝子は唸《うな》った。

そんな細切れのような行き当たりばったりの練習で、あそこまで弾けるようになったというのか。

ナサニエルも呆然としている。

いや――だからこそ、弾けるようになったのかもしれない。

ふと、三枝子の頭にそんな考えが浮かんだ。逆説のようだが、次にいつ弾けるか分からないのなら、誰でも弾ける機会を最大限に活用し、必死に集中して濃密な練習をするのではないか。

空腹こそが最高のソースであるならば、ピアノへの渇望は、最高の練習環境を生むのかもしれない。

「ユウジも最初は驚いたらしい。だけど、あの子はどんなピアノでもきちんと鳴らせるんだそうだ。自分である程度調律もしちまうらしい。逆に、どんなピアノでも弾かなきゃならない必要性に迫られて覚えたんだろうな。ユウジはそこに興味を覚えた。あの子の移動先まで行って、それぞれのピアノで教えるのが面白くなった。だから、出かけていくようになったんだとさ」

「うーん。それで、先生のほうから」

今度はナサニエルが唸った。

「そういうわけだ。なにしろ、楽譜も持ってないから、聴いた曲は一度で覚える習慣がついてるそうだ。あるいは、その場その場即興で弾く。ダフネは、一度だけ二人が一緒に弾いてるのを聴いたことがあると言っていた。二台のピアノで即興でやりとりしていて、まるでお喋りしているみたいだったと」

二人は、もはや絶句してしまった。

ホフマン先生の即興。

二人はそんなものを聴いたことはないし、ホフマン先生を知る人のほとんども同じだろう。まさか、先生がそんなことをするとは。しかも、最晩年になって、孫のような少年とセッションを交わしていたなんて。

三枝子は、胸の中がモヤモヤするのは、風間塵に対する猛烈な嫉妬心と、自分は先生に相手にされず、ましてや即興のセッションをする相手には選ばれなかったという屈辱感が入り混じっているからだと気付いていた。恐らく、隣のナサニエルも同じかそれ以上の葛藤を味わっていることだろう。

しかし、それよりも大きく胸を占めるのは、ホフマン先生の即興のセッションを聴いてみたかったし、その機会が永遠に失われたことに対する悔しさだった。

「二人のセッションを録音したものは残ってないんでしょうか」

やはり同じことを感じていたのか、ナサニエルがぽつんと呟いた。

「分からん。ユウジの遺品はまだ整理が始まったばかりでね。あいつは意外に自分の音源には無頓着だから、残っているかもしれないし、残っていないかもしれない」

ナサニエルと三枝子は落胆の溜息をついた。

改めて、ホフマン先生が亡くなって失ったものの大きさを、この時ばかりは二人は共有していたのだった。

「おいおい、そんなことより自分たちの心配をしたほうがいいんじゃねえか？」

菱沼の咎めるような口調に、二人は顔を上げた。

「え？　何を？」

三枝子は間抜けな声で聞き返す。

「あのなあ」

菱沼は苦笑し、首を振る。

「おまえさんたちに、あの子が採点できるのかい?」

三枝子はぎくりとする。パリのオーディションのあと、スミノフが不吉な予言のように呟いた台詞を思い出したのだ。

だんだん分かってきた。ホフマンの言う「劇薬」の意味が。

我々はたいへんなジレンマを背負わされるってことさ。

「できないというんですか」

ナサニエルが静かな声で反論した。

むろん、彼も菱沼の言いたいことは分かっているはずだ。しかし、三枝子とシモンとスミノフが直感した、あの「ジレンマ」ほどには理解していないだろう。頭では分かっているけれど、実感はしていないのだ。

「さあ、それは分からん」

菱沼は素直に認めた。

「だがね、ああいう規格外の才能を誰が採点できるのかと思ってね。過去のピアノコンクールの歴史を見てきても、常に規格外の才能は弾かれている。審査員の理解の範《はん》疇《ちゅう》を超えていたからだ」

菱沼は、考えこむ表情になると、またチーズナンをちぎる。

「ユウジがあの子を送りこんだのは確信犯だ。おまえさんたちや、俺たちに対する挑戦なんだ。試されてるのは俺たちのほうさ」

「そうでしょうか」

ナサニエルはあくまで反論する姿勢のようだ。

あたしたちは分かってない。

三枝子はなぜか絶望的な気分になった。

よく言われることだが、審査員は審査するほうでありながら、審査されている。審査することによって、その人の音楽性や音楽に対する姿勢を露呈してしまうのだ。

分かっているつもりだった。

三枝子は暗い気持ちで考えた。

審査するというのは恐ろしいことだと。自分の音楽性や人間性をさらけだしてしまうのだと、頭では分かっているつもりだった。

だけど、今のナサニエルがそうであるように、実感としてはこれまでのあたしはまだ決して理解していなかったのだ。

ワルキューレの騎行

いつものようにベッドから手を伸ばして、鳴る寸前に目覚ましを止める。

一瞬起き上がるのが遅れたのは、目覚める前に見た夢のイメージを取り戻そうとしていたからだ。

目覚める直前、マサルは「春と修羅」を弾いている夢を見ていた。それも、なかなかいい感じで。舞台ではなかった。どこか、野外の、緑溢れる場所で気持ちよく曲を奏でていて、「そうだ、これだ」という感覚があったのだ。

水の中の魚をつかまえようとしてもするりと指をかすめて逃げてしまうように、明け方の夢を反芻するのは難しい。

すぐにあきらめ、パッと起き上がり、カーテンを開ける。

眼下に広がる、灰色と青の混じった水平線。海を目にしたとたん、たちまちイメージは霧散してしまった。それでも、芯のようなものが身体の奥に残っているような気がする。

軽くストレッチをしてジョギングに出る。

冷たい空気が気持ちいい。芳ヶ江での日々も、もう日常になっていた。

どこにいてもすぐにリラックスしてホームグラウンドにしてしまえるのは、順応性が高いくせにマイペースという、例によって矛盾するものを当たり前に処理できる、マサルの得意とするところである。

マサルは二次予選二日目のトップバッターだ。

順番は気にしない。最初に済ませて、あとはゆっくり他のコンテスタントの演奏を聴けるのだから、二日目の一番目というのは悪くない。

亜夜と話した通り、昨日のコンテスタントたちの演奏は参考になった。

初演の曲を八通り、本番で弾いているのを聴くのと聴かないのとではずいぶん違う。それぞれ解釈は異なるけれど、理解の手助けになったことは確かだ。

それでもやはり、指導教授であるナサニエル・シルヴァーバーグの弾いた「春と修羅」がいちばん強烈だった。

ナサニエルのマサルに対する信用はゆるぎない。あえて挑発するかのように癖の強い自分の演奏を聴かせ、マサルの「僕ならこう弾く」という意欲を引き出してくれた。師がお手本のような演奏ではなく、あくまで彼自身の個人的なアプローチで弾いて聴かせてくれたことに、マサルは深く感激し、感謝した。そんなことではマサルが混乱したりすることはないと信じてくれているのだ。

その一方で、ナサニエルは作曲者の菱沼忠明本人も知っているので、彼の人となり、作曲の特徴などを仔細《しさい》に分析し、マサルにレクチャーしてくれた。作曲者本人を理解することは、曲を演奏する上での妨げにはならないはずだ。

師のレクチャーは大いにためになったし、ウエルカム・パーティで紹介してもらって直接本人に会ったのも大きかった。マサルは他人に対する観察眼にも自信があった。作曲家の表情、仕草、声。そこからいろいろなものを吸い取った。たとえほんの数分でも、対面して言葉を交わしたことくらい曲のイメージ作りに役立ったことはなかったかもしれない。

全員が同じ曲を弾く、というのは二次予選のこの機会しかない。現代曲に対するセンス、新曲に対するアプローチを見る、日本での国際コンクールだというアピールなどいろいろな狙いはあるだろうが、唯一単純に比較できるチャンスであることは間違いない。

二次予選の重要なポイントではあるが、決して要ではない、とマサルは判断していた。この曲を大事にしているというアピールは必要だけれど、プログラムから浮くようなことがあってはならない。あくまで四十分のリサイタルの流れに組みこむべきであり、ひとつの流れとして聴かせないようでは駄目だ。

ジョギングの呼吸を確かめながら、マサルは演奏の流れをイメージする。

戦略を立てるのは好きだ。ハイジャンプの競技会でも、ライバルたちとの駆け引きや、どこまでバーを上げるかなど、勝負のいろいろなパターンを考えるのが面白かった。かといって、戦略倒れになるのは問題外だ。戦略作りに時間を掛けるとつい捨てるのが惜しくなってしまうが、本番ではその場その場で臨機応変に切り抜けるフレキシブルさが必要なのだ。

今となってみれば、大阪でのコンクールで失格になったのはラッキーだったかもしれない、とマサルは考えていた。

コンクール歴としては、芳ヶ江のほうに新人として、まっさらな状態で出場することができたからだ。

コンクールは面白いし、勝負強いほうだとは思うけれど、マサルは沢山のコンクールに出場してコツコツ入賞し、実績を積み上げていく、というタイプではないような気がする。ナサニエルもそう考えているのが分かる。大きなコンクールに出るのは、せいぜいあと二、三回だろう。芳ヶ江は、デビュー戦として最初の大勝負だ。

落ち着いているつもりだったが、やはり興奮していたらしい。

いつもより息が上がっていた。ついつい、普段よりもスピードを上げて走ってしまっていたのだ。

いかんいかん。まだまだだな、僕も。

苦笑しつつ深呼吸し、ゆっくりとストレッチをした。

僕の「春と修羅」は――

目を閉じて、イメージする。

二次予選最初の曲。静から動へと組み立てたプログラムの始まりの曲。いちばんはじめの音をそっと指先で鍵盤に伝えるところを想像する。

不意に、今朝の夢の感覚が蘇ってきた。

あれは、木漏れ日の射す暖かいところだった——あっ、この曲の中で森羅万象を感じている——

そう思ったことを思い出したのだ。

ちょうど、今、この時のように。

マサルは初めて見る世界のように、ゆっくりと辺りを見回した。

ビルの谷間の小さな公園。まだ空気は冷たく、夜明け前の緊張感が途切れていない。

それでもいつしか静かに夜が明けてきて、辺りは世界の目覚める気配が満ち満ちていた。

遠くから響いてくる鳥たちの声。離れた幹線道路を走る車の音も地面を伝わってくる。少しずつ世界に朝が染み渡っていく。

森羅万象。

ひっそりとしているのに、どこか活き活きした動きが感じられる。吹き始める前の風、日の光に輝き始めようとする木々の色彩を感じるのだ。

マサルは、その感触を全身で吸いこむ。

ホテルに戻り、熱いシャワーを浴びる。

頭や肩、背中を打ち、伝うお湯。こんな何気ない生活のはしばしにも、宇宙の摂理はあまねく行き渡っている。

春と修羅。僕が舞台に描き出したいのは、余白の美だ。

マサルはそう思い定めていた。

ジェニファ・チャンのように、譜面に書かれたものすべてをきちんと説明するのではない。僕が考える「春と修羅」は、そういうふうにはできていない。

曲の佇まいは、落ち着いていてつつましい。難しい言葉は使わず、平易かつシンプルだ。けれど、内包する世界は大きい。

坪庭や茶室のように。

一部から全体を喚起させる。小さな欠片《かけら》から、果てしなく巨大なものを感じさせる。

あるいは、小さいからこそ、そこに宇宙が入っているという逆説的な宇宙観を想起させる、と言うべきか。

菱沼は全部を説明していない。ひとつひとつの音符から、それ以外に鳴っている世界をイメージさせる。生粋の江戸っ子である菱沼は、本質的にはシャイで含羞《がんしゅう》の人でもある。すべてをまくしたて、隅々まで説明するようなことはしない。すべてを語ることなどできないし、格好悪いと思っている。それは彼だけでなく、日本人が連綿と持ち続けてきた美意識でもある。

けれど、ここにはっきりとした「日本」のイメージを持ちこむのは、菱沼の望むところではないだろう。あくまでも宮澤賢治の宇宙観であり、菱沼個人の特性である、と主張したいのではないか。

ならば、それを表現するにはどうしたらよいのか。

マサルは朝食を食べながらも、これまでの道のりを思い浮かべていた。

マサルがこの曲に立てた戦略はシンプルなものだった。

音で説明しすぎない。あまり饒舌《じょうぜつ》な音は使わない。これだけだ。問題は、それでいて、背後にある巨大な世界を想像させなければならないことだ。

明らかに矛盾しているのだが、方法はあるはずだ。マサルは、その方法を求めてずっと試行錯誤を重ねてきた。

そして、見つけた。

説明はしない――感じさせる。

至って単純なことなのだが、それを表す言葉として見つけたのが「余白」だったのだ。

僕の「春と修羅」は「余白」を表現することがテーマだ。

そう見定めるまで、意外に長い時間が掛かってしまったが、納得できたので後悔はしていない。

それでは、「余白」を表現するためにはどうすればいい?

次の段階の課題はそれだった。いろいろ試した結果、あることに気付いた。

なるほど、このためのカデンツァなのか。

マサルは、楽譜に書かれた指示にまじまじと見入った。

自由に、宇宙を感じて。

その他の楽譜に書かれた部分では、宇宙を「感じさせる」ことにすべての音符が捧げられている。唯一この部分でだけ――なんの音符も書かれていないこの部分だけで、いわば宇宙の「実体」をちらりと見せることを許されているのだ。

そうか。ここを使えば「余白」を表現することを完成させられるのだ。

マサルは興奮した。生まれて初めて、楽譜に込められた音楽の「秘密」、そして世界の「秘密」を発見できたような気がした。

これで、僕の「春と修羅」が出来上がる。

そう確信した時のことを、マサルはしみじみと思い出す。

あの時は本当に嬉しかったし、目の前が開けたような心地がしたっけ。

さあ、あの感覚を再現しに行こう。

マサルはゆっくりと深呼吸し、着替えを始めた。

これが最初で最後の演奏になるかもしれないこの曲を演奏する日が、ついにやってきたのだ。


二次予選二日目。

午前十時半、朝一番だというのに客席は満杯だった。立ち見まで出ている。

マサルの出番だからだというのは間違いない。

本人は自惚れるでもなく、緊張するでもなく自然にそのことを受け止めていた。自分が人気者であるのは分かっているし、そのことを楽しめること、実際自分がスターであることも受け入れている。

舞台の袖で、マサルはじっと集中力を高めていた。アーちゃんはどの辺りに座っているだろう。僕の演奏を楽しんでくれるだろうか。

ジェニファ・チャンの演奏に対する一言には、どきっとさせられた。彼女が自分の演奏をどう言い表すか、ちょっと怖いけどあとで聞いてみよう。

だけど、僕らは綿貫先生の門下生だ。最初に教わった先生は、八代亜紀やロックを教えてくれ、誰よりも音楽を愛することを教えてくれた綿貫先生だ。決して僕らの演奏はアトラクションじゃない。そうだろう？

マサルは客席のどこかにいる亜夜に話しかけていた。

誰のために弾く？

最近、マサルが舞台の袖で考えるのはいつもそのことだった。

お客のため、自分のため、それとも音楽の神様のため？

分からない。でも、誰かのために弾いているのは間違いなかった。誰かというよりも、「何か」のため。そんな気がする。

コンクールって、不思議だ。

マサルはこうして袖に立っている自分をふと「客観的に」感じた。

コンクールはコンクールだけど、ワンマン・ショウのリサイタルでもある。それを比べるなんて、本当に不思議だよな。

だけど、この四十分間は、お客様も舞台も僕のもの。みんなが僕だけを見て、聴いてくれる。

そう考えるとワクワクした。

が、同窓生の青ざめた顔がちらりと脳裡を過ぎった。

才能があっていいね、とよく言われる。

君はスターだ、すべてを兼ね備えている、とも言われる。コンセルヴァトワールでも、ジュリアードでも、羨望と嫉妬と感嘆の入り混じった顔と声でそう言われてきた。そう言ってくる者もそれなりの才能を持っている者ばかり。技術的にはほとんど差はない。

こんな時、人はなんと応えるべきなのだろう？

いいやそんな、と謙遜するのか。まだまだです、と謙虚さを見せるか。どうもありがとう、と感謝するのか。

そのどれもがマサルには違和感があった。

人は人に対していろいろなことを言う。確かに、自分は目立っていたのだろう。どこかが人と違っていて、抜きんでて見える部分があったのだろう。

しかし、しょせんは他人が自分に下した評価であって、自分自身が下した評価ではない。自分では分からないところもあるが、自分以外には分からないこともある。

だから、そういうことを言われたら、マサルはただニッコリと笑うだけにした。何も答えない。何も評価は下さない。そういう意思表示なのだ。

ただ、マサルは自分が表現したいと思うことを表現できるということだけは、ピアノを始めた時から知っていた。亜夜と「茶色の小壜」を連弾した時も、たどたどしくモーツァルトのメヌエットを弾いた時も、ずっと先、きっと表現したいことを表現できる日が来るであろうことを、ほとんど直感のようにして知っていたのだ。

だから、本格的にレッスンを始めると、技術はすぐに追いついてきた。まるで元々知っていた知識を思い出すみたいに、マサルは次から次へと新たなテクニックを身に付け、曲を理解し、どんどん他の楽器もマスターし、あらゆる音楽を聴いて、頭のほうが追いつかないのではないかと思うくらいに音楽を吸収していった。

不思議だね、マサルは。

ナサニエル・シルヴァーバーグがふと漏らしたことがある。

君は、早熟というのじゃない。神童というのも違う。

じゃあ、何なんですか？

思わずマサルは聞き返した。

「知っている」のさ。最初からね。

ナサニエルは小さく肩をすくめた。

大昔の日本に、大層立派な彫刻家がいてね。

ナサニエルは、唐突に話し始めた。

こんにち国宝になるような立派な仏像を幾つも残している。彼は、もの凄く彫るのが速かったと言われている。全く迷いがなく、まるで頭の中のイメージに手が追いつかないと言わんばかりのスピードで彫っていく。ある日、彼は聞かれたんだそうだ。いったいどうしてそんなに早く造ることができるのかってね。そうしたら彼は、別に造っているわけじゃない、と答えたそうだ。ただ、木の中に埋まっている仏様を掘り出しているだけだ、と。

マサルを見ていると、その話を思い出す。君は元々知っていたんだ。たぶん、僕らは君に教えているわけじゃない。元々君の中にあったものを、君に思い出させているだけなんだ。

マサルはきょとんとしてその話を聞いていた。

ナサニエルがマサルのその表情を見て、ニッと小さく笑ったのを覚えている。

今にして思えば、マサルに対する最大級の賛辞である。思い出すだけで感激してしまうのだが、当時はよく理解できなかった。

あの時のナサニエルの笑みは、印象に残っている。奇妙な笑み。

君には分からないだろう。分からなくていい。そんな感じの笑みだ。

むろん、今の自分が完成形だとは思わない。まだまだ粗削りで、訓練したり深めたりしなければならないことがいくらでもあり、この先一生かけて努力したとしても、決して満足することはないのだと知っている。

それでも、今の僕にできることはできるのだ。

マサルはそんな奇妙な確信があった。

今の僕にできると許されていることは、必ずできる。逆に言えば、今できないことは今の僕には許されていないのだ。

それは考えようによっては大層傲慢かもしれない。けれど、マサルにはそれが自然であり、掛け値なしに自分に対する等身大の客観的な評価なのだった。

マサルに唯一理解できないことは、こういう感覚を他人は持っていないらしい、ということだった。暗譜ができないかもしれない、度忘れしてしまうかもしれない、うまく弾けないかもしれない。他の人たちはしばしばそういう不安や恐れを感じるらしい。プレッシャーがあり、舞台が恐ろしいこともあるらしい。マサルのようには、当たり前に「できる」と感じていないようなのだ。それが才能であるというのならば、才能なのだろう。

ステージマネージャーの田久保が、影のように袖に佇み、マサルに向かって穏やかに微笑んでみせた。

世界の素晴らしいホールには、たいがい素晴らしいステージマネージャーがいる。彼らの名前は、音楽家たちのあいだでもよく知られている。田久保の名前は、何度も聞いたことがあった。いいステージマネージャーは、顔を見ただけで落ち着き、いい演奏ができるような気がする、とも。

マサルはその意味を初めて理解したような気がした。この穏やかでつかず離れずの物腰、それでいて心の底から音楽家に共感し、信頼し、励まし、あらゆる協力を惜しまない、という気持ちが伝わってくる。

ラッキーだ。

マサルは充実感を覚えた。

素晴らしいホールで、素晴らしいステージマネージャーに送り出されてあそこで演奏できるなんて、僕は本当にラッキーだ。

「出番です」

マネージャーはマサルに頷いてみせた。

マサルも頷き返す。

「幸運を」

一次予選の時も、そう声を掛けてくれたっけ。

マサルは微笑みながら、今日も彼のスタジアムに足を踏み入れる。

ワッという興奮に満ちた熱狂的な拍手が全身を包み、たちまち気持ちが高揚するのを感じた。観客の期待は、彼にいつもパワーをくれる。

さあ、「春と修羅」からだ。

マサルの二次予選は、密やかに始まった。

亜夜と奏はあえて後ろのほうでマサルの演奏を聴いていた。

静かだ。とても静か。

亜夜は、ステージの上で光に包まれたマサルをじっと見つめていた。

光だけじゃない。確かにオーラが見える。

みんなが熱狂的に浮き足立って迎えたのに、彼は一瞬にして舞台に静寂を出現させ、曲の世界に観客を引きこんでしまった。

今日は、マサルのこの演奏が、「春と修羅」の流れを作るだろう。

亜夜はマサルの解釈と自作のカデンツァを楽しみにしていた。いったいどんなふうに弾くのだろうか。

マサルのアプローチが昨日演奏した誰のものとも異なっていることは、すぐに分かった。

シンプルでナチュラル。

亜夜はざわっと腕に鳥肌が立つのを感じた。

闇が――宇宙が見える。

昏《くら》い星々が――寄る辺なく、どこまでも広がる虚空が、マサルの背後に。

この人は、なんと多くの引き出しを持っているのだろう。

亜夜は感嘆した。

多くの物語、多くの情景、それらを曲ごとにリアリティを持って目の前に取り出してみせ、描写してみせるのだ。

映像的な音楽。今や、すっかりありふれた表現になってしまったが、マサルはまさにそれだ。しかも、その映像のひとつひとつが独創的で情感に満ちていて、説得力がある。マサルは自分の声を持っていて、その声で豊かに語る。

マサルは「春と修羅」ではあえてそれを封印していた。いや、これこそが「春と修羅」を語る時のマサルの声なのだ。囁くように、センテンスは短く、余計なことは語らず、ささやかに、神秘的に。マサルはそれぞれの曲のふさわしい口調を、声のボリュームを見つけ出す。

この静寂と広がりは、彼にしか出せない。

あたしの「春と修羅」は？

ほんの一瞬、そんなことを考えた。

あたしのアプローチは正しいのか？　即興で臨むことは、やはり無謀だったのではないか？　こんなふうに考え抜かれた、マサルの完成度に迫ることができるのか？

そんなことを考えたのは初めてで、亜夜はどきんとした。


注目のカデンツァ。

ナサニエルは、おのずと力が入るのを感じた。

ここで初めてマサルは感情を見せる——曲の「隠された」部分を露にしてみせる。

オクターヴでのパッセージと、複雑な和音を駆使した超絶技巧のカデンツァ。

マサルが書いてきたカデンツァは、難しすぎて曲の全体像から浮くのではないかと思ったが、マサルは「いえ、曲の一部にしてみせます。テクニックなど誰も気付かないように」と譲らなかった。

実際、彼はやり遂げた――ちゃんと曲の一部にしてみせた。

弟子は、日一日と進化していたが、コンクールに入ってからは更に一日ごとに伸びていた。今、目の前で繰り広げられている演奏も、一週間前に聴いた時とはまるで違う。格段の進歩を遂げている。

マサルの才能のひとつは、この無尽蔵とも言える伸びしろだ。彼は、おのれに決して限界を設けない。感じない。どんなハンディも進化する材料にしてしまう。

ナサニエルは、驚嘆と誇らしさを感じている。

弟子は師匠を選べないというが、決してそんなことはない。たぶん、そう口にしたくなるケースは、弟子の才能が中途半端だった場合だ。突出した才能の場合、むしろ弟子が師匠を選んでいるのではないかという気がする。

決して自惚れているのではない。むろん、マサルの才能が大きくて突出していると確信しているが、それは決して自分が師として優れているからではない。

ただ、マサルという人物の才能を伸ばすという点においては、自分は優れている。

恐らく、ナサニエルとマサルが出会った瞬間に、互いにそう直感したのだ。マサルはナサニエルを選んだ。この人は自分を伸ばしてくれる。彼は本能でそう確信したはずだ。ナサニエルもそれは感じていた。自分の持つ技量のすべてを注ぎこめて、自分を超えていってくれる弟子——言い換えれば、遠慮なく自分を踏み台にしていってくれる弟子。それは師としては本望である。師匠を超えられない弟子というものの切なさ、みじめさを彼はさんざん目にしてきた。それは、師にとっても不幸であり、やるせないものなのだ——いくら演奏家として素晴らしくても、次世代の音楽家を育てられなかったというのは。

もちろん、弟子を取らず、教えることに全く向かない天才ピアニストはあまた存在する。演奏そのものを残し、聴かせることで教えてくれる人たちだ。

しかし、弟子を取る、育てると決めたからには、必ず結果を出さなければならない。いったん教育する側に回ったからには、その瞬間から、才能を育てること、それがすなわち彼の音楽的才能の証明となるからだ。

マサルの演奏をホフマン先生に聴いてもらいたかった。

ふと、ナサニエルはそんなことを思った。

このカデンツァは、凄い。

亜夜は再び肌がざわっとするのを感じた。

昏い星々のあいだから射してきた一筋の光。

その光のなかに垣間《かいま》見えた無限の色彩。

彼の静寂、シンプルさの後ろには、こんなに豊かな世界が広がっていたのか。

驚嘆してその世界を味わうのと共に、亜夜は改めてマサルのテクニックに舌を巻いた。

よくこんなフレーズ弾けるなあ。さすが、トロンボーンの即興で場数を踏んでいるだけのことはある。自分で作ったメロディを聴かせることに慣れている。

クラシックの若手ピアニストはあまり即興に慣れていないので、どうしてもカデンツァに照れや不安のようなものがつきまとう。不思議なのは、譜面にあるものならばどんな難しいフレーズでも落ち着いて弾きこなせるのに、難しいカデンツァだとなぜかぎくしゃくして聞こえることだ。大衆の耳に洗われておらず、いわば評価が確定していない「若い」曲なため、説得力がなく技巧だけが浮いて見えてしまうのである。

マサルはそんなことはない。自分のフレーズで勝負する覚悟がある。やはり、彼は生まれながらの音楽家なのだ。

綿貫先生の、感心した顔が目に浮かんだ。

先生、やっぱりマーくんは凄かったですよ。

一筋の光のなかの、鮮やかなカデンツァは、再び静寂の闇の中に姿を消した。


そして、「春と修羅」の続きのように、ラフマニノフの練習曲、「音の絵」、作品39の第六曲が始まる。

闇の底で何かが蠢《うごめ》くような、低く、不穏な始まり。

徐々に動きが起こり、緊張感のあるトレモロが闇を穿《うが》つ。

この曲の並べ方はうまい、と奏は思った。

あたかもひとつづきの絵巻物のようにプログラムが配置されていて、まとまりがある。

速いパッセージでいわば「細部」の技巧を見せる。

深い闇を感じさせた一曲目から、二曲目で徐々に明るく、開けたところへ出ていくような雰囲気を出している。

そして、三曲目のドビュッシーの練習曲、「オクターヴのための」で、一気に開けたところに出る。マサルの持つダイナミックさが、ドビュッシーの曲の独特なスケール感とあいまって、感動的なまでに表現される。

更に、ギアチェンジが為されたまま、最終曲のブラームスの変奏曲へ。

パガニーニのテーマが、「満を持して」堂々と提示され、がっぷり四つに組んだまま変幻自在に料理されていく。

全方位、技巧に全く隙がない。なのに、まだまだ余裕があり、みずみずしささえ滲ませているとは。

奏は感嘆する。

この自信に満ちた、楽しそうな弾きっぷり。

なんて美しいんだろう。文字通り、才能の輝きが本当に目に見えるような気がする。

聴いている観客の安心感も比類ない。

長尺の変奏曲は、緊張感を保つのが難しい。同じ役者を使ったオムニバス映画のようなもの。メリハリをつけて、観客の注意をひきつけ、引っ張っていかなければならない。

ラフマニノフにもパガニーニのテーマを使った変奏曲があるが、彼でさえ、観客が退屈していると感じると、自作のバリエーションを何箇所か飛ばして短く弾いたという。

むろん、曲自体、曲調や展開にさまざまな工夫をして飽きさせないように書かれているのだけれど、弾く時にはまた別の難しさがあるものなのだ。同じテーマを繰り返し新鮮に聴かせるのは、聴いている側から想像するよりもずっと大変だ。細心の注意を払って、さまざまなダイナミズムを工夫する必要がある。

マサルはエンターテイナーだ。現実に面白いオムニバス映画はめったにないが、マサルが演じているオムニバス映画は飽きさせず、ぐいぐいと観客を引っ張っていく。

エンターテイナーなのに、ポピュリズムには走らない。華やかでチャーミングなのに、どこかにぞっとするような深い淵がある気配も感じさせるのだ。

とにかく、魅力的なピアニストであることは間違いない。

分析しようと努めていたつもりだったが、奏は一観客としていつしかうっとりマサルに見入っていた。

変奏曲を弾くのは楽しい。

ジャズの即興や、アレンジャーになった気分を追体験できる。

たった四小節のテーマでも、無限の展開がある。作曲家は、とうにそのことを証明していた。万華鏡のようなバリエーションのタペストリーを織り上げていくのは、作曲家の思考を辿っていくような楽しみもある。

このブラームスの変奏曲を弾いている時、マサルの頭に浮かぶのは、広々とした大河をカヌーで下っていくようなイメージだ。

カヌーはかなりのスピードですいすいと進み、心地好い風が頰を撫で、背中を押す。

河口めざし、小気味よいテンポで漕いでいく自分の姿を思い浮かべる。

刻々と変わる川べりの景色。

ひと漕ぎごとに、前へ前へと進み、やがて必ずカヌーは広い河口へと出る——

慌てるな。丁寧に、着実に、ひと漕ぎずつ。

逸《はや》る気持ちを抑え、クライマックスの予感にじっと堪える。興奮と冷静の両輪をコントロールしつつ、歓びにおののきながら、彼は進む。

もうすぐだ。

もうすぐ、あそこに出る。

見たことのない景色、僕を待っている広いところ――

マサルは、弾きながら、背中を不思議な震えがのぼってくるのを感じた。

そうか、僕が求めているのは、あそこなのだ。あの景色を見たいがために、僕は弾いているのだ。

初めての体験だった。

マサルは、二次予選の四曲を弾き終わった自分がにっこり微笑んで万雷の観客の拍手を受けるところを、まるで他人事のように高みから見下ろしていた。

恋の手ほどき

自分では急いで片付けたつもりだったのだが、思っていたよりも自分の探していた風景に出会えたという興奮に浸っていたようで、マサルが会場に戻った時にはもう扉は閉まっていた。

ちぇっ、次の演奏に間に合わなかった。

仕方がないので、ロビーのモニターで演奏を聴く。

そんなに音は良くはないが、雰囲気くらいはつかめる。

モニターに見入っていたので、彼女が近付いてくるのに気付くのが遅れた。

「よかったわよ、マサル」

やれやれ、うるさいのにつかまっちまった。

マサルは内心舌打ちをする。コンクール期間中、なるべく顔を合わさないようにしようと思っていたのだが。

深いボルドー色のゆったりしたセーターにジーンズという格好の、輪郭のくっきりした長身の少女。

同じジュリアードのピアノ科学生、ジェニファ・チャンである。

「来てたんだ。てっきり、次の審査発表まで来ないかと思ってた」

マサルは多少の嫌味を込めて呟いた。

「あら、あたしは下手なピアノは聴かないけど、上手なピアノはちゃんと聴くわよ。もちろん、マサルの演奏もね」

むろん、ささやかなあてこすりなどチャンには通じない。

チャンは入学した時からマサルに強烈なライバル心を抱いていたらしく、何かと闘志を剝き出しにしてくる。学校内でも二人はライバルとみなされていて、チャンのライバル心は皆が好奇心を持って眺めていた。

最近、チャンはコンサートデビューを果たしていたし、コンチェルトのソリストとしても数回呼ばれている。チャンと周囲にしてみれば、彼女がマサルを一歩リードしている、という感じらしい。ジャズトロンボーンを吹いてライブハウスに出ているマサルに、そんな余計なことをしているからチャンに抜かされるんだ、と「忠告」する者もいた。

マサルのほうではチャンをライバルだと思ったことはないし、比べようのない音楽性を競う「ライバル」という概念自体ナンセンスだと思っていたので、周囲が何かとチャンを引き合いに出すのをむしろ迷惑に感じていた。

もちろん、チャンが何かとマサルにつっかかってくるのは、彼に少なからぬ恋心を抱いているからであることにも薄々気付いていた。チャンにはそんな自覚はないだろうし、そう指摘したらにべもなく否定されるだろうが、恋愛の要素が絡んでくると話はややこしくなる。十四、五歳でぐんぐん背が伸び、あらゆる方面に才能が顕れてきた頃からがぜん女の子たちの注目を浴びるようになり、一方的に思いを寄せられることの幸福と不幸を味わってきたマサルは、彼女たちの恋心の処理を一歩誤ると大怪我をしかねないということを学習していた。ほんの一瞬で彼女たちの憧れと好意は軽蔑と憎悪に転じ、思わぬところで足をすくわれる。

「あなたの『春と修羅』、やけにサラッとしてたわね。シルヴァーバーグはあれでOKを出したの？」

チャンはいきなり詰問口調である。マサルは苦笑し、肩をすくめた。

「もちろん。いろいろ考えて、出した結論があれだよ。僕の解釈ではね」

「あ、そうか。シルヴァーバーグは、菱沼忠明と親しいのよね。ひょっとして、作曲家の解釈がそうなの？」

チャンは思い出したように目を見開いた。しまった、なぜそのことに気付かなかったのかという表情が浮かぶのを見て、マサルは苛立ちを覚えた。

「違うよ。菱沼先生はパンフレットに書いてあること以外には何の解釈もしていない。

僕の『春と修羅』があぁなっただけさ」

「本当に？」

チャンは半信半疑である。

マサルが彼女と嚙み合わないと思うのはこういうところだ。もしチャンがマサルだったら、きっとシルヴァーバーグを通して菱沼に直接働きかけ、どういう演奏をすればよいのか聞きだしていただろう。アドバンテージはとことん利用する。それがチャンにとっては当然のことだし、彼女にとっての音楽に対する誠意なのだ。

どうだろう、と一瞬マサルは考えた。

もし僕が菱沼先生に演奏の解釈を教えてもらいたいんだけど、とシルヴァーバーグ先生に持ちかけたら、先生は聞いてくれたかな？

そう頼まれたシルヴァーバーグの顔を想像してみる。

OKとNOと、どちらの可能性もあるな。先生は戦略家としてのマサルもよく知っているし、買ってくれている。マサルがそうしたいというのなら、聞き入れてくれるのではないか。逆に、フェアじゃない、そんなことをする必要はない、と言うかもしれない。

これはなかなか興味深い課題だ。今度先生に聞いてみよう。僕にそう頼まれたらどうしていたか。

「ところで、あなたが一緒にいる女の子、日本人のコンテスタントなんでしょう？　どうして一緒にいるの？」

チャンの声に、思考を中断される。

なるほど、アーちゃんのことが聞きたかったのか。

さりげなさを装っていたが、こちらが本題だと気付いた。

目立たないようにしていたつもりだったけれど、やはり見られていたか。亜夜と一緒にいたのは、おとといの一次予選最終日の最後のほうと、昨日の二次予選第一日。まだそれだけなのに、誰がチャンに教えたのだろうか。それとも、チャン自身がどこかで見ていたのか。

「ああ、彼女は僕の幼馴染なんだ。凄い偶然なんだけど、今回ばったり再会してね」

マサルはなるべく「なんでもない」という口調で答える。

チャンの顔に驚きが浮かんだ。

「えっ、そうなの？　マサル、日本にも住んでたの？」

「うん。小さい頃にちょっとだけね。近所に住んでて、同じピアノ教室に通ってたんだ」

「へえー、ほんとに凄い偶然よね。どっちも国際コンクールに出られる腕前になってるなんて」

「だろ？」

チャンは急に声を潜めた。

「でも、気を付けたほうがいいわよ」

「え？」

マサルは耳を疑った。

「彼女、子供の頃からプロ活動してて、いったん燃え尽き症候群になっちゃったらしいじゃない？」

よく知ってるな、とマサルは半ばあきれ、半ば感心した。

我々はなんと情報過多な、地球規模のゴシップに満ちた世界に棲んでいることよ。

「そういう、いったんケチのついたアンラックな子と一緒にいると、マサルの運まで吸い取られるわよ。もしかして、マサルが優勝候補なのを知ってて、自分の復帰に利用しようとしてるんじゃないの？」

マサルはぽかんとしてしまった。

「本気で言ってるんじゃないだろうね?」

思わず聞き返すが、チャンの表情は大真面目だ。

マサルは腹を立てるか一笑に付すかで迷ってしまった。そして、こういうところも自分とチャンの嚙み合わないところだったな、と思い出した。

いつも理詰めで合理的な思考を自慢にしていて、他人の非論理的な発言や情緒的な意見を馬鹿にしているくせに、変なところで運気だのツキだのと言い出すのだ。マサルだって、人が生まれ持った運やツキといったものが存在することは知っているけれど、チャンの言うそれは恣意的なものに感じられて仕方がない。

話して通じる相手じゃない。

マサルは内心、溜息をついた。きっと、チャンはアーちゃんの演奏は聴いてないいんだろうな。

「忠告はありがたくいただいとくよ」

この話題を続ける気はない、というサインを示すにとどめる。

ありがたいことに、チャンも腕時計に目をやり、「あ、行かなきゃ」と呟く。

「他の演奏は聴かないの？」

「うん、これから三次予選のレッスンがあるから」

チャンはあっさりと頷いた。

「今日は、マサルを聴くだけでじゅうぶんよ。じゃね」

小さく手を振ると、スマートフォンの画面をいじりながら足早に立ち去っていく。

マサルは、その背中をあぜんとして見送った。

当然三次予選に進むと思っているところも凄いが、マサルさえ聴けばいいというところもやはりチャンらしい。

マサルはモニターに目を戻した。すっかり、次の演奏者を聴き逃してしまっている。

リストのマゼッパ。よくみんなこんな難しい曲弾くな。

自分のことは棚にあげ、マサルはじっとコンテスタントの指を見ていた。

が、チャンの生真面目な目が脳裡を離れない。

それにしても、チャンがあそこまで知っていたとは。みんなよく見てるものだ。アーちゃん、陰であんなふうに言われてるなんて知ったらイヤだろうな。アーちゃんに再会できて有頂天になってたけど、気を付けなくちゃ。

マサルは冷や汗を感じた。

アメリカに来たばかりの頃、近所に仲良しの女の子ができて、一緒に下校したり遊んだりしていたら、それをやっかんだクラスの女の子たちから彼女が凄まじいイジメを受けていたというのを後で知り、好きな女の子と接する時は周りにも気を遣わなければならないと肝に銘じたのを思い出したのだ。

当たり前のことだが、コンクールにはいろいろな人間が集まり、さまざまな出逢いがある。十代から二十代という最も多感な季節の男女が集まり、濃厚な時間を共有するのだから、コンクールで知り合ってつきあうカップルが多いのも知っている（長続きしないというのも知っているが）。

いわゆる、吊り橋効果というのもあるだろう。音楽家の卵というのはただでさえ孤独なのに、コンクールなどというものは孤独の極みだ。見知らぬ外国に行き、胃の痛い思いをして、たった一人でステージに立つ。存在と音楽性が剝き出しになっている極限状況で同じ思いをしている者に出会うのだから、共感し、心惹かれるのも無理はない。

そこで、古くて新しい問題が、同じ楽器を演奏する者どうしというのはうまくいくのだろうか、ということだ。

音楽家のカップルは掃いて捨てるほどいるが、指揮者とピアニストとか、作曲家と声楽家とか、同じ音楽でも異なるジャンルの組み合わせが多い。

ピアニストどうしのカップルも大勢いるけれど、率直な印象を言わせてもらえば、続いているのは双方、あるいは片方が演奏家というより教師や批評家のタイプのような気がする。大物演奏家どうしというのは聞いたことがない。

きっと、理解しあえるという点では同じ楽器はこの上ない一体感があるだろうが、音楽性の違いが耐えがたいこともあるのではないか。ピアニストとしての力量の違いが、いらぬ感情を生み出すというのもあるだろう。

僕とアーちゃんはどうかな。

マサルは知らず知らずのうちにそんなことを考えていることに気付き、一人で苦笑した。

やれやれ、おととい再会したばっかりなのに。しかも、せっかく目指している景色がちらりと見えたと思ったのに、いきなり雑念入りまくりだな。

マサルは大きく伸びをした。

チャンのせいだ、と勝手に彼女を少しだけ恨んだ。

が、それでも脳裡からチャンの目が消えないのは、どこかで彼女が言ったことにも一理あると思っているせいではないか、と気付く。

アンラックな子。

チャンの声が響く。

別にアーちゃんがアンラックな子だとは思わない。けれど、このコンクールで彼女と再会したというのは、僕にとっては何か意味があるのかもしれない。それが何かは分からないけれど。

マサルは腕組みをして、モニターに見入ったが、それでもしばらくのあいだ演奏に集中することができなかった。

（下巻につづく）

この作品は二〇一六年九月小社より刊行された
ものを文庫化にあたり二分冊にしたものです。

蜜蜂《みつばち》と遠雷《えんらい》（上）

恩田陸《おんだりく》

平成31年4月10日　初版発行
令和7年7月30日　17版発行

発行人——石原正康
編集人——宮城晶子
発行所——株式会社幻冬舎
〒151-0051東京都渋谷区千駄ヶ谷4-9-7
電話　03(5411)6222(営業)
　　　03(5411)6211(編集)
公式HP　https://www.gentosha.co.jp/
印刷・製本—中央精版印刷株式会社
装丁者——高橋雅之

検印廃止

幻冬舎文庫

ISBN978-4-344-42852-2　C0193　お-7-14